MATADORAS DE UMA CERTA IDADE

Oprah Daily: Our Favorite Books of the Year

Finalista do Goodreads Choice Awards – Best Mystery & Thriller 2022

AMAZON Best Books of the Year e Top 100

Vencedor do Barry Award for Best Thriller 2022

South Florida Sun Sentinel Best Mystery Books of 2022

CrimeReads Best Crime Novels of the Year 2022

Library Journal Best Crime Fiction of 2022

New York Public Library Best Books of 2022

Today Show Books To Buy This Season With Emma Straub

Shelf Awareness Best Books of 2022

NPR's Books We Love List

Business Insider The 20 Best Mystery and Thriller Books of 2022

Deanna Raybourn

Matadoras de uma certa idade

Tradução

Marcello Lino

valentina

Rio de Janeiro, 2025

1ª Edição

TÍTULO ORIGINAL
Killers of a Certain Age

CAPA
Raul Fernandes

FOTO DA AUTORA
Holly Virginia Photography

DIAGRAMAÇÃO
Fátima Affonso / FQuatro Editoração

Impresso no Brasil
Printed in Brazil
2025

CIP-BRASIL. CATALOGAÇÃO NA PUBLICAÇÃO
SINDICATO NACIONAL DOS EDITORES DE LIVROS, RJ
CARLA ROSA MARTINS GONÇALVES - BIBLIOTECÁRIA - CRB-7/4782

R214m

Raybourn, Deanna
Matadoras de uma certa idade / Deanna Raybourn; tradução Marcello Lino. - 1. ed. - Rio de Janeiro: Valentina, 2025.

Tradução de: Killers of a certain age
ISBN 978-85-5889-127-1

1. Ficção americana. I. Lino, Marcello. II. Título.

CDD: 813
25-101198.0 CDU: 82-3(73)

Todos os livros da Editora Valentina estão em conformidade com
o novo Acordo Ortográfico da Língua Portuguesa.

EDITORA VALENTINA
Rua Santa Clara 50/1107 – Copacabana
Rio de Janeiro – 22041-012
Tel/Fax: (21) 3208-8777
www.editoravalentina.com.br

Para P. Você tinha razão. Eu podia. E fiz.

Invernei abrigado na sabedoria.
Beowulf

NOTA DA AUTORA

Algumas datas são enganosas; alguns nomes são falsos.
Não estou tentando proteger os inocentes.
Estou tentando proteger os culpados.
Logo você entenderá.

CAPÍTULO 1

NOVEMBRO DE 1979

— Minha mãe sempre diz que é muito vulgar andar com um fio puxado na meia — diz Helen, lançando um olhar crítico para a lingerie rasgada de Billie.

Billie revira os olhos. — Helen, vai ser um homicídio, e não uma dança.

— Não será um *homicídio* — corrige Helen. — Será um assassinato, e você pode muito bem se esforçar para estar bonita. Além disso, eles vão ter que acreditar que somos comissárias de bordo, e nenhuma comissária de bordo apareceria em público com uma meia-calça rasgada. — Helen agita um familiar ovo de plástico. — Eu trouxe algumas de reserva. Por favor, vá trocar enquanto ainda dá tempo. Vou preparar o café.

O fio puxado é tão ínfimo que só Helen seria capaz de notar. Billie abre a boca para argumentar e a fecha novamente quando vê os lábios de Helen franzidos. Helen está nervosa, o que significa que sua percepção para detalhes está superafiada, à procura de coisas para se preocupar. É melhor ela encrencar com uma meia-calça rasgada do que com qualquer uma das mil outras coisas que poderiam dar errado na primeira missão delas, pensa Billie.

— Mary Alice está cuidando do café. Vá dar uma olhada em Nat — diz Billie, pegando o ovo da mão de Helen. Ela fica no banheiro apenas o tempo necessário para tirar a meia rasgada e calçar um novo par, ouvindo a conversa da cabine de comando ao sair. Filmes novamente — é claro. Quando não estão debatendo sobre as chances de levar Goldie Hawn para a cama, Gilchrist e Sweeney estão tentando desafiar um ao outro com citações cinematográficas.

— "Um cervo deve ser morto com um tiro. Eu tento dizer isso às pessoas, mas elas não ouvem." — O piloto aguarda enquanto o copiloto interrompe as verificações antes da decolagem, apertando os olhos em um esforço de concentração.

— *Monty Python em Busca do Cálice Sagrado*? — arrisca.

O piloto revira os olhos. — Pelo amor de Deus, Sweeney, não. Não é *Monty Python*. Você achou a fala cômica?

Sweeney dá de ombros. — Poderia ser. — O copiloto levanta o queixo na direção da cozinha do avião. — Barra de saia! — chama.

Billie aparece na porta da cabine de comando.

— Sim, Sweeney?

Ele entorta a boca para o lado, fazendo sua melhor imitação de Bogart enquanto a mede de cima a baixo.

— Ela só não era bonita por um triz, mas a voz mais do que compensava. Era grave e sensual, o tipo de voz que pedia uísque puro e dizia para o barman ficar com o troco.

— Não me lembro disso em *O Falcão Maltês* — diz ela.

Ele faz uma expressão de ultraje. — É criação minha! Admita, eu daria um ótimo Sam Spade.

— Não largue a sua profissão. Por que chamou?

Sweeney repete a citação. — De que filme é? Vance acabou de soltar essa e agiu como se eu tivesse dado um soco na avó dele quando eu não soube responder.

— *O Franco-Atirador* — diz ela para Sweeney e aponta para o piloto. — E a próxima citação dele será de *O Poderoso Chefão*.

O piloto sorri. — Como você sabe?

— Metade das suas citações são de *O Poderoso Chefão* — diz ela. Billie faz uma pausa e o piloto a esquadrinha. Ela está impecável, desde o uniforme imaculado, sem um vinco sequer, até os macios cabelos louro-escuros recolhidos em um coque banana. Suas mãos não tremem e seus olhos não vacilam. Mas ela está nervosa — ou empolgada. Algo está pulsando sob a sua pele, ele quase consegue sentir o cheiro. E sua tarefa é acalmá-la.

— Você dá conta, Billie — diz ele baixinho. — Você e as outras são boas, senão não teriam sido escolhidas para o trabalho.

Ela sorri. — Obrigada, Gilchrist.

Ele encolhe os ombros. — Perturbei muito vocês no treinamento, mas vocês quatro são boas, contanto que consigam sobreviver a esta noite — acrescenta com um sorriso impiedoso.

— Muito reconfortante — diz ela enquanto Sweeney ri.

— É só se lembrar da missão e vai dar tudo certo — Gilchrist a tranquiliza. — Eu e Sweeney vamos manter o pássaro estável, então você e as garotas estarão sozinhas lá atrás, a não ser que dê uma merda muito grande. — A expressão dele diz que é melhor que não aconteça, e ela pensa que prefere cortar uma veia com um clipe de papel do que pedir ajuda a ele.

— Entendido — diz ela e o observa por um segundo enquanto suas mãos passeiam sobre botões e alavancas, realizando a verificação antes da decolagem. Ele está à vontade, tranquilo como um atleta que treinou e se exercitou até não sobrar nada além da grande final.

Sweeney chama a atenção dela com uma cutucada. — Diga para a morena que quero um drinque quando tudo tiver terminado.

— Você conhece as regras. Nada de socialização — adverte Gilchrist.

Sweeney faz um barulho como o de um cãozinho ferido. — Pra você é moleza. Você tem a Anthea — e articula o nome em três sílabas. — Annn-theeee-aaaa — repete, imitando um sotaque sofisticado.

— Você tem uma namorada fixa? Bom pra você — diz Billie para o piloto.

Ele puxa o para-sol para baixo e mostra o retrato de uma garota com cabelos escuros penteados como os de Jackie O' e uma expressão séria nos olhos grandes.

— Bonita — diz Billie.

— E riiiiica — acrescenta Sweeney com um tom amuado.

— Qual é o seu problema, Sweeney? — pergunta ela.

— Estou com inveja, é claro. Ele tem uma debutante bonita e rica e eu só tenho tesão na moreninha de cabelos encaracolados lá atrás.

— A moreninha tem nome — diz Billie. — Natalie.

— A futura sra. Charles McSween — diz Sweeney em tom solene. — Pelo menos por este fim de semana — acrescenta e levanta a mão. — E não me diga que é proibido. Isso só deixa a coisa mais excitante. É como se estivessem me *desafiando* a sair com ela.

Billie olha para um e para outro. — Fico surpresa por nenhum de vocês estar correndo atrás da Helen — diz. — Ela é a mais bonita de nós.

Os dois dão de ombros. — Bonita, sim — admite Gilchrist. — Linda até. Mas ela é o que nós, canadenses, chamamos de inverno em Winnipeg.

— Inverno em Winnipeg?

— Grande beleza natural, mas capaz de congelar seu pau se você for suficientemente idiota para ficar pelado — explica Sweeney, examinando Billie com olhar experiente. — É claro, você simplesmente...

Billie levanta a mão. — Deixa pra lá. Não quero nem saber. O café está passando. Vou pedir pra Mary Alice trazer pra vocês.

Mary Alice está enchendo duas xícaras quando Billie entra na cozinha. O ar cheira a café queimado e Mary Alice olha para ela como se estivesse pedindo desculpas. — Derramei um pouco na chapa.

Billie acena com a mão. — Bobagem. — Estica o braço para pegar o pacote de alumínio com um mix de castanhas e o põe na gaveta de aquecimento.

Mary Alice indica a cabine de comando com a cabeça. — Como estão os nossos destemidos líderes?

— Citando filmes e tentando decidir qual de nós vão levar para casa no fim de semana.

Mary Alice faz uma careta. — Caramba, eu os odeio.

Billie levanta a sobrancelha. — Eles não são tão ruins assim. Vance Gilchrist acabou de me dar um voto de confiança, um discurso encorajador para a aventura desta noite.

Mary Alice bufa. — Só porque ele está no comando e, se fizermos besteira, a culpa será dele.

— Provavelmente — concorda Billie. Ela estica a mão e endireita o crachá de Mary Alice. Está escrito MARGARET ANN. No seu próprio crachá, está escrito BRIDGET.

Sempre escolha um codinome com suas próprias iniciais, a mentora havia dito para elas. *Em algum momento, vocês estarão cansadas ou distraídas ou simplesmente sendo humanas e vão começar a escrever ou dizer seu nome verdadeiro em vez do codinome. É muito mais fácil corrigir o próprio erro sem levantar suspeita se você pelo menos começou com a letra certa. E isso também significa nunca ter de trocar seu monograma. Lembrem-se, senhoritas, suas vidas agora são mentiras, mas, quanto menos vocês falarem, mais fácil será para manter tudo em ordem.*

Helen aparece, composta e tranquila, embora seus olhos estejam com um brilho incomum. — Hora do espetáculo. Os búlgaros chegaram — diz. Natalie se junta a elas, que estão correndo para a lateral do avião, olhando pelas janelas redondas enquanto a longa silhueta negra da limusine se aproxima.

— Ai, meu Deus — murmura Natalie. — Está acontecendo. Finalmente.

Helen põe a mão em seu pulso. — Respire, Nat.

Nat respira fundo, dilatando as narinas, enquanto observa o carro parar lentamente. O aguardado quarteto de passageiros salta: o chefão — um homem a quem elas se referem apenas como X —, seu secretário e dois guarda-costas.

— Ai, merda — diz Mary Alice de repente.

Billie se curva para a frente, pressionando o nariz contra o vidro. Os guarda--costas não estão carregando nada, mãos livres caso tenham de sacar suas armas. Parecem ursos, com barbas cerradas e cabelos desgrenhados, ao contrário do secretário, com seu rosto bem barbeado e cabelos pretos gomalinados para trás. Ele está carregando uma pasta de couro de vitelo, e seu corpo esbelto está curvado para protegê-la da garoa oleosa que começou a cair. X está com uma cadelinha nos braços, uma poodle abricot com um tufo de pelos na cabeça preso por um laço de seda.

— Ninguém falou de uma cadela — sussurra Helen.

— Eu não vou matar uma cadela — diz Nat, afastando-se da janela, os olhos arregalados. — Não consigo.

— Não vai ser necessário — promete Billie. As outras a observam e ela percebe a falha no plano. As quatro têm suas ordens e devem obedecer ao comando de Gilchrist. Mas ele vai estar a salvo na cabine de comando, apartado do que quer que aconteça no resto do avião. E, na cabine de passageiros, elas vão precisar de liderança. Não é comum a organização cometer um erro tão básico, e Billie se pergunta se foi proposital, uma maneira de testar o sangue-frio delas sob pressão.

Billie se aproxima. — A cadela é uma complicação. Mas isso não é um problema imediato. É um problema para depois. O problema imediato é fazer o embarque e acomodar nossos convidados. A seus postos. Vamos.

Para sua surpresa, as outras três obedecem, correndo para assumir uma postura atraente enquanto o chefão começa a subir a escada da aeronave. Ele é o tipo de homem que deveria voar em um jato de luxo, um Beechcraft ou um Gulfstream, com acabamentos de madeira na parte interna e as últimas engenhocas. Mas seu dossiê diz que ele é antiquado, prefere aviões com dois turbopropulsores, quanto maiores, melhores. Esse tem dois motores montados na parte da frente de cada asa, que começam a roncar quando as hélices começam a girar.

As quatro comissárias de bordo sorriem para X, um homem mal-encarado na casa dos cinquenta anos, que estala os dedos assim que passa pela porta, sacudindo a cabeça para enxugar os cabelos. O secretário espera pacientemente atrás dele, ainda protegendo a pasta com o corpo. Um guarda-costas cuida da retaguarda, em pé na escada, parado como um boi, enquanto o outro entra no avião. Com seu pescoço largo e seu olhar inexpressivo e hostil, ele põe a cabeça para dentro da cabine de comando para uma rápida inspeção.

Os pilotos se viram, e Gilchrist abre um sorriso simpático. — Meu Deus, você deveria avisar. — Fica à espera de que o outro retribua o sorriso, mas isso não acontece. Então dá de ombros e volta a fazer sua verificação antes da decolagem.

— Você não é Henderson — diz o guarda-costas em tom acusador.

A resposta de Gilchrist é alegre. — Não. O coitado pegou uma infecção intestinal. Eu disse para ele não tomar a *bouillabaisse*, mas ele quis dar uma de nativo. Agora está encolhido no banheiro do Hilton, botando tudo pra fora pelos dois orifícios — termina com um riso e olha para Sweeney, que acompanha a risada com um ligeiro atraso.

— Você não é Henderson — repete o guarda-costas.

— Nossa, você é perspicaz — diz Gilchrist, fazendo uma boa imitação de um homem que está ficando sem paciência.

— Não decolamos sem Henderson — diz o guarda-costas.

O chefão abre caminho. — Qual é o problema?

O guarda-costas gesticula. — Ele não é o Henderson.

Gilchrist revira os olhos. — Olha só, podemos pular a repetição? Não, eu não sou o Henderson. Henderson está doente e a agência me chamou. Minhas credenciais estão bem aqui — acrescenta, apontando para o crachá plastificado preso à própria camisa.

— Deixa eu ver — diz o guarda-costas, gesticulando para ele passar o crachá.

— Meu Deus — murmura o piloto, entregando sua identificação. É falsa, claro, mas bem-feita, e Gilchrist não está preocupado. Sweeney continua a trabalhar metodicamente na verificação, concentrando-se em sua prancheta e no painel de instrumentos enquanto o pequeno drama se desenrola. O guarda-costas examina o crachá.

— Vincent Griffin — lê lentamente.

— Excelente — diz Vance Gilchrist para ele. — Vejo que alguém entendeu a mensagem de que Leitura é Fundamental — e dá um sorriso amarelo para o guarda-costas. Gilchrist geralmente prefere uma abordagem tranquila, mas, às vezes, bancar o babaca dá melhores resultados. E é sempre mais divertido.

Ele estica a mão para receber de volta o crachá, mas o guarda-costas o retém.

— O que você vai fazer? Colar no seu diário antes de me convidar para o baile? — pergunta Gilchrist. — Esse é o meu crachá. Se você tem alguma dúvida, use o rádio. Senão, me devolva.

Eles se encaram, arrepiados como cães. Detrás do chefão, Billie intervém.

— Desculpe a interrupção, capitão, mas preciso do seu pedido e o do copiloto — diz ela, chamando a atenção de todos os homens.

O chefão se vira para olhar e ela abre um sorriso frio. — Boa noite, senhor. Deseja algo da cozinha antes da decolagem? — Ela está a centímetros de distância e ele recua para admirar melhor seu 1,65 metro de formosura. O uniforme, cinza-escuro, é austero, mas faz o favor de deixar à mostra um belo decote sombreado e um joelho que ele gostaria de conhecer melhor.

Ele retribui o sorriso, mas seus olhos são frios e pequenos. — Vodca — diz. — Com gelo, e não das vagabundas. Pago por coisas boas.

— É claro, senhor — diz ela, encarando-o por um instante a mais do que o necessário. — O senhor gostaria de se acomodar na sua poltrona? Minha colega está preparando uma seleção de aperitivos, e o jantar será servido uma hora após a decolagem.

Ela estica o braço, indicando a cabine às suas costas. O guarda-costas solta um ruído de protesto, mas o chefão o dispensa com algumas palavras bem escolhidas em búlgaro. Billie mostra o caminho até a primeira fileira de poltronas de couro. O secretário já se sentou na segunda fileira, secando a pasta de couro de vitelo manchada pela chuva com uma toalha fornecida por Helen. Natalie está na ponta dos pés, tentando fechar um dos compartimentos superiores de bagagem enquanto o segundo guarda-costas observa com entusiasmo o balançar dos seus seios atrás da blusa do uniforme.

Ele diz algo em búlgaro para o secretário, terminando com uma risada grosseira, mas o secretário franze os lábios. Mary Alice está na cozinha, servindo drinques e temperando com sal pequenas cumbucas de castanhas mornas para deixar os homens com sede. Ela ajeita a saia do uniforme sobre os quadris curvilíneos e carrega a bandeja, oferecendo os aperitivos com um sorriso. Certifica-se de que os guarda-costas pegaram um copo grande de algo gelado e os encoraja a beber depressa, antes que o avião decole.

— Tem para todos os gostos — diz o chefão enquanto se senta, mas ele não está olhando para as castanhas. Billie faz menção de pegar o cinto de segurança, mas ele faz sinal de não com o dedo.

— Conheço o protocolo. Vodca — lembra a ela. Põe a cadelinha no colo, passando seus dedos grossos no pelo do animal. O dorso de suas mãos é pálido, e ela consegue ver as veias, pesadas cordilheiras azuis sob a pele. Pensa em tudo que leu a respeito daquelas mãos, as coisas que elas fizeram, coisas que não podem ser desfeitas.

Ele levanta a cabeça, vê Billie, que o observa, e ergue uma sobrancelha cinza, imperiosa, um lembrete silencioso de que ela está ali para servir. Ela sorri, e a poodle levanta a cabeça, lançando um olhar de superioridade para ela antes de se virar. Até a cadela é uma idiota.

Billie assente com deferência. — É claro, senhor. — Ela entra na cozinha e sai um instante mais tarde com um copo gelado e um guardanapo. Curva os joelhos, mantendo-os unidos, enquanto deposita o copo na mesinha dele. É uma técnica usada pelas Coelhinhas da Playboy, graciosa e atraente, mas que acaba com os joelhos, pensa enquanto se levanta suavemente. — Mais alguma coisa antes da decolagem?

Ele não diz nada, mas, quando ela se vira, põe sua mão boba na bunda dela. Por um instante, ela para, os olhos arregalados. Helen balança a cabeça de maneira discreta, mas firme, e Billie se recompõe, desvencilhando-se do aperto dele com um sorriso vago que promete uma viagem em muito boa companhia.

Os homens falam mais algumas gracinhas em búlgaro enquanto as comissárias afivelam os cintos de segurança em seus assentos na traseira do avião. Mary Alice se senta ao lado de Natalie, enquanto Billie e Helen se sentam uma em frente à outra. Helen toca na mão de Billie enquanto se afivela no assento.

— Segura as pontas — sussurra.

Billie assente e respira fundo. Tudo faz parte do trabalho, e ela sabe bem disso. Ninguém disse que elas não seriam assediadas ou apalpadas ou abordadas com palavras deselegantes e intenções mais deselegantes ainda. Na verdade, isso foi destacado.

— Nós sabíamos no que estávamos nos metendo — responde rapidamente.

O telefone no anteparo atrás dela toca uma vez e ela estica o braço para atendê-lo.

— Cabine — responde.

— Afivelem os cintos, garotas — diz Sweeney com um tom alegre. — O capitão diz que estamos prontos para partir.

— Sim, senhor — responde ela e bate o telefone com um pouco mais de força do que o necessário enquanto os motores começam a gritar.

O avião avança, lentamente no início, depois ganha velocidade à medida que Gilchrist dá mais potência aos motores, cruzando a pista em disparada e subindo rumo ao crepúsculo.

Quando atingem a altitude de cruzeiro, o próprio Gilchrist telefona. Helen olha de soslaio para Billie e atende a ligação.

— Sim, capitão?

— Altitude de cruzeiro. Está na hora — diz Gilchrist rapidamente.

Helen desliga sem dizer nada e acena com a cabeça para as outras três. Todas se levantam juntas, esticando os vincos das saias. Mary Alice pega um estojo e abre o zíper. Dentro estão quatro seringas hipodérmicas, cheias e tampadas. Foi Nat quem teve a ideia de usar as seringas; Mary Alice escolheu a substância. Tiopental.

Nas doses certas e administrado por via intravenosa, é um anestésico. Injetado em quantidades maciças diretamente em um músculo, mata em poucos minutos, uma morte suave, indolor, que pelo menos proporciona um pouco de dignidade. E tem a vantagem de ser rápido e limpo, ao contrário de outros métodos que elas poderiam ter usado, reflete Billie, lembrando a sugestão inicial de Nat: picadores de gelo.

Elas retiram uma seringa de cada vez do estojo. Helen hesita, seus dedos apenas roçando a sua seringa. Ela foi a única que perguntou durante as instruções por que era necessário matá-los, em vista do que aconteceria em seguida.

Porque nunca devemos deixar nada ao acaso, srta. Randolph, explicou a mentora. *Este é o único trabalho em que pecar pelo excesso é uma boa coisa.*

Helen pega sua seringa do estojo, e as quatro se entreolham pela última vez. Segurando suas seringas com cuidado, elas se viram para a parte dianteira do avião. Na frente delas, os passageiros estão cochilando em silêncio sob o efeito do hidrato de cloral colocado nas bebidas. O chefão se mexe enquanto elas se aproximam, esticando a mão para Billie e agarrando seu pulso. Ele entreabre as pálpebras, esforçando-se para formar palavras sob o peso do cloral misturado ao álcool.

— Por quê? — pergunta, enrolando a língua.

Billie estica o braço com um gesto suave e espeta a seringa em seu pescoço, empurrando o êmbolo. — Acho que você sabe.

Ele faz menção de agarrar o próprio pescoço, mas o tiopental já está agindo. Suas pálpebras baixam. Ela o vê mergulhar no esquecimento, soltando seu pulso enquanto dá adeus à própria vida. Ela olha para as outras, que estão olhando para seus alvos com o mesmo interesse distante. Um minuto mais tarde, cada uma põe a ponta do dedo no pescoço do próprio alvo.

— Terminado — diz Billie diz.

— Terminado — responde Natalie.

— Terminado — diz Helen ao mesmo tempo.

— Merda! — Mary Alice recua, a mão do guarda-costas no seu pescoço, apertando à medida que ele avança, a seringa pendurada. Ele a arranca, varejando--a em um arco que termina aos pés de Billie. Ela vê rapidamente que a seringa ainda está cheia. Mary Alice não baixou o êmbolo e a agulha se partiu.

Mary Alice cai no chão, o guarda-costas em cima dela, asfixiando-a, seu rosto arroxeando. A cadela, assustada com a comoção, começa a latir, pulando em círculos. Helen a pega enquanto Nat pula sobre o guarda-costas em cima de Mary Alice, aterrissando nas suas costas com o mesmo impacto de uma pulga aterrissando em um cão. Ele ergue a mão para afastá-la, empurrando-a com força contra a mesinha do assento e deixando-a sem fôlego. Ela tosse algumas vezes, inspirando, enquanto a cadelinha, histérica, continua a latir, debatendo-se nos braços de Helen. Billie se dá conta de que a missão impecável, cuidadosamente arquitetada, tornou-se uma maldita crise, e cabe a ela salvá-la.

Ela estica os braços para baixo, agarrando a fenda da saia com as duas mãos, e puxa com força para rasgá-la até a cintura. Presa à sua coxa está uma faca, que ela saca enquanto está montada sobre o guarda-costas. Ainda bem que os cabelos dele precisam de uma aparada, pensa enquanto os enrola em volta da mão e dá um puxão. A cabeça dele se curva para trás, deixando o pescoço exposto. Uma estocada rápida, e a faca penetra, cortando sua jugular como se estivesse fatiando um filé. Um giro de pulso, e ela também pega a carótida, ambos os vasos esguichando sangue como uma fonte, respingando em Mary Alice no chão, que sai rolando de baixo dele, arquejando.

— Caramba — diz Helen. A cadela em seus braços de repente fica imóvel e solta um uivo triste.

— Não ponha a cadela no chão — instrui Billie. — Ela vai lamber o sangue.

— Ai, meu Deus — consegue dizer Mary Alice. — Acho que vou vomitar.

— De jeito nenhum — diz Billie para ela. — Não terminamos o trabalho aqui.

Nesse exato momento, Gilchrist sai da cabine de comando. — Que diabos foi todo esse barulho...

Ele interrompe a fala ao ver o carpete cinza com a mancha escura e pegajosa de sangue se alastrando.

— Ah, pelo amor de Deus — começa a dizer.

— Estamos cuidando disso — atalha Billie.

— É bom mesmo — responde ele ríspido e se vira para Helen. — Paraquedas.

Ela pega dois pacotes grandes e dois menores — os paraquedas principais e os de reserva — no compartimento superior e os entrega. — Aqui estão.

Ele os passa para Sweeney antes de se virar. — Você sabe o que fazer em seguida. Termine tudo e dê o fora daqui. Nós iremos depois. E não esqueça a pasta — acrescenta, olhando para o secretário desfalecido no assento, resultado do trabalho silenciosamente eficiente de Nat. — Ou tudo isto não valerá de nada.

Gilchrist volta para a cabine de comando antes de ver o dedo médio de Billie levantado.

Mary Alice, esforçando-se para se levantar, solta uma risada trêmula enquanto tira o uniforme manchado de sangue. Nat passa para ela um macacão preto aderente. É feito de um tecido desenvolvido por um fornecedor das Forças Armadas que vende alguns metros por debaixo dos panos. A pele de Mary Alice está grudenta de sangue, mas ela consegue entrar no macacão e acoplar o cinto de utilidades e o paraquedas. As outras fazem o mesmo, verificando o equipamento enquanto fecham os zíperes e fivelas.

— Temos um problema — anuncia Nat. Ela levanta a pasta de couro de vitelo, erguendo junto o braço do secretário. — Algemas. E nem sinal da chave.

— Não temos tempo para isso — murmura Billie. Dá um passo à frente com sua faca e faz o que tem de ser feito. Natalie fica olhando com interesse, como se estivesse fazendo anotações em um laboratório de biologia, e Billie pega a pasta e a prende ao peito usando uma correia com a mão decepada pendurada como um acessório obsceno.

Helen enfia a cadela no macacão e fecha o zíper, apertando-a contra o corpo, atrás do paraquedas de reserva.

— Sem chance de essa cadela sobreviver ao salto — diz Mary Alice.

— Sem chance de eu não tentar — responde Helen friamente. Nat lança um olhar de gratidão na sua direção, e elas vão para a traseira do avião, ficando em posição de emergência enquanto Vance aponta o nariz da aeronave para baixo, diminuindo em várias centenas de metros a altitude em um mergulho que quase paralisa os motores.

— Presepada — diz Helen.

Naquele instante, as luzes da cabine piscam duas vezes. O sinal. Mary Alice dá um passo à frente e abre a porta traseira. Vance voou para sudoeste, fora de Nice, paralelo ao litoral, penetrando ligeiramente a terra firme antes de fazer uma curva fechada para a esquerda e direcionar a aeronave para o sul. Eles superaram a maior parte das montanhas e estão sobrevoando o parque nacional de Plaine des Maures. É mais plano do que os planaltos escarpados a leste, mas isso não quer dizer que não existam obstáculos. De acordo com os levantamentos topográficos recebidos durante as instruções, é um terreno acidentado, cheio de arbustos e pontilhado de pinheiros-mansos e afloramentos rochosos perigosos. Agora é uma longa mancha negra ininterrupta que corre embaixo da barriga do avião. Distante, a oeste, uma fina linha violeta marca o final do dia, e as primeiras estrelas estão começando a brilhar acima do horizonte.

Natalie ajusta os óculos de proteção e bate continência enquanto cai em meio à noite.

Mary Alice é a seguinte, atirando-se do último degrau como uma nadadora pulando para o fundo da piscina. Helen é graciosa, virando-se para trás e fazendo um aceno final para Billie.

Billie está em pé na beirada do avião, respirando fundo, lentamente. O ar tem cheiro de sal do Golfo de St.-Tropez e combustível, e ela sorri enquanto se atira na escuridão.

Ela conta enquanto flutua. Trinta segundos antes que o paraquedas possa ser aberto; são os trinta segundos mais tranquilos da sua vida. Ela conta os números atentamente, seus dedos tocando no anel da corda de abertura, esperando, perguntando a si mesma se deveria desistir. Daquela altitude, não sobraria muito dela ao tocar o solo, e ela não sentiria nem veria nada. Nada além da bela e vazia escuridão acenando como o fim dos tempos.

Trinta. Seus dedos puxam com força, e ela instantaneamente sente o tranco à medida que o paraquedas infla, interrompendo sua queda livre. Ela balança, as pernas soltas como as de uma marionete, enquanto desce rumo à planície. À esquerda, ela vê três luzinhas mínimas brilhando à medida que Helen, Mary Alice e Natalie flutuam até o solo. A aterrissagem é mais brusca do que ela esperava, o impacto tira o ar dos seus pulmões.

Ela amolece o corpo, rolando de lado como foi instruída no treinamento. Para ao se chocar com a base de um pinheiro-manso, e o impacto desperta um pássaro que emite um ou dois gritos antes de ir embora batendo as asas com raiva. Billie vê as luzes das outras, piscando como vaga-lumes em uma linha irregular em meio à planície. Ela ergue o rosto para ver mais dois vaga-lumes flutuando embaixo do vulto escuro do avião, que voa baixo, sua silhueta recortada nas nuvens como um adereço, rumando para o Mediterrâneo. O combustível foi calculado com precisão para acabar em algum ponto entre as Baleares e a Sardenha na escuridão antes da meia-noite, deixando apenas alguns pedaços de fuselagem e um rastro de produtos químicos na superfície da água. Billie lembra ter lido em algum lugar que são três mil metros até o fundo do mar, onde as carcaças de navios e marinheiros jazem há milênios. Algumas outras não vão fazer diferença.

Billie sente algo roçar em sua perna — uma tartaruga? Um rato? Ela se levanta e procura as outras, suas posições indicadas pelas grandes lanternas de segurança ativadas. Ativa a própria, e a forte luz branca quase a cega. Protege os olhos enquanto ouve a chegada do helicóptero, descendo para retirá-la daquela planície rochosa. Ela é a quarta a ser resgatada, tremendo por causa do efeito retardado da adrenalina. Tropeça ao subir a bordo, caindo de barriga no chão e desejando ter feito uma entrada mais elegante, quando vê a mentora do grupo e chefe do Projeto Esfinge, Constance Halliday — codinome Pastora — sentada em um assento retrátil. Halliday aparenta todos os seus setenta anos e está vestindo um macacão de voo com uma echarpe de seda branca elegantemente amarrada em volta do pescoço para evitar que sinta frio. Uma bengala está ao lado da sua perna.

Helen já está com o cinto afivelado, tirando o macacão para inspecionar a cadela, que late furiosamente, mas, ao que parece, saiu ilesa da aventura. Nat faz festa para ela enquanto Mary Alice se recosta, os olhos fechados como se estivesse rezando. Os homens serão resgatados por um segundo helicóptero, menor, e todos se reunirão para uma avaliação pós-missão em um local não revelado fora de Paris. Elas terão de narrar cada minuto da missão detalhadamente, destacando os próprios erros e examinando cada decisão para saber como melhorar. Mas, por ora, estão a salvo. A primeira missão terminou sem baixas além da costela quebrada de Nat e o sangue ainda nos cabelos de Mary Alice.

Sem proferir palavra, Halliday gesticula, e Billie solta e entrega a pasta ainda com a mão pendurada, drenada de todo o sangue, pálida e flácida, como uma luva cheia de pudim de baunilha. Halliday ignora a mão. Saca uma ferramenta e abre a pasta, retirando um dossiê. Durante os minutos seguintes, ela corre os olhos pelo material ali dentro, permitindo-se um risinho ao terminar.

— Bom trabalho, srta. Webster — diz com seu sotaque entrecortado.

Billie assente e, sem aviso, fica de quatro e vomita.

É o dia mais importante da sua vida.

Por enquanto.

CAPÍTULO 2

Os problemas assumiram várias formas na minha vida. Um trabalho que deu errado. Uma rua de mão única na qual eu nunca deveria ter entrado. Um homem de jeans desbotado com um sorriso que partiu meu coração meia dúzia de vezes e voltou a consertá-lo com amor. No *Amphitrite*, foram gardênias e dinheiro. O barco era uma beleza, a última proposta de luxo de uma empresa especializada em pequenos transatlânticos — cinquenta cabines, incluindo duas suítes para os donos, e um tripulante para cada um de nós. Os folhetos descreviam tudo como feito sob medida ou feito à mão ou artesanal. Eles haviam mandado para cada uma de nós um pacote com metade da espessura das antigas listas telefônicas, repleto de fotografias elegantes, mapas e uma carta de boas-vindas do capitão em um papel timbrado e gofrado que pesava mais do que um convite de casamento. Desde os cardápios dos três restaurantes a bordo ("oferecendo os mais frescos frutos do mar de origem local e frutas orgânicas, cultivadas de maneira sustentável") até as brochuras das excursões ("flutue sobre os recifes de coral em seu próprio minissubmarino"), tudo havia sido escolhido para que nos sentíssemos bem-vindas e paparicadas. Dentro do pacote havia uma carta personalizada escrita com tinta turquesa com pequenas estrelas-do-mar no lugar dos pontos dos *is*.

Caras Mary Alice, Helen, Natalie e Billie

É um prazer recebê-las a bordo do *Amphitrite*! Sabemos que esta é uma ocasião especial para vocês quatro. Feliz aposentadoria! Quarenta anos no mesmo emprego é um tremendo feito e ficamos felizes por vocês estarem celebrando esse evento conosco. Ao virar essa página e começar o novo capítulo de suas vidas, por favor, nos digam se há algo que podemos fazer para tornar seu cruzeiro uma experiência ainda mais agradável!

Cordialmente,
Heather Fanning
Coordenadora Executiva de Atendimento ao Cliente
#aposentadoria #cruzeirosdeluxo #amphitrite

Balancei a cabeça. Quarenta anos em um dos mais renomados esquadrões de matadores de todo o mundo terminando daquela maneira, com um cruzeiro grátis e a carta entusiasmada de uma moça que assina suas cartas com hashtags.

Se você está esperando que eu revele o nome da organização para a qual trabalho, pode parar de ler agora mesmo. É segredo — de fato, é um segredo tão bem guardado que nós, que trabalhamos lá, nunca usamos o nome oficial. Sempre nos referimos à organização como o "Museu" e usamos nomenclatura de museu para que fique menos óbvio para quem estiver nos ouvindo que nosso trabalho é matar pessoas que precisam ser eliminadas.

Os homens e mulheres que criaram o Museu eram um conglomerado internacional de ex-agentes da SOE e da OSS, ex-membros das Resistências francesa, polonesa e holandesa, e alguns dos últimos Monuments Men, que preservaram as coleções de arte da Europa enquanto as tropas de assalto nazistas avançavam pelo continente. Basicamente todos os que queriam caçar nazistas e não tinham autorização do governo se juntaram e decidiram agir por conta própria.

Eram os esquisitões e excêntricos, os extravagantes que davam brilhantes saltos de lógica e, em vez de seguir, descartavam as regras. Eles caçaram ex-membros do Terceiro Reich — desde o engraxate de Hitler até os guardas de Treblinka. Nas selvas brasileiras, armazéns de Buenos Aires e mansões nos arredores de Pretória, mataram todos que conseguiram encontrar. Quando terminaram a lista de nazistas a serem justiçados, passaram para outros: ditadores, mercadores de armas, contrabandistas de drogas e traficantes de sexo.

Era uma espécie de Oeste Selvagem sem lei, com apenas a justiça natural, e suponho que fossem os bons e velhos tempos. Não totalmente, é claro. O Museu, apesar de seus nobres princípios, tem sido lento no que diz respeito à justiça social. Já perdi a conta das vezes que agarraram minha bunda; além disso, só tivemos um agente operacional negro durante os primeiros doze anos que trabalhei para eles. Mas, pelo menos quando entramos para a organização, havia uma empolgação no ar, uma expectativa efervescente, pois sabíamos que estávamos fazendo, melhor do que ninguém, algo válido.

Foi assim que eles me convenceram, é claro. Encontraram-me na faculdade, com meu jeans com símbolos da paz bordados, e lançaram a isca do "você vai mudar a História". Fui recrutada no final de 1978 com Mary Alice, Helen e Natalie como parte do Projeto Esfinge, o primeiro esquadrão só de mulheres. Abaixei meus cartazes de protesto, apaguei as chamas do meu sutiã e deixei que eles me transformassem em uma matadora.

Helen não gosta dessa palavra, mas sempre pergunto para ela: "Por que usar outro termo?" Esse é simples e verdadeiro. É matando que ganhamos a vida. Uma *boa* vida, caso você esteja interessado, com uma sólida base salarial, bônus e benefícios — que incluem assistência odontológica e aposentadoria. E só matamos quem nos mandam matar. Vamos logo esclarecer isso. Não somos sociopatas. Não matamos por diversão ou de graça. Matamos para sermos pagas. Mary Alice adora seu idealismo e ainda se agarra à ideia de que matamos pessoas que precisam ser eliminadas para que a sociedade melhore. Esse era o discurso oficial quando fomos recrutadas, e embora os tempos tenham mudado — mais computadores e burocratas fazendo análises de custo-benefício —, essa parte é inegociável. Só matamos pessoas que são especificamente escolhidas pelo Museu para serem exterminadas e nunca fazemos bicos, *jamais*. Não matamos nos nossos dias de folga, da mesma maneira que um cirurgião torácico não vai abrir seu peito só por diversão. Temos normas.

CAPÍTULO 3

O pacote chegou pelo correio no final de novembro de 2018, período do ano previsivelmente soturno. Assassinatos encomendados têm uma demanda surpreendentemente alta durante as festas — os alvos são criaturas tão comuns como todos nós, e muitas vezes é possível abatê-los quando estão viajando pelos campos e bosques até a casa da vovó —, mas eu havia terminado o meu último trabalho na semana após o Halloween, o que me deixou andando como uma alma penada pelo meu sobrado alugado, exatamente como a Miss Havisham, só que com restos de *tacos* em vez de um bolo de casamento para o café da manhã. Não havia mais perspectiva de trabalho, os Astros tinham perdido para os Red Sox nas eliminatórias no mês anterior e, como se isso já não bastasse, nevara em Houston. Resumindo, eu estava pronta para qualquer coisa que tivesse um ar de aventura, e um cruzeiro de aposentadoria com tudo pago e embarque no dia após o Natal era melhor do que nada.

Dei uma olhada nos folhetos e notei a omissão proposital dos preços.

Aquilo era demais. Desisti depois de ler sobre o número de fios dos lençóis ("tecidos à mão com algodão cultivado no delta do Nilo") e joguei o pacote na minha bolsa. Continuava lá um mês depois, enterrado embaixo de um frasco de protetor solar, um maço de cigarros e um saco de balas de alcaçuz, quando peguei um barco em San Juan para uma partida no fim da tarde que mais parecia a reunião de uma velha turma da escola. Mary Alice e eu nos encontramos no aeroporto de Dallas a caminho do leste; Helen se juntou a nós em Miami. Natalie, como sempre, apareceu no último minuto, deixando cair da bolsa batons e miniaturas de bebidas alcoólicas enquanto subia a escada do portaló no cais de Porto Rico.

— Ela vai quebrar o quadril fazendo aquilo — disse Mary Alice calmamente. Estávamos na balaustrada perto de Helen, observando enquanto Natalie requebrava pelo convés com sandálias com dez centímetros de salto anabela amarradas até a metade das pernas por fitas de cetim amarelo.

— Ou caindo em cima de um carregador — completei, indicando com a cabeça uma Natalie batendo furiosamente os cílios para um pobre rapaz na casa dos vinte anos que parecia não entender de onde tinha surgido aquele furacão.

— Deixa ela em paz — disse Helen, com um tom um pouco ríspido demais. Levantei a sobrancelha para Mary Alice, mas nenhuma de nós respondeu. Natalie pôs a bagagem nos braços do carregador e o despachou com um aceno de mão enquanto vinha na nossa direção. Ela era a menor, mal chegava à altura dos ombros de Helen, mas, de alguma maneira, conseguiu nos reunir em um abraço coletivo.

— Faz tanto tempo! — gritou, recuando para nos ver melhor. — Deixa eu olhar pra vocês! Meu Deus, vocês estão tão velhas!

— Faz seis meses — disse Mary Alice, alisando a túnica de linho que Natalie havia amassado com a sua exuberância.

Natalie balançou a mão. — Que nada! Faz mais tempo.

Helen estava calculando. — Foi no meu último aniversário. Todas vocês foram a Washington — disse, mas não terminou o pensamento. Tínhamos ido a Washington armadas de reservas para o jantar e entradas para o relançamento de *Camelot* no Kennedy Center a fim de tirá-la de casa.

Olhei atentamente para ela. Helen me preocupou naquela viagem. A morte de Kenneth a abalara muito e eu não sabia se ela conseguiria superar. Fazia três meses que ele havia morrido quando nós aparecemos. As persianas estavam fechadas e a casa, escura, tomada pelo cheiro de gim, de lençóis que precisavam ser lavados e, sobretudo, de Helen, que também precisava tomar um banho. Ficamos lá quatro dias, arrastando-a para fora de casa, levando-a ao spa, ao cinema e a um jogo de beisebol. Fizemos com que ela prometesse que manteria as horas marcadas no cabeleireiro e os compromissos de voluntariado, fizemos sua matrícula em um curso de cerâmica e contratamos um serviço de entrega de comida congelada. Depois voltamos para casa, para nossas próprias vidas, com a sensação de ter cumprido o que havíamos nos proposto a fazer, como se Helen fosse uma tarefa em uma lista de afazeres. Marque "x" no quadradinho CONSOLAR VIÚVA e passe para o próximo item.

Só que Helen não havia progredido, suspeitei. Ela estava bem-vestida, seus pálidos cabelos louro-acinzentados brilhavam com mechas platinadas que combinavam com a bolsa Birkin de couro de avestruz pendurada na dobra do braço. Mas havia perdido mais peso. Um abraço apertado e eu poderia quebrá-la ao meio, pensei com tristeza.

Naquele exato momento, o carregador de Natalie apareceu com uma cesta e uma pinça. — Toalhinhas frias, senhoras? Aromatizadas com verbena? — Tudo que o garoto dizia terminava com um ponto de interrogação.

— Obrigada, Hector — disse Natalie com um sorriso aberto.

Ele distribuiu as toalhas uma a uma como se fossem cartões. Mary Alice esfregou com vontade os braços enquanto Helen enxugava delicadamente o rosto. Natalie enfiou sua toalhinha dentro do sutiã enquanto eu abri a minha sobre a nuca com um gemido de alívio.

— Fogacho? — perguntou Mary Alice com olhar solidário.

— Só de vez em quando — respondi.

— Não acredito que isso ainda não acabou pra você — disse Natalie, tirando a toalhinha do decote. — Eu não menstruo desde 2005.

— Natalie, por favor — disse Mary Alice, olhando em volta para ver se alguém estava prestando atenção.

Nat deu de ombros. — Pouco me importa se alguém ouviu. A menstruação é um fenômeno perfeitamente natural.

— Sei como funciona a menstruação, Natalie — disse Mary Alice, cerrando os dentes. — Só acho que os outros passageiros talvez não estejam interessados nas suas façanhas ginecológicas.

Quando éramos mais jovens, Natalie teria dado uma resposta ferina a uma observação como aquela, mas ela só encolheu os ombros e pegou duas taças geladas de rosé de um garçom que passava por nós. Empurrou uma para Mary Alice. — Toma, Mary Alice. Beba isso, e eu vou ver se consigo arrumar uma lanterna pra você.

Mary Alice franziu a testa. — Lanterna?

— Pra ver se você encontra o bicho que te mordeu. Se precisar de ajuda, é só me falar — disse Natalie com tom meigo.

Peguei outras duas taças e empurrei uma para Helen, rapidamente erguendo a minha. — Um brinde — disse, encarando Natalie e Mary Alice com os olhos semicerrados. — A nós. Ainda mandando ver depois de quarenta anos.

Elas se juntaram a mim, inclusive Helen, embora parecesse mal ter forças para brindar. Enquanto o navio zarpava e assistíamos ao pôr do sol, e também no caminho para o restaurante, onde jantamos peixe-espada grelhado, tomamos mais duas rodadas de vinho. Devoramos uma quantidade obscena de *tiramisù* de coco e estávamos prontas para cambalear até a cama quando Heather Fanning, tão dentuça e animada quanto eu temia, nos abordou com um sorriso franco.

— Espero que tenha sido um maravilhoso jantar de boas-vindas! — disse entusiasmada. — Tenho uma surpresa especial para vocês!

Acenou para que a seguíssemos, e Mary Alice acertou o passo comigo. — Aposto dez pratas que essa garota costumava girar um bastão.

— Em chamas — concordei.

Heather nos levou até a ponte de comando, onde nos apresentou o capitão, um homem suficientemente parecido com Idris Elba para que Natalie grudasse nele enquanto fazíamos um tour pelo barco. Subimos e descemos escadas e demos uma volta no convés enquanto ele indicava todos os itens de luxo e ilustrava as medidas de segurança. Seu maior orgulho era a sala de máquinas, onde nos manteve em pé por meia hora enquanto explicava a complexidade dos tanques de LGN — líquido de gás natural, caso algum dia perguntem a você. Ele falou até eu ficar com cãibra nas panturrilhas, querendo nada mais que me enroscar atrás do motor mais próximo e tirar um cochilo. Mas todas nós sorrimos e agradecemos. Quando voltamos para o salão do nosso convés, uma garrafa de champanhe nos aguardava com as felicitações do capitão. Tinha um cartão — FELIZ APOSENTADORIA — e quatro taças. Brindamos, e a atmosfera imediatamente se tornou nostálgica.

— Acho que nem estou pronta para me aposentar — disse Nat, pesarosa. — Amo o meu trabalho.

— Eu também — concordei.

— Eu estou aliviada — discordou Mary Alice. — Está na hora de iniciar um novo capítulo.

— Eu gostaria de ter terminado o antigo — disse Helen, segurando a taça. — *Comme il faut*, quero dizer. Se eu soubesse que a missão no Catar seria a última, teria prestado mais atenção.

— Eu teria prestado mais atenção a todas elas — completei. — Tudo passou muito depressa.

— Vou sentir falta da adrenalina — disse Nat com uma expressão melancólica. — Quer dizer, como vou achar algo que me faça sentir tão *viva*?

— Você pode começar a tomar drogas recreativas — sugeriu Mary Alice.

Natalie pôs a língua para fora e, depois, virou-se para mim. — Eu sei que você me entende, Billie — disse.

— Entendo. É como passar de jogos de pôquer com apostas altas a caça-níqueis para o resto da vida.

Natalie ergueu as mãos em um gesto dramático. — *Obrigada*. É o desafio, testar a si mesma o tempo todo contra as probabilidades e descobrir como fazer x quando você deveria fazer y, equilibrando-se no fio da navalha.

Eu sabia exatamente o que ela queria dizer. Por melhor que fosse o planejamento, por mais que você se preparasse, algo sempre saía diferente do esperado. E cada missão era uma oportunidade para provar a simples máxima de Darwin: adapte-se ou morra. Nós nos adaptamos; eles morreram.

Virei-me para Mary Alice. — Você vai sentir saudade?

Ela pensou um instante. — Provavelmente não. Akiko e eu temos uma vida boa, sabe? Temos a nossa liga de beisebol, e Akiko vai estrear como arremessadora no ano que vem. Eu finalmente vou poder entrar para uma orquestra amadora e desenferrujar a minha viola. Vamos poder viajar sem que eu fique sempre me perguntando se vai aparecer uma missão para estragar os nossos planos. Minhas desculpas estão chegando ao fim. Acho que Akiko está com medo de eu estar tendo um caso.

Embora sua voz estivesse leve, percebi como devia ser difícil esconder da companheira esse tipo de coisa. O trabalho podia exigir a nossa presença quando menos esperávamos, missões surgiam sem aviso prévio. Quando a notificação chegava, pegávamos a mala e íamos embora. Às vezes, por poucos dias; outras vezes, por meses. Não dava para saber.

Mary Alice prosseguiu. — Ou estou tendo um caso ou sou uma espiã, tenho quase certeza de que é isso que ela pensa.

Natalie bufou. — Por que ela pensaria que você é uma espiã?

— Porque sou péssima para inventar desculpas a respeito dos lugares para onde vou quando tenho de desaparecer de repente. Da última vez, eu disse que tinha uma emergência contábil.

O Museu nos pagava anualmente, um adiantamento para que estivéssemos sempre disponíveis quando eles precisavam de nós. Os bônus vinham a cada trabalho, ou seja, nunca estávamos precisando de dinheiro, e também seria difícil manter um emprego regular tendo de ficar longe por alguns meses de cada vez. Mas era fácil sentir-se entediada e precisávamos de histórias fictícias, então a maioria de nós fazia trabalhos como freelancer. Mary Alice tinha alguns clientes de contabilidade, Natalie fazia arte que era exposta ocasionalmente, embora tomasse cuidado para ser discreta. Helen era feliz como dona de casa para Kenneth, e eu pegava trabalhos de tradução, geralmente de livros acadêmicos. Se você está pensando que é um trabalho chato, não está enganado. Mas assim eu mantinha os meus idiomas em dia e tinha algo para fazer durante o tempo livre.

Virei-me para Mary Alice. — Que diabos é uma emergência contábil?

— Acredite, se eu conseguisse pensar em algo plausível, eu usaria como desculpa. Geralmente invento alguma lorota sobre sigilo em relação ao cliente e saio porta afora. Ou simplesmente digo que a minha mãe não está bem.

— Ela nunca quer ir junto? — perguntou Helen.

Mary Alice hesitou um pouco. — No fundo, ela sabe que estou mentindo, e acho que ela tem medo de insistir por causa do que poderia descobrir. Além disso, você conhece a minha família. Não foi difícil fazer Akiko acreditar que ela não seria bem-vinda.

Balancei a cabeça. — Então, durante os cinco anos de casamento, Akiko acreditou que a sua família é homofóbica demais para receber a sua esposa? E que você aceitaria algo assim?

Ela deu de ombros. — É a melhor maneira de manter a segurança dela. Quanto menos ela souber, em menos encrenca poderá se meter.

Helen franziu os lábios. — Mas ela deve pensar que você não vai defendê-la, que você está disposta a aceitar o que a sua família jogar na sua cara.

— Ah, eles já jogaram muitas coisas, inclusive pratos. Você deveria ter visto a vez em que tentei levar Akiko para passar o Natal com a minha família — disse Mary Alice com um suspiro. — Mas, talvez, um dia, eu possa contar a verdade para ela, agora que tudo finalmente terminou.

— Não sei por que você não contou pra ela desde o início. Kenneth sempre soube o que eu fazia — discordou Helen.

— Kenneth era da CIA. Ele tinha a sua própria bagagem — disse Mary Alice. — Eu deveria ter contado pra ela. Sei disso. Mas nunca encontrei o momento certo. Quer dizer, não é exatamente algo que você conte no primeiro encontro. "Bem, eu gosto de música de câmara e de tricô colorido, e, na semana passada, envenenei o CEO de uma organização criminosa internacional." Não soa muito bem.

— E não apareceu nenhuma oportunidade entre o primeiro encontro e o dia do casamento? — perguntei de mansinho.

Ela mordiscou a unha do polegar com ar de muita culpa. — Achei que ela pudesse me deixar. Fiquei com medo, tá bom? Fiquei preocupada pensando que, se contasse a ela as coisas que eu tinha feito, ela poderia não aceitar. E eu não conseguiria viver sem ela.

— Você deveria ter contado pra ela — insistiu Helen com firmeza.

— Eu nunca contei pra nenhum dos meus maridos — interpôs Natalie.

— Nenhum dos seus maridos durou tempo suficiente para que você contasse. Você troca de marido como nós trocamos de calcinhas — retorquiu Mary Alice.

Natalie encolheu os ombros. Ela via a monogamia como uma sugestão apenas, e não um imperativo — algo que ela finalmente percebeu que deveria compartilhar com um marido em potencial depois do segundo divórcio. Quando se separou do terceiro, desistiu completamente de se casar e decidiu manter uma série de peguetes, como dizem os jovens.

Natalie se virou para mim. — E você? Vai sentir falta?

— Não vou sentir falta dos treinos — disse francamente. — Estou ficando velha para me manter em forma porque a minha vida pode depender disso. Meus joelhos estão cansados.

— O que você vai fazer com o seu tempo livre? — perguntou Helen.

Dei de ombros. — Sei lá. Talvez eu comece a bordar ou faça dança moderna.

Natalie balançou a cabeça. — Não consigo imaginar você sendo diferente do que é. Somos todas matadoras, você é a Rainha das Matadoras — disse ela, erguendo a taça em um brinde.

As outras riram e eu até consegui beber, mas a observação de Natalie me abalou um pouco mais do que eu gostaria. Porque ela disse o que eu já começava a temer: que, sem um trabalho, eu não era nada.

CAPÍTULO 4

DEZEMBRO DE 1978

Não existem feiras de empregos para matadores. O recrutamento é um trabalho delicado, e Billie Webster não faz ideia de que está prestes a ser chamada. Ela está sentada em uma cela de detenção provisória em Austin, Texas. Passou a noite encostada na parede de blocos de concreto, ouvindo os sons costumeiros de uma prisão urbana em um sábado à noite. Uma prostituta adormeceu com a cabeça em seu ombro e, embora ela esteja fedendo a suor e maconha, Billie não a afasta.

Ela não deu o telefonema a que tem direito porque acabou de romper com o segundanista do curso de Direito na Universidade do Texas, que geralmente paga a sua fiança, e não sabe para quem mais ligar.

Então ela espera, deixando a prostituta roncar em seu ombro até que o agente penitenciário de plantão chegue e grite seu nome.

— Webster!

Billie afasta gentilmente a prostituta e se levanta. Ele balança a cabeça e abre a cela, algemando-a antes de agarrar seu braço e levá-la por um corredor estreito. Ela ainda está usando o mesmo jeans boca de sino da manifestação, mas a calça está endurecida de sangue e meias-luas vermelhas estão incrustadas sob suas unhas. O agente atravessa com ela uma série de portas até chegarem a uma onde está escrito PRIVATIVO. Ele abre as algemas e a porta, gesticulando para que ela entre enquanto ele prende novamente as algemas no seu cinto.

Lá dentro há uma mesa arranhada e um par de cadeiras. Um homem está sentado em uma delas, lendo jornal enquanto fuma cachimbo. Ele está à paisana, mas algo na sua postura diz que já usou uniforme por algum tempo.

O agente indica com a cabeça que Billie entre.

— Vou estar logo aqui fora, senhor — diz ele ao homem, olhando para Billie, e ela sabe que é um aviso.

Ela entra e a porta se fecha. O homem levanta a cabeça e, com um sorriso inesperado, gesticula para que ela se aproxime. Quando Billie chega mais perto, vê que o jornal está aberto no caderno dos quadrinhos.

O homem dá uma risadinha enquanto dobra o jornal. — Marmaduke — diz para si mesmo. Ele a observa enquanto ela se senta, analisando-a cuidadosamente enquanto ela retribui o favor. Billie está suja, seus cabelos louro-escuros estão emaranhados e precisando urgentemente de uma lavagem. Ela está usando um suéter fino e jeans boca de sino com palmeiras e arco-íris bordados, e há algo estranhamente comovente na ideia daquela garota sentada no dormitório, dando cada um daqueles pontos. Ele sente prazer ao pensar nela fazendo algo tão preciso. Isso significa que seu instinto a respeito dela está correto.

Ela vê um homem de sessenta e tantos anos, calcula, com os músculos rijos de um galgo e bem-vestido, cabelos cor de areia misturados com fios grisalhos. Seu bigode é fino e asseado, e ele está usando roupas esportivas — calça cáqui e uma camisa tipo Oxford — com o ar de um terno da Savile Row. Billie ainda não ouviu falar da Savile Row. Só muitos meses depois ela vai aprender sobre roupas sob medida e perceber que ele foi a apresentação dela ao mundo da alfaiataria.

Suas feições têm uma expressão de interesse calmo, e ele parece achar divertido estar sendo examinado por ela. — Bom dia, srta. Webster.

Ele olha para os nós dos dedos inchados e sangrentos de Billie e não tenta apertar sua mão. É um sinal de atenção, e ela aprecia isso nele.

— Do que se trata tudo isto? — pergunta ela.

Ele sorri, um sorriso paciente e bonachão. — Tudo em seu devido tempo, srta. Webster. Espero que não esteja sofrendo muito por causa dos seus ferimentos. Essa contusão em cima do seu lábio precisa levar um ponto — diz em tom de reprovação. Suas palavras têm um leve sotaque britânico, e ela também aprecia isso nele.

— Estou bem — diz ela.

— Posso lhe oferecer algo? Um doce ou uma xícara de café? Receio que a cantina da polícia não tenha muita variedade.

Billie balança a cabeça e recosta na cadeira, aparentemente satisfeita por terem sido observadas as cortesias obrigatórias.

— Muito bem. Apresentações, então — diz ele, esfregando as mãos vigorosamente. — Meu nome é Richard Halliday, major do exército de Sua Majestade. Reformado.

— O que isso tem a ver com o Departamento de Polícia de Austin?

Ele ignora a pergunta e afasta o jornal para o lado. Embaixo tem um envelope de papel pardo com o nome dela escrito. "Webster, Billie". Ele faz uma pausa e olha para ela.

— Admito, isso me surpreendeu. Achei que podia ser uma abreviação. Wilhelmina, talvez. — Ela o encara e ele continua a ler trechos das próprias anotações. Fala do QI dela — 142; do seu histórico escolar — irregular com a excelente média nas provas diminuída por "questões disciplinares"; e do fato de ela ter entrado na faculdade graças a uma bolsa de estudos e a uma certa piedade institucional por ter vivido em um lar temporário não licenciado durante o ensino médio. Ela levanta a mão quando ele começa a falar de suas tendências solitárias.

— Major, isso é para me ajudar em alguma coisa? Porque, na verdade, eu já conheço toda essa história.

Ele fecha a pasta. — Represento uma organização — diz Halliday lentamente. — Uma organização clandestina; portanto, eu ficaria muito grato se este encontro ficasse apenas entre nós. — Ele faz uma pausa e ergue as sobrancelhas cor de areia para que ela tenha oportunidade de assentir. — Muito bem, obrigado. Como eu estava dizendo, represento uma organização que precisa de talentos, especificamente jovens, novos talentos que possam ser plasmados e moldados de acordo com os nossos propósitos para uma empreitada muito especial.

— É pornografia? É pornografia, não é?

A boca estreita quase sorri. — Não, não é pornografia.

— Então que propósitos são esses? — pergunta Billie. Ele estremece um pouco e ela percebe que perguntas diretas não serão bem-vindas. Será melhor ela usar uma abordagem mais indireta, como um caranguejo andando de lado.

— Isso logo ficará claro. Acho que é melhor eu explicar a missão geral da organização. Você já ouviu falar da OSS? Da SOE?

— As siglas originais de Departamento de Serviços Estratégicos e Execução de Operações Especiais — diz Billie. Ele ergue a sobrancelha e ela ergue os ombros. — Leio muito.

— Dá para perceber. — A sobrancelha volta ao lugar. — Então, sem dúvida, sabe que a OSS foi fundada durante a Segunda Guerra Mundial para coordenar esforços de espionagem de vários ramos das Forças Armadas americana.

— Espiões — diz ela com um tom neutro.

— Espiões — concorda ele. — Depois da guerra, a OSS evoluiu para a CIA, Agência Central de Inteligência. A história da Execução de Operações Especiais é um pouco diferente. Foi formada sob a direção do Ministério da Economia de Guerra e comandada, em grande parte, pelo próprio Churchill. Muitos civis tomaram parte em ações de resistência e sabotagem extremamente perigosas em toda a Europa.

— O Ministério da Guerra Suja — diz ela.

Dessa vez ele sorri, mas de forma quase imperceptível, o fantasma de um sorriso que paira sobre sua boca e depois volta a sumir. — Uma das muitas alcunhas. Os Irregulares de Baker Street era outra. De qualquer forma, depois da guerra, a SOE não foi transformada em agência governamental como a OSS. Poucos, muito poucos, agentes foram transferidos para a outra organização de inteligência do governo britânico.

— O que aconteceu com o resto? — pergunta ela.

— Dissolução — foi a resposta sucinta. Ele risca um fósforo e o encosta no tabaco dentro do cachimbo. Inspira com força, soltando lufadas de fumaça doce pelo ar. O cheiro é de madeira e cerejas, o tipo de aroma que deveria pairar no ar de um clube privado ou de uma mansão. Cheira a dinheiro. Halliday continua. — Depois do treinamento, do corajoso serviço, dos atos de sacrifício de tirar o fôlego, toda a organização foi demitida. Foi um dia negro — acrescenta.

— O senhor era um deles — diz ela. Não é uma pergunta. A pele retesada em volta dos olhos dele revela toda a história.

— Exato — diz ele secamente. — E, em vez de irmos para casa para lamber as feridas, alguns de nós se reuniram com nossos análogos da ex-OSS.

— Ingleses e americanos unindo forças no espírito de "dane-se" em relação aos seus respectivos governos — diz ela com um sorrisinho.

— De certa forma, mas gostamos de ser discretos. Operamos melhor às escuras. — Ele toma fôlego, a fumaça do cachimbo traçando uma espiral sobre sua cabeça. — A dissolução da SOE foi perturbadora, mas igualmente questionável foi o número de nazistas que se safaram na surdina depois da guerra, desaparecendo sem deixar rastros, muitas vezes levando consigo os maiores tesouros da arte ocidental. Eles passaram a maior parte dos anos trinta e quarenta saqueando museus e coleções particulares, e apenas uma fração do que roubaram foi recuperada.

Ele parece um pouco melancólico, provavelmente está pensando em todos aqueles Canalettos e Caravaggios desaparecidos graças à mão leve de Göring, ela suspeita. Ele prossegue. — Simplesmente não podíamos suportar a ideia de que aqueles monstros não fossem justiçados e de que tudo que roubaram não fosse recuperado. E, sem a aprovação de uma agência governamental oficial, tínhamos liberdade para fazer algo a respeito. — Ele faz uma pausa para fumar o cachimbo, a boca se contraindo em torno da boquilha. — Quando o nosso grupo foi fundado no final de 1946, dependíamos exclusivamente do boca a boca para angariar recrutas. Trouxemos ex-membros dos grupos de resistência da Polônia e da França, italianos e espanhóis que haviam lutado contra Mussolini e Franco. Nossos recrutas eram holandeses, belgas. Estávamos abertos para trabalhar com qualquer um que compartilhasse dos nossos interesses.

— Nenhum russo? Eles foram nossos aliados na guerra.

A expressão dele é oblíqua. — Ao final da guerra, ficou claro que os russos, embora perfeitamente contentes por aplicar a justiça a criminosos de guerra, estavam bem menos interessados em repatriar obras de arte roubadas aos seus legítimos donos.

— O senhor quer dizer que eles queriam ficar com a arte que encontrassem.

— Na verdade, o dom para a pilhagem dos soviéticos rivaliza com o de Göring — diz ele secamente. — Eles decidiram ficar com qualquer obra que recuperassem e chamar isso de reparação. Então, quando formamos a nossa organização, ficou claro que teríamos de executar nossa missão sem a cooperação dos nossos ex-aliados.

— Caçar nazistas.

— Caçar nazistas. Nas últimas três décadas, acumulamos um bocado deles — diz com um sorriso sinistro em volta da boquilha do cachimbo. — Mas nosso grupo original de agentes ficou velho e cansado, alguns morreram em campo. Estamos lentamente recrutando novos talentos para substituí-los.

— Espera aí, vocês *ainda* estão caçando nazistas? — Ela pisca. — Já não estão todos mortos?

— Infelizmente, não. Alguns ainda estão soltos. Mas a nossa missão extrapolou os nossos objetivos originais. Com a adição de antifascistas da Espanha e da Itália, ampliamos o escopo da nossa operação. Neutralizamos ditadores e outras pessoas indesejáveis desse tipo mundo afora.

Ele para, deixando a última frase pairar no ar com a fumaça do cachimbo. Ela mantém o rosto cuidadosamente sem expressão. Se ela objetar ou parecer chocada, o que ele vai fazer? Dispensá-la educadamente? Mandá-la de volta para a cela? Ou será que ele já falou demais para deixá-la ir embora?

Ela o examina e ele retribui o olhar com calma, fumando o cachimbo e esperando, seus lábios arqueando-se levemente para cima, como se estivesse se divertindo por estar sendo analisado pelo tempo que ela achar necessário.

— "Neutralizar" é um baita eufemismo para matar — diz ela finalmente.

Ele tira o cachimbo da boca e o deposita cuidadosamente em um cinzeiro antes de se inclinar ligeiramente para frente, entrelaçando os dedos e a encarando. — Srta. Webster, você nunca pensou que algumas pessoas precisam morrer para fazer do mundo um lugar melhor?

— Sim, claro. — Ela respira.

O sorriso dele é inesperadamente encantador. Ela consegue imaginar como ele devia ser durante a guerra, na casa dos trinta anos de idade, usando um terno elegante, talvez até um smoking, apostando alto em um cassino, tomando um gole de martíni e fazendo planos para se infiltrar em uma suíte escura naquela noite para estrangular um general alemão ou roubar uma joia de valor inestimável.

— Srta. Webster? — pergunta ele gentilmente. — No que está pensando?

— Estou pensando que, se o senhor tivesse trinta anos a menos, eu estaria me apaixonando pelo senhor.

Ele recupera o cachimbo e o encaixa confortavelmente entre os dentes. — Bem, segundo nossas informações a seu respeito, srta. Webster, eu talvez fosse uma pequena melhora em relação aos homens que costuma escolher — diz ele com expressão séria e um brilho divertido nos olhos. — Muito bem — prossegue, esfregando as mãos —, fui incumbido de encontrar as pessoas certas para uma missão chamada Projeto Esfinge.

— E o que é o Projeto Esfinge?

— Nossos recrutas são agrupados em pequenas turmas de treinamento para que sejam mais bem avaliados e seus talentos fomentados. O Projeto Esfinge é a primeira turma desse tipo na história da nossa organização. Será composto apenas de mulheres, srta. Webster. O primeiro esquadrão exclusivamente de matadoras. Será treinado por minha irmã, Constance, a mulher mais condecorada da SOE, uma lenda. Para ser sincero, morro de medo dela. Ela foi a supervisora de uma equipe tática só de mulheres, que saltou de paraquedas atrás das linhas alemãs em 1945. Elas se chamavam As Erínias.

— Parece meigo.

— Foram metralhadas pela artilharia alemã enquanto desciam — diz ele sem emoção. — Constance, codinome Pastora, foi a única sobrevivente.

— Sinto muito — murmura ela.

Ele olha para as sardas espalhadas no nariz de Billie e sente pena da juventude dela.

— Elas realizaram dezessete missões bem-sucedidas em território ocupado antes de serem exterminadas. Desde então, Constance nunca quis treinar uma equipe só de mulheres, mas agora decidiu que chegou a hora.

Ele se recosta com uma expressão de expectativa. Billie está confusa.

— O que tudo isso tem a ver comigo?

O sorriso dele é enigmático. — Talvez nada. Talvez tudo. Tenho uma amiga, um contato aqui, que a notou quando você foi trazida para cá ontem à noite. Ela telefonou e eu peguei o primeiro voo hoje de manhã.

— Voo? Onde o senhor estava?

— Em Washington.

Ela fica olhando para Halliday. — Por que pegou um avião para vir me ver?

— Por causa disto — diz ele, tirando um envelope de papel pardo de baixo da pasta. Dentro estão os pertences dela, e ele os tira um de cada vez. — Uma carteira com um passe de ônibus, uma carteira de motorista emitida pelo Estado do Texas, sete dólares e quarenta e três centavos, um peso mexicano e uma foto de uma adolescente bonita com um bebê. Não há nada escrito, mas, a julgar pelo vestido, eu diria que foi tirada em 1958?

— Na verdade, foi em 1959 — corrige Billie.

Ele dá um sorrisinho. — Sua mãe, presumo.

— Minha mãe.

Ele continua a tirar objetos do envelope. — Um cigarro de maconha fumado pela metade, algo chamado Umedecedor de Lábios Bonne Bell... — Ele para, remove a tampa e cheira o conteúdo.

— É um protetor labial — diz ela, ajudando-o. — Extrato de ervas.

— Ah, salsaparrilha — diz ele com um sorriso conspirador. — Eu adorava isso quando era garoto. — E prossegue. — E isto — acrescenta, tirando um livro de bolso do envelope.

É uma edição barata e bem surrada, com a lombada quebrada em uma dezena de lugares. O texto está marcado com caneta esferográfica verde, e ele abre uma página com a borda dobrada, onde algumas linhas do texto foram fortemente sublinhadas.

— *Sabor da Morte*, de Peter O'Donnell. Fã de Modesty Blaise? — pergunta Halliday calmamente.

— Ela é a minha personagem favorita.

— Por quê? — A pergunta é rápida, assim como a resposta.

— Porque ela não pede desculpas por nada. Ela teve um péssimo início de vida, mas o usou da melhor maneira possível. Ela vive como quer. Sabe quem é e o que quer, e faz o que melhor sabe fazer. E se diverte com isso.

— Mas sem um marido — diz ele, observando-a atentamente. — Sem filhos.

— Também não quero nada disso — diz ela e, embora seja a primeira vez que tenha dito aquilo em voz alta, percebe que sempre foi verdade. — Não é o que eu quero — repete. — Eu quero trabalhar. Ter a minha própria vida.

— Que tipo de trabalho?

— Qualquer coisa que não exija que eu aprenda estenografia — responde, mas ele a está observando sério e ela fala a verdade. — Não sei. Ainda não sei no que sou boa, mas gostaria de descobrir. E gostaria de viajar. Quero muito ver o que tem por aí.

Ele franze os lábios. — Você fez várias anotações no livro, mas esta aqui é a que mais me intriga — pigarreia e lê com autoridade. — "Interessa-me a justiça, e não a lei. Infelizmente existe uma diferença." — Ele olha por cima do livro com os olhos brilhando. — Diga-me, srta. Webster, por que sublinhou esse trecho específico?

Ela abre a boca para dizer algo impetuoso, mas não consegue. Então diz a verdade. — Porque acho que está certo. Justiça e lei não são a mesma coisa. O senhor caçou nazistas, certo? O que eles estavam fazendo era tecnicamente legal. Mas não era *justo*.

A expressão dele de repente se torna fria. — É assim que você justifica o que fez ontem à noite? Pelo que eu soube, deveria ter sido um protesto pacífico, mas você atacou um policial.

— Eu não o ataquei. Ele estava tentando nos provocar com xingamentos e insultos.

Ele estala a língua em sinal de desaprovação. — Ora, ora. Provocações, srta. Webster. Aquele era realmente um bom motivo para atacar um policial?

— Ele era um babaca. — Billie encolhe os ombros. — Usou propositalmente sua posição para atingir pessoas que tinham o direito de estar ali. Deu uma coronhada em uma garota, então eu...

— Pegou o cassetete dele e bateu nele até ele conseguir dominá-la e levá-la para custódia apenas com ferimentos leves... um resultado, srta. Webster, que suspeito se deva mais a sorte do que a habilidade — conclui Halliday. Mas Billie vê uma leve contração em seus lábios e percebe que ele está rindo.

— O senhor acha engraçado? — acusa ela.

— Acho familiar — corrige ele. — É exatamente o tipo de coisa que minha irmã teria feito quando jovem. Justiça acima da lei — diz e se recosta com ar de expectativa. — Você acha que estaria interessada em dar o próximo passo para trabalhar conosco?

Ela fica calada por um bom tempo.

— Srta. Webster?

— Quem financia vocês? Não é dinheiro dos contribuintes porque vocês não trabalham para nenhum governo.

— Isso importa? — A voz dele é agradável, mas não há dúvida de que ele está tentando agradá-la.

— Importa — diz ela pacientemente —, pois quem assina os cheques dá as ordens. Quem dá as suas ordens?

— Entre os agentes que deixaram a SOE quando ela foi dissolvida, havia vários com uma aptidão especial para as finanças. Eles foram trabalhar na City.

— City? — pergunta ela. — O que é isso?

— City é como nos referimos ao distrito financeiro em Londres, algo como a sua Wall Street. Na verdade, também temos alguns membros em Wall Street. Eles conseguiram, com a ajuda de algumas doações significativas de benfeitores solidários, criar um fundo que cresceu até atingir proporções impressionantes.

— Quem dirige a organização? Como vocês a chamam?

— Não posso divulgar o nome oficial, mas, entre nós, é chamada de Museu. Temos agentes operacionais e um departamento de pesquisa e um Conselho Diretor que supervisiona as atividades do Museu mundo afora, despachando os agentes operacionais para salvaguardar a democracia, impedir o absolutismo e aplicar a justiça.

— A justiça de quem? — pergunta ela.

— A justiça exigida por princípios democráticos acordados pelos fundadores do Museu, os homens e mulheres que estavam entre os recrutas originais da SOE e da OSS, embora, como eu já disse, eles sejam cada vez menos numerosos nos últimos anos.

Ele fica em silêncio por um bom tempo, avaliando-a, sopesando alguma coisa. Ela quer romper o silêncio, mas o deixa preencher o espaço entre eles, e Halliday por fim balança a cabeça. Põe a mão na pasta e abre um dossiê azul-escuro com uma pequena logomarca de estrelas cadentes cercadas por um lema em letras douradas: *Fiat justitia ruat caelum*.

Billie sabe latim o suficiente para traduzir o lema e ri para si mesma. *Que a justiça seja feita mesmo que o céu caia*. Ele retira uma folha de papel e a empurra na direção dela, do outro lado da mesa. — Se você decidir trabalhar conosco, as atuais acusações contra você serão retiradas. Sua detenção será excluída do seu prontuário e seu histórico acadêmico, destruído. Nem a universidade nem a justiça terão provas de que você frequentou essa faculdade. Se você assinar este contrato, prometendo não falar sobre o que discutimos aqui, ele será considerado um requerimento formal para você ser analisada para se tornar um membro do departamento de Exposições do Museu. — Ele pega uma caneta-tinteiro e desenrosca a tampa, colocando-a com precisão ao lado do papel.

— Exposições? O senhor tem certeza de que não é pornografia?

— Exposições é o nome do departamento que cuida do trabalho em campo. Todos os nossos termos operacionais são tirados do vocabulário de museus. Foi uma escolha proposital para nos afastar das nossas raízes militares e burocráticas.

Billie estuda o formulário. Parece algo padrão, o tipo de coisa que você estuda no curso de Administração Básica I, com um modesto salário a ser pago enquanto você termina o treinamento, que acontecerá em um local não especificado. Se ela obtiver um resultado satisfatório, receberá uma oferta formal de emprego.

— Treinamento para matar pessoas — diz ela devagar e se recosta, olhando para o texto lilás na página. Foi mimeografado, como os exercícios de ortografia da segunda série, e tem cheiro de sopa.

— Treinamento para proteger os mesmos valores pelos quais todos os soldados aliados deram a vida na guerra — diz ele baixinho.

— Não sou um soldado — lembra ela a Halliday.

Ele bate com o dedo no livro. — Modesty Blaise também não. Nem minha irmã. Mas, mesmo assim, elas lutam.

Dessa vez, Billie fica calada por muito tempo, e Halliday é esperto o suficiente para também não dizer nada. Ela olha para os nós dos dedos feridos.

— Vocês podem me ensinar a causar dano ao adversário sem me ferir?

— Essa — diz ele com um sorriso — é a nossa especialidade.

Especialidade. Quando ela vai conhecer outro homem que diz "especialidade"?

Billie pega a caneta. — Tudo bem, major Halliday — diz, arrastando a ponteira da caneta sobre a página em uma assinatura rebuscada. — Faça de mim uma matadora.

Ele pega o formulário e o estica perfeitamente antes de recuperar a caneta. Enrosca lentamente a tampa e abre um sorriso sábio para ela. — Minha cara srta. Webster, essa é exatamente a questão. Nós não criamos matadores. Simplesmente os encontramos e os apontamos para a direção certa. Nós sabemos o que você é.

CAPÍTULO 5

Mary Alice e eu estávamos alojadas juntas, enquanto Helen e Natalie dividiam a cabine ao lado da nossa. Ambas eram elaboradas suítes com sacadas privativas, e o nosso convés ("o elegante convés Nereida, projetado para o máximo de privacidade e serenidade") tinha uma pequena piscina e um bar que atendia apenas dez cabines. Fizemos planos de nos encontrarmos lá na manhã seguinte para tomar café da manhã antes de sair para a nossa primeira excursão pela costa. Eu esperava que explorar a ilha de São Cristóvão suscitasse interesse em Helen. Ficar de luto por um cônjuge era uma coisa, mas Helen parecia arrasada, como se o seu espírito tivesse morrido com Kenneth.

Foi o que eu disse a Mary Alice quando desembarcamos na manhã seguinte em Basseterre, mas ela sacudiu a mão para mim enquanto passava filtro solar no rosto.

— Tenho certeza de que ela está bem — disse Mary Alice, deixando uma grande faixa branca no nariz.

Apontei para a frente, onde Helen caminhava com Natalie. — Mary Alice, ela não está bem. Até o cabelo dela parece triste. Como você se sentiria se fosse com a Akiko?

— Bem, isso não vai ser problema. Akiko e eu temos um pacto. A que for primeiro vai assombrar a que ficar. E um novo casamento não é uma opção. Eu já avisei que, se ela encontrar uma nova mulher, vou me tornar um poltergeist — disse Mary Alice, entregando-me a bisnaga de filtro solar. — Toma. Seu nariz já está ficando cor-de-rosa. E pare de se preocupar com a Helen. Com o passar do tempo, ela vai ficar bem.

Mary Alice foi me empurrando pela prancha de embarque e passamos o dia fazendo compras e passeando, comendo lagostas grelhadas e compartilhando histórias de guerra até tarde da noite. Helen ficou um pouco mais animada, o que pode ter sido efeito do segundo Mai Tai. Entre o ar marinho e o vinho branco, dormi como uma pedra e só acordei com o suave som de sino, que indicava que os anúncios estavam prestes a ser feitos. O capitão cumprimentou os passageiros e deu informações sobre as condições do clima e da água, além da latitude e longitude. Em cada quarto havia um mapa detalhado, e vi que tínhamos zarpado de Basseterre, dado a volta na parte sul da ilha de São Cristóvão e atravessado o estreito entre aquela ilha e Névis, uma faixa d'água chamada *The Narrows*. Passamos pelo novo e luxuoso resort Park Hyatt, situado em Christophe Harbour, e estávamos seguindo para sudeste, rumo a Montserrat, disse o capitão, com um dia tranquilo no mar à nossa frente.

Peguei um maiô preto novo que prometia segurar tudo no lugar e suavizar a silhueta. Amarrei uma canga de algodão por cima e me dirigi à piscina. Mary Alice já estava lá, tomando conta de uma espreguiçadeira estofada. Estava tricotando algo complicado, com expressão compenetrada enquanto contava os pontos. O molde estava a seu lado, ancorado por uma pilha de revistas e um romance cuja capa exibia dois lindos homens com trajes estilo Regência entusiasticamente dando uns amassos.

— Eu não sabia que Mr. Darcy era gay — falei, jogando minha canga e minha bolsa ao lado dela.

— Qualquer um pode ser gay — informou ela enquanto terminava uma fileira. — Isso se chama retcon ou continuidade retroativa.

Sorri e entrei na piscina. Era de água salgada aquecida e causava uma sensação paradisíaca enquanto eu avançava a cada braçada, acumulando voltas até meus dedos murcharem e Mary Alice me dizer para sair.

— A comida chegou — disse ela, indicando a mesa baixa na frente da espreguiçadeira, coberta de pães e confeitos em miniatura, tigelas de iogurte grego, pequenos frascos de mel e geleia, e pratos com frutas intricadamente esculpidas. Jarras de mimosas e Bloody Marys ocupavam cada um dos lados, e gesticulei para que ela servisse.

Nat e Helen se uniram a nós naquele instante. Brindamos a manhã e nos servimos de comida. Helen esperou para comer, pegando antes um comprimido para osteoporose, que engoliu com suco de laranja, fazendo uma careta. Hector, o carregador favorito de Nat, estava atuando como garçom, trazendo pratos abarrotados de ovos poché com um condimento picante em cima de broas de milho.

Ele piscou para Nat enquanto punha tudo sobre a mesa, e ela espiou por cima dos óculos de sol, observando a bunda dele enquanto ele se afastava.

— Na sua opinião, quais são as minhas chances? — perguntou.

— Talvez ele tenha um fetiche geriátrico — falei, sacudindo meu guardanapo. — Passe um pouquinho de Metamucil atrás de cada orelha e vá atrás dele, loba.

— Não, não — corrigiu Mary Alice. — Ela é velha demais para ser uma loba. É uma tigresa-dentes-de-sabre.

Natalie fez um gesto de desdém para Mary Alice enquanto eu começava a comer a salada de frutas. Fomos tomando o nosso café da manhã sem pressa. Dei três mordidas nos ovos picantes e me recostei, xingando.

— Fogacho — murmurei.

— Volte para a água — aconselhou Mary Alice.

— É aquecida — informei, pegando o meu guardanapo para me abanar.

— Tem uma câmara frigorífica para bebidas e lanches atrás do bar em cada convés. Você deveria ir pra lá. Assim vai se refrescar — sugeriu Nat.

— Tenho certeza de que seriam umas quarenta infrações às regras da vigilância sanitária — disse Mary Alice para ela, olhando por cima dos óculos de meio aro.

Nat encolheu os ombros. — Estamos em águas internacionais. Talvez nem existam regulamentos desse tipo aqui.

— Todo mundo tem normas sanitárias — retorquiu Mary Alice.

O fogacho tinha começado suave, um calor como o causado por uma boa dose de uísque se espalhando pelo corpo. Geralmente atingia esse ponto e depois começava a amainar. Mas aquele não passava, foi aumentando até o sangue ficar latejando nos meus ouvidos e eu sentir vontade de arrancar a pele. Sol, álcool e comida picante eram uma receita certa para o desastre, e eu estava desesperada o suficiente para aceitar o conselho de Nat.

Ela tinha um dom para saber se orientar. Poucos minutos depois de entrar em um lugar, ela dizia qual era a saída mais próxima, onde ficavam os banheiros e o melhor ponto para conseguir um drinque.

Natalie gesticulou com a taça de mimosa. — Por ali. Logo atrás do bar, vire à esquerda. Primeira porta. Hector não vai se importar. Se mais alguém flagrar você, diga que está perdida. Você é velha, eles vão acreditar — terminou com uma risada.

Fui embora, passando pelo bar onde Hector estava dando brilho nos copos e olhando para o mar. Eu teria acenado, mas ele nem sequer me notou. Esse é o problema de ser uma sessentona: ninguém nota, a menos que você queira. Isso não faz muito bem ao seu ego, mas, em casos como aquele, foi bastante conveniente.

Bem à esquerda do bar ficava uma porta que dizia SERVIÇO, e eu a abri com um empurrão: encontrei uma gigantesca máquina de café expresso e uma sanduicheira do tamanho do meu primeiro carro. Atrás, ficava uma porta de zinco, e a abri. Lá de dentro saiu ar — frio, delicioso — com um forte cheiro metálico de gás refrigerante. Fiquei parada lá dentro e puxei a porta até quase fechá-la atrás de mim. Uma luz se acendeu assim que abri a porta, e passei os minutos seguintes olhando em volta enquanto meu fogacho arrefecia. O local tinha prateleiras onde estavam cuidadosamente empilhadas bandejas com taças para vinho branco e copos para vitaminas. Em uma parte das prateleiras, ficavam baldes de frutas cortadas enquanto caixotes de alimentos frescos ocupavam outras. Em uma prateleira havia vários tipos de queijos e, na de baixo, grandes recipientes com pastas — guacamole, homus, *baba ghanoush*. Dava para sentir o cheiro de alho já da porta. Avancei um pouco mais, atraída pela travessa de frutas cobertas de chocolate. Em vez dos morangos de sempre, alguém havia colocado cuidadosamente framboesas em minúsculos espetinhos de cristal, como *kebabs* em miniatura, e depois brincado de Jackson Pollock, salpicando-as de chocolate dark e branco.

Era tudo requintado demais para mim, e, à medida que o fogacho foi passando, tudo o que eu queria era um pedaço de fruta que não fosse esculpido, caramelado ou banhado em chocolate. Vi alguns caixotes de frutas cítricas enfurnados embaixo da última prateleira e estiquei o braço para puxar um deles. Estava abarrotado de tangerinas frescas, cada uma com um pequeno talo e folhas. Peguei duas e empurrei o caixote de volta para onde estava.

Eu tinha acabado de fechar a porta da câmara frigorífica quando ouvi alguém vindo pelo corredor. Merda. O cruzeiro era *all inclusive*. A comida estava paga e podíamos nos fartar quanto quiséssemos. Eu não tinha pegado nada que alguém da tripulação não me daria de bom grado, pensei comigo mesma. Mas eu não queria ser pega com a boca na botija. Era velha demais para levar um pito de alguém que mal tinha idade para comprar bebida alcoólica.

Fui para trás da máquina de café expresso, descascando uma das tangerinas enquanto esperava. Enfiei um gomo na boca e foi como comer a luz do sol, penetrante, suculento e mais doce do que um primeiro beijo. A porta exterior se abriu e eu me inclinei, espiando por trás da beirada da máquina. Vi um jovem trajando o uniforme do navio, um short cargo branco — mais apertado do que era de se esperar — e uma camisa polo branca justa, imaculada e sem nenhum vinco. Ele parecia bem-apessoado, mas com os ombros mais desenvolvidos do que a maioria dos tripulantes que tínhamos conhecido.

Percebi que a bunda avantajada também não tinha sido esculpida carregando caixotes de tangerinas. Havia saliências em lugares que não me agradavam. Quarenta anos antes, os homens no meu ramo profissional não deviam dar na vista, precisavam ter músculos enxutos e úteis para se esgueirar por uma janela no andar superior ou sair de lugares apertados. Os novos recrutas vinham carregados de músculos desenvolvidos em academias que só os fazia perder velocidade em uma perseguição. Eles dependiam de armas e granadas, preferindo explodir coisas e criar confusão a realizar as próprias tarefas com um pouco de finesse. Eu sabia exatamente para o que estava olhando e, quando ele se virou e eu vi o seu perfil, soube a quem pertencia aquela bunda.

Brad Fogerty, agente operacional novato do Museu. Abri a boca para cumprimentá-lo, mas, antes de conseguir sair do meu esconderijo, congelei. Brad estava ali disfarçado, passando-se por um membro da tripulação. Isso significava que ele estava trabalhando. E, se estava trabalhando, sabia que nós estávamos a bordo — sabia e não tinha feito contato. Havia centenas de motivos para outro agente operacional não querer fazer contato conosco, e nenhum deles era bom.

Ele passou perto de mim, suficientemente perto para eu ler o crachá preso à sua camisa polo. KEVIN C.

Prendi a respiração até ele entrar na câmara frigorífica. Saí rapidamente e voltei direto para a piscina. Mary Alice estava comendo um *croissant*, grandes migalhas espalhadas na sua blusa como confetes amanteigados. Helen beliscava um bolinho.

Natalie havia tirado a blusa e olhava desanimada para a parte de cima do biquíni, que pendia sobre a barriga. — É sério, meus peitos parecem duas bolas de sorvete que alguém deixou ao sol, derretidas e com as cerejas apontando para o sul. — Ela pôs a mão embaixo de um dos seios e experimentou levantá-lo. Foi só tirar a mão e ele caiu novamente.

Mary Alice me viu e levantou a cabeça. — Natalie estava nos explicando o estado em que estão os peitos dela — disse, tentando ajudar. — Como estão os seus, querida?

Natalie bufou. — Ou Billie fez algum procedimento ou aquele maiô é milagroso. Eles estão lá no alto, igual a quando ela tinha dezoito anos.

A tristeza de Helen se abateu sobre ela como um nevoeiro, mas Natalie, que sempre foi intuitiva, disse: — Tem algo errado. O que foi, Billie?

— Temos problemas pela frente.

CAPÍTULO 6

Uma das habilidades que aprendemos no treinamento foi sintetizar uma situação. Coloquei-as a par de tudo com poucas frases.

— Brad e eu trabalhamos juntos em Nairóbi — terminei. — Se ele está aqui, vestido como um tripulante, é porque está a serviço.

Helen concordou. — Ele passou para o departamento de material bélico depois de Nairóbi. Se deu bem por lá. Eu e ele realizamos uma missão em Bucareste, e o trabalho dele foi impressionante. Conseguiu destruir toda uma ala da embaixada com o mínimo de danos colaterais ao resto do edifício.

Não fiquei surpresa por Helen se lembrar dele. Ela faz anotações em um caderninho de endereços da Tiffany com sua caligrafia meticulosa, verbetes minúsculos para cada pessoa que algum dia conheceu, escritos com um lápis Mark Cross com suas iniciais gravadas. Lápis porque Helen não gosta de rasuras. Ela apaga cuidadosamente quem morreu ou saiu da sua órbita. Por mais que eu e Helen tenhamos brigado, eu sempre soube que ela nunca me excluiria, a não ser que me apagasse do seu caderninho.

A reação de Mary Alice foi sucinta. — Merda.

Natalie vestiu a blusa e, abotoando-a por cima do biquíni, disse: — Isso não significa que ele está aqui por causa de uma de nós.

— Caramba, Natalie, você ainda não aprendeu a encarar a realidade — falei. Ela se encolheu como se eu a tivesse esbofeteado, e quase pedi desculpa. Mas não acredito em dizer que sinto muito quando não sinto.

— Este barco tem outros sessenta e nove passageiros e o mesmo número de tripulantes — informou Natalie com frieza. — Qualquer um deles pode ser o alvo de Brad.

— Natalie tem razão — interveio Helen. — Não devemos tirar conclusões precipitadas até termos mais informações.

Mary Alice arrematou alguns pontos — se é assim que se diz quando alguém faz tricô. Ao terminar a fileira, espetou as agulhas em um novelo e largou tudo. — Muito bem. Então vamos descobrir mais coisas. Uma de nós terá de fazer contato discretamente e dar uma chance para ele se explicar.

— Eu me encarrego disso. Mas, se uma de nós for o alvo, abordá-lo será como convidá-lo a dar um tiro. Terei que revistar sua cabine e ver se consigo descobrir o que ele está fazendo aqui. Se ele aparecer, darei uma chance para que se explique — concluí, pegando a minha mimosa.

Mary Alice concordou pensativa. — Você precisa de suporte. Além do mais, vai parecer menos suspeito se duas de nós forem descobertas perambulando juntas. Eu vou.

Desviei o olhar para Helen. — Acho que prefiro que seja a Helen, se ela não se incomodar — comuniquei com ar de indiferença.

Helen levantou o olhar, assustada, depois tomou um gole de Bloody Mary.

— É claro — respondeu, mas seus dedos estavam agarrando o copo com tanta força que fiquei me perguntando se ela realmente estava disposta a seguir adiante.

— Eu poderia ir — Natalie se ofereceu.

— Não — disse Helen. — Eu vou. — Agora ela parecia mais segura, mas notei que terminou o drinque com uma determinação sombria e se serviu de um segundo como se fosse dela a missão.

Mas o Bloody Mary pareceu tê-la acalmado e passamos o resto do dia na piscina, nadando e tomando sol. Podíamos parecer turistas despreocupadas, mas sabíamos que estávamos mais seguras juntas e, sem sequer tocar no assunto, permanecemos unidas, até indo ao banheiro em pares. Depois do almoço, fomos tomar banho e descansar em nossas cabines. Toda a tripulação deveria estar trabalhando no turno do jantar, então decidimos que aquele era o melhor horário para sair xeretando. Enquanto pegava uma rodada de drinques, Natalie conseguiu que Hector revelasse a localização das cabines da tripulação, e eu fiz um traçado mental no mapa que havia guardado no bolso enquanto descíamos para o jantar.

Comemos uma boa porção da entrada — "delicada mousse de abacate sobre vieiras grelhadas" —, e Helen e eu saímos de fininho da sala de jantar quando o prato principal foi servido. Deixamos as bolsas nas cadeiras para que parecesse que tínhamos apenas dado uma saidinha para ir ao toalete. Vi a Coordenadora Executiva de Atendimento ao Cliente Heather Fanning indo de mesa em mesa com um sorriso fixo no rosto enquanto se certificava de que todos estavam se esbaldando naquele navio maravilhoso, "hashtag abençoado". Fiz um sinal quase imperceptível com a cabeça para Helen. Fanning era uma tripulante graduada, e seu cartão eletrônico certamente deveria funcionar como uma chave-mestra.

Ao passarmos por ela, Helen esticou seu braço fino e retirou o cartão do bolso de Heather. Pisquei para Helen. Suas mãos podiam estar tremendo um pouco, mas ela ainda tinha os dedos talentosos que a tornavam a melhor punguista de todas nós. Entregou-me o cartão e eu o segurei na palma da mão enquanto descíamos as escadas.

Eu havia escolhido um macacão preto de malha e sapatilhas para poder me mexer livremente. Helen estava usando um *chemisier* de linho verde-limão e uma pashmina um pouco mais escura, complementando o look com um colar de contas de âmbar brutas. O colar chacoalhava um pouco no silêncio dos aposentos da tripulação, ruído suficiente para atrair a atenção que não queríamos. Estiquei a mão e gesticulei para que o tirasse.

Ela puxou as costuras do vestido na altura dos quadris. — Não tem bolsos — articulou silenciosamente com os lábios. Apontei para os meus, e ela me entregou o colar.

Encontramos rapidamente as cabines da tripulação. Eu havia planejado arrombar o armário do almoxarifado para achar a lista de divisão das cabines, mas não foi necessário. Na faculdade, colávamos na porta dos nossos quartos sacolas de papel pardo abertas. Eram os tempos antes das secretárias eletrônicas, quando as pessoas deixavam recados na sua porta usando lápis cera ou canetas hidrográficas, e, quando a sacola estava cheia demais de recados ou quando pessoas demais haviam desenhado pênis, você a substituía. Ali cada porta tinha pequenos quadros brancos bonitinhos, mas a função era a mesma. Um marcador estava ordenadamente preso com uma corda a cada um deles, e, em cima, o nome do tripulante que ocupava a cabine havia sido impresso em azul-turquesa com estrelas-do-mar no lugar dos pontos dos *is* — um detalhe típico de Heather Fanning.

Atravessamos o corredor, examinando os quadros brancos, até chegarmos à Cabine 24. Kevin C.

Passei o cartão na fechadura. Uma fração de segundo sem que nada acontecesse, depois uma luz verde piscou e o mecanismo fez um clique. Abri a porta com um empurrão e entramos na cabine, fechando-a atrás de nós.

Os olhos de Helen estavam esbugalhados de terror. — Câmeras? — sussurrou.

Olhei em volta da cabine, respondendo quase sem pensar. — Não vi nenhuma.

— Mas podem estar instaladas — insistiu.

— Meu Deus, Helen, acalme-se. Se for o caso, diremos simplesmente que somos duas velhas cleptomaníacas procurando algo para roubar. O pior que pode acontecer é nos darem um tapa na mão e nos mandarem para a cama sem sobremesa.

Ela não ficou nem um pouco contente com a minha petulância, mas não retrucou. Virei-me para revistar o quarto, pensando com meus botões se eu havia cometido um erro em levá-la comigo. Ela havia surrupiado muito bem o cartão magnético, mas sua audácia estava esmorecendo, e a única coisa que não podemos nos dar ao luxo de perder no nosso ramo é a calma.

Gesticulei para que ela revistasse as gavetas, mas não achei que fôssemos encontrar algo ali. Nem debaixo do colchão, embora eu tenha passado a mão por baixo de todo ele, por via das dúvidas. O guarda-roupa era impessoal, com alguns uniformes de reserva e uma muda de trajes civis para os desembarques.

Helen revistou as gavetas metodicamente, apalpando pilhas bem arrumadas de roupas de baixo — cuecas brancas apertadinhas, notei com tristeza — e camisetas.

— Nada — disse ela enquanto fechava a gaveta com uma expressão de desaprovação. — Talvez devêssemos conceder a ele o benefício da dúvida e esperar para ver o que tem a dizer.

Ignorei-a e segui em frente. No fundo do guarda-roupa havia uma bolsa de lona com uma etiqueta estampada que dizia KEVIN COCHRAN.

— Desleixado — critiquei. Nos velhos tempos, sempre usávamos nossas iniciais verdadeiras nos codinomes. Era mais fácil para disfarçar eventuais lapsos de memória. Além disso, se você tinha algo com um monograma bordado, podia usar durante uma missão. Havíamos sido treinadas com uma antiquada atenção aos detalhes, mas os tempos mudaram. Agora o treinamento se concentrava em miras de armas e raios de ação de explosões, e eu odiava tudo aquilo. Odiava ainda mais por estar me sentindo como um dinossauro no meu próprio trabalho, e abri a mala com um puxão, irritada.

Um livro caiu, uma edição de bolso surrada, escrita por um homem apaixonado por armas e pelo próprio pênis, e provavelmente não nessa ordem. Não havia mais nada dentro, e percebi que era uma mala muito grande — grande demais para os poucos pertences pessoais que Fogerty havia levado para o navio. Eu acabara de pôr a mala de volta quando Helen chamou meu nome baixinho.

Ela apontou para debaixo do armário aparafusado na parede. Era uma mistura de central de entretenimento, escrivaninha e gaveteiro, tudo muito arrumado e compacto. Era de madeira clara e chegava quase até o chão. Logo embaixo, empurrada para trás para não aparecer, havia uma elegante pasta de couro.

— Você sempre teve bons olhos — elogiei enquanto me inclinava para pegar a pasta.

Minha coluna reclamou um pouco, mas a ignorei, esticando-me mais ainda para pegar a pasta. Era pesada, de boa qualidade. Não tinha nada a ver com a bolsa de lona barata que seu alter ego havia carregado; tratava-se de uma pasta feita sob medida por uma empresa especializada na Suécia, de acordo com especificações bem precisas. Eu conhecia aquela pasta porque havia carregado algumas delas quando a missão exigia. As fechaduras, combinações de seis algarismos, eram sempre ajustadas para a data da missão.

Girei os discos do fecho até a data do dia seguinte e tentei. Sem sorte.

Helen observava atentamente. — Depois de amanhã?

Tentei, assim como mais duas datas sucessivas, mas o fecho continuava imóvel. Ocorreu-me uma possibilidade realmente péssima e girei os números até a presente data. Assim que apertei o botão, as abas metálicas se abriram.

— Hoje — falei. Olhei para o relógio digital na prateleira ao lado da cama. — E o dia de hoje termina daqui a cerca de seis horas.

Olhei para Helen e, juro por Deus, uma expressão semelhante à de alívio atravessou seu rosto. Decidi que lidaria com o desejo de morte de Helen mais tarde. Levantei a parte superior da pasta. Não fiquei surpresa ao descobrir um monte de explosivos e um alegre mostrador digital marcando cinco horas e trinta e dois minutos. — Tem um cronômetro — disse para ela. — Temos cinco horas e meia para desvendar isto aqui.

Se Helen estava ligeiramente tentada a se deixar explodir, sabia que o resto de nós iria se opor. Além disso, havia cerca de duzentas pessoas inocentes naquele navio que morreriam com ela, e aquilo era inaceitável. Ela se levantou. — Então é só jogar tudo no mar — disse, fazendo menção de pegar a pasta.

Estiquei a mão para segurar seu pulso. Senti seus ossos, delgados e frágeis.

— Não podemos. É uma *speedball* — apontei para o explosivo. Não precisei dizer mais nada. Helen sabia tão bem quanto eu que *speedballs* eram uma criação especial do departamento de material bélico do Museu. A receita fora criada para ser a mais infalível possível, incluindo grandes quantidades de nitrato de amônio, garantindo que as *speedballs* explodissem mesmo debaixo d'água. Se atirássemos a pasta no mar, ela detonaria de qualquer maneira, a despeito do cronômetro. Olhei novamente para a *speedball*. Aquele dispositivo enorme arrancaria a lateral do

Amphitrite, expondo a estrutura da embarcação como a imagem de um navio em um almanaque infantil. Depois ele se encheria de água e afundaria rápido demais para que alguém conseguisse chegar até os botes salva-vidas.

— Então temos que tirar todo mundo daqui — disse ela.

— A menos que você saiba desarmá-la — falei. Todos nós da organização tínhamos feito treinamento de material bélico. Quem possuía aptidão para explodir coisas era transferido para o departamento de Instalações Temporárias — essa é a concepção de humor do Museu. Os outros sabiam o suficiente para não atrapalhar quando estivessem trabalhando. E todos sabiam que os dispositivos possuíam um cronômetro com um código de anulação que apenas o operador conhecia. Qualquer tentativa de desmantelá-lo ou desarmá-lo prematuramente o faria explodir, uma espécie de mecanismo de defesa.

— Podemos conseguir o código de anulação com Fogerty — sugeri.

— E depois fazemos o quê? — indagou Helen.

— Sei lá. Estou improvisando, Helen. Mas, pelo menos agora, sabemos com o que estamos lidando. Vamos cair fora daqui e contar às outras.

Eu estava meio de costas para a porta, senão o teria visto. Enquanto eu levantava a cabeça, Fogerty entrou e empurrou Helen para longe com um safanão. Ela saiu voando de costas, bateu com a cabeça na parede e foi escorregando lentamente até aterrissar no chão, as pernas esticadas à sua frente como uma boneca que foi jogada fora.

O segundo a mais que ele levou para dar conta de Helen foi suficiente para que eu segurasse a cadeira. Não tive tempo para dar um impulso e arremessá-la com força, então fiquei segurando-a na minha frente como um domador de leões, e o filho da mãe sorriu.

— Boa tentativa, vovó — disse ele, levantando a cadeira facilmente, como se fosse uma pena.

Continuei segurando a cadeira e, enquanto ele a erguia sobre a minha cabeça, levantei as pernas, batendo com os calcanhares nos joelhos dele. Ele gemeu e se curvou para a frente, trazendo a cadeira junto. Mas eu tinha previsto o que ele faria e me virei, levando a pancada no meio das costas. Deixei que o impacto me derrubasse, assim a energia do golpe se dispersava. Ele jogou a cadeira para o lado e esticou as mãos na minha direção, o semblante imóvel e determinado. Agarrei sua mão e torci o polegar para trás, obrigando-o a abrir a guarda, deixando a virilha exposta. Tomei fôlego e dei um coice; meu calcanhar acertou seu saco em cheio. Não parei. Continuei a empurrar com toda a força até ele perder o fôlego e cair de joelhos.

Ele ia cair em cima de mim, mas eu saí rolando, quiquei na cama e me joguei sobre as costas dele. Envolvi a cintura dele com uma perna e dobrei a outra, pressionando sua lombar com o joelho. Peguei o colar de contas no meu bolso e enrolei-o em seu pescoço, segurando uma ponta em cada mão para mantê-las apertadas.

Depois puxei. Puxei como se estivesse tentando parar um cavalo fujão, os punhos cerrados contra os ombros enquanto meu joelho o empurrava, fazendo sua coluna arquear até quebrar. Suas mãos arranhavam a garganta, tentando arrebentar o colar.

— Não ousem quebrar — murmurei para as contas. Segurei com mais força e puxei novamente. Sua mão se ergueu, distribuindo tapas às cegas. Ele acertou a minha têmpora com força suficiente para embaçar minha visão, mas continuei puxando.

Após alguns segundos, ele amoleceu, mas eu não esmoreci. Helen estava se mexendo um pouco e, quando abriu os olhos pra valer, tudo já tinha terminado. Eu ainda estava enroscada nele, as contas ferindo as minhas mãos enquanto ele soçobrava pela última vez antes de desfalecer todo encolhido no chão.

Helen sabia que não deveria questionar se aquilo tinha sido necessário. Levantou-se e foi dar uma olhada, abrindo uma das pálpebras de Fogerty. Depois de um segundo, assentiu. — Caso encerrado.

— Ótimo — disse, afrouxando o aperto. Profundas marcas vermelhas sulcavam as palmas e os dorsos das minhas mãos. — Que joia dos diabos é essa, Helen?

Ela encolheu os ombros. — Foi feita para a missão em Helsinque e eu achei que combinava com este vestido, então fiquei com o colar — disse, empurrando uma conta para o lado e mostrando como era presa. — Corda de piano. Usei na cabeça do presidente do banco nacional da Finlândia.

Ela prendeu o colar em volta do pescoço e olhou para os restos amontoados de Brad Fogerty.

— Ainda quer conceder a ele o benefício da dúvida? — perguntei.

Ela crispou os lábios. — Billie, quem sou eu para criticar, mas não deveríamos tê-lo mantido vivo para conseguir o código de anulação?

Olhei para o cronômetro, avançando impiedosamente.

— Merda.

CAPÍTULO 7

Curvei-me para a frente, puxando com força ar para os pulmões. Helen ficou afastada até eu conseguir respirar normalmente e me levantar, a mão apoiada na lombar.

— Tudo bem?

Assenti rapidamente. — Eu não estava esperando isso. Devia ter me alongado antes. — A verdade é que fazia tempo que eu não me enroscava como um pretzel em alguém que eu estava tentando matar, isso para não falar do estrangulamento. É mais uma questão de alavanca do que de força bruta, mas, se você fez tudo direito, sempre acaba sentindo os bíceps e os trapézios assim que termina. Muitas pessoas acham que a força vem dos antebraços, mas essa é uma boa maneira para terminar com um caso grave de cotovelo de tenista.

Em geral, eu não tinha problemas em relação à minha idade. Fazer sessenta anos não me deixou na fossa nem causou uma crise existencial. Envelhecer fazendo o nosso trabalho era um luxo que a maioria nunca tinha. Mas eu ficava louca da vida quando me deparava com algo que eu não conseguia mais fazer com a mesma facilidade de antes. Todo dia eu andava quinze quilômetros e fazia duas horas de ioga. Gastava doze horas da minha semana esmurrando um saco pesado e levantando pesos. Ingeria suplementos como se fossem balas, mas, vez por outra, algum merdinha como Brad Fogerty cruzava o meu caminho e eu sentia o peso de cada um dos meus anos.

Joguei-me de joelhos no carpete e encostei o peito no chão, esticando os braços na postura de ioga do cachorro enquanto Helen examinava o dispositivo.

— Billie, repito, não quero criticar — disse ela com toda a paciência —, mas este é realmente o melhor uso do nosso tempo?

— Helen, a porra da minha lombar travou e não sei o que o resto desta noite vai exigir, então que tal fechar a boca e ver se consegue desarmar essa coisa enquanto convenço as minhas vértebras a fazerem as pazes comigo?

Foi uma resposta rabugenta, mas eu estava irritada. Helen era uma das melhores — fria, confiável, inabalável. Mas estava parecendo bem abalada.

Contudo, recuperou parte do velho espírito enquanto eu passava pela postura da criança e fazia algumas vezes a postura do gato e da vaca. Levantei-me.

— Alguma ideia?

Ela balançou a cabeça. — Você sabe que sempre detestei essas coisas — disse e fez uma careta. Bombas eram sujas; explosivos deixavam pedaços de pessoas espalhados como lixo depois de um desfile de carnaval. Helen gostava de tudo arrumado. Orgulhava-se de uma vez ter acertado um alvo a oitocentos metros de distância, sob vento forte, de forma tão limpa que o projétil atravessou diretamente o olho dele sem nem resvalar no osso.

Fechei a pasta e baixei as travas. — Então temos de levá-la conosco.

Naquele exato momento, Fogerty emitiu um ruído desagradável acompanhado por um cheiro que eu conhecia muito bem. O corpo humano tem mais de sessenta esfíncteres, e todos relaxam no momento da morte.

Minha solução costumeira era uma bala de menta Brach's Star Brites — fácil de carregar e nada suspeita —, mas qualquer coisa de menta serve. Fui até o banheiro, peguei a pasta de dentes dele e passei um pouquinho embaixo do nariz. Ajoelhei-me ao seu lado e revistei seus bolsos. O cordão do crachá de tripulante estava embolado em um deles, mas era tudo.

— Ele deve ter escondido a identidade e o dinheiro junto do equipamento para a fuga — informei. — Precisamos ir embora.

Helen e eu nos entreolhamos, em seguida ela suspirou e puxou a colcha da cama, sacudindo-a enquanto a colocava no chão. Enrolamos o corpo na colcha, depois o colocamos no guarda-roupa. Quando terminamos, Helen borrifou profusamente a loção pós-barba barata que estava no nécessaire dele. Avaliei o nosso trabalho. Quem olhasse rapidamente pensaria que ele tinha deixado uma trouxa de roupa de cama suja no guarda-roupa. Não passaria por uma inspeção minuciosa, mas talvez conseguíssemos ganhar algum tempo.

Helen pegou a pasta, enfiando-a cuidadosamente embaixo do braço e jogando a echarpe de pashmina por cima enquanto eu fechava a porta atrás de nós. Subimos dois lances de escada até o nosso convés, esforçando-nos para parecer que estávamos conversando despreocupadamente.

— Senhoras! — Heather Fanning nos encontrou no momento em que chegávamos à minha cabine. — Está tudo bem? Estão perdendo um jantar incrível! Tem até um delicioso pudim de arroz com pétalas de rosas de sobremesa. — Sua voz mais aguda do que o normal, como as pessoas enfadonhas costumam fazer quando estão falando com alguém mais velho do que elas acham que jamais serão.

Helen virou-se para ela. — Obrigada, querida. Minha amiga está um pouquinho mareada, e eu decidi acompanhá-la até sua cabine. Ela só precisa se deitar um pouquinho.

Curvei-me, pondo as mãos sobre o estômago, e Heather Fanning crispou os lábios enojada. — Ah, que pena! Se precisarem de um médico, é só avisar. Mas, se quiserem, temos vários remédios naturais à base de gengibre na loja de produtos para cuidados pessoais no convés Hygieia.

Rosnei do fundo da garganta.

— Obrigada, querida — disse Helen com doçura. — Mas eu trouxe produtos canábicos comestíveis.

Então tirou a chave cartão da minha mão e a passou com ar irritado, empurrando-me para dentro da cabine e fechando a porta com força na cara chocada de Heather Fanning, antes de eu cair na risada.

— Produtos canábicos comestíveis?

Indo colocar a pasta na cama de Mary Alice, disse: — Odeio pessoas como ela. Fala conosco como se fôssemos crianças. — O tom da sua voz subiu em uma imitação perfeita. — Vocês estão perdendo um jantar incrível. Arroz-doce de sobremesa!

— Ela disse que era um delicioso pudim de arroz com pétalas de rosas — lembrei a ela.

— Não me importa como ela chamou. É arroz-doce, e estou de saco cheio de ser velha. — Helen se sentou pesadamente na minha cama e vi o brilho de lágrimas em seus olhos. Fui ao banheiro e peguei uma toalha de mão. O balde de gelo estava cheio e tinha sido deixado sobre o aparador com uma orquídea. Coloquei a orquídea de lado e enrolei um punhado de gelo na toalha. Levei-a até Helen e a encostei suavemente na sua nuca.

— Você levou uma pancada.

Ela segurou a toalha no lugar. — Acho que não adianta reclamar que estou me sentindo decrépita quando tem uma bomba prestes a explodir a um metro de distância e eu talvez não envelheça mais — disse racionalmente. — É só que, desde que Kenneth morreu, eu envelheci vinte anos. Nem consigo mais tocar nos meus dedos dos pés, muito menos fazer o que você fez — acrescentou em tom acusador.

— Helen, pegue leve consigo mesma. Eu não perdi o amor da minha vida. O luto é uma merda. E é um processo. Você simplesmente ainda não chegou ao fim.

— A questão é justamente essa — disse ela. — Acho que cheguei. Pelo menos é o que eu quero. Estou de saco cheio de acordar com a sensação de que alguém arrancou um dos meus membros. Toda manhã, por alguns segundos, eu esqueço. Acordo e ainda não aconteceu. Só existe vazio e calma. Aí caio na real e eu odeio. Odeio com todas as minhas forças.

Sentei-me ao lado dela, ombro com ombro. — Sinto muito. Sei que isso não ajuda.

— Não mesmo — disse ela. — Nem um pouco. Parece um peso físico, algo que jogaram nos meus braços e me fizeram carregar. Não pedi isso. Eu gostaria de arrancar uns pedaços e entregar para outras pessoas. Deixar que cada uma faça a sua parte.

— No final, todos nós temos as nossas mazelas. — Abracei-a, tentando não sentir que restava pouca carne naqueles ossos. Se eu soprasse com força, poderia fazê-la sair rolando como uma semente de dente-de-leão. Só Deus sabe onde ela iria parar.

Helen respirou fundo. — Bem, acho que, se morrermos esta noite, não vou reclamar. Tive uma vida boa, você sabe. Fui casada com Kenneth por mais de trinta anos. Dezoito deles foram realmente muito felizes. Nada mau.

— E o que aconteceu nos outros doze?

— Disfunção erétil e a sua tentativa malsucedida de criar Weimaraners.

Soltei uma risada e, por um instante, ela se empertigou como se estivesse ficando ofendida. Mas depois riu também.

Naquele exato momento, a porta se abriu, e Mary Alice e Nat apareceram com as nossas bolsas e umas quentinhas. — O que aconteceu com vocês duas? — perguntou Mary Alice enquanto Natalie levantava uma das quentinhas.

— Uma gororoba de arroz-doce com rosas, mas é gostoso — disse ela, entregando colheres enquanto Mary Alice olhava para a pasta sobre a sua cama.

— O que é isso? — perguntou. Informei o código e ela a abriu. — Caramba! — exclamou, recuando.

Nat enfiou uma colherada de arroz-doce na boca antes de se aproximar, curvando-se sobre o explosivo como uma mãe orgulhosa com um recém-nascido.

— Ah, essa é das boas — disse. — Então o babaca estava se preparando para explodir o navio... com a gente dentro.

— Ou somos os alvos ou o Museu não se importa se formos danos colaterais — falei.

— Isso é doloroso — concluiu Mary Alice. — Demos quarenta anos das nossas vidas àqueles merdas e essa é a nossa recompensa. Mas por quê? Não faz sentido.

— Isso não é problema agora — cortei, voltando a um tom de treinamento. Era uma advertência para nos concentrarmos na tarefa à nossa frente e escolher as prioridades certas. — Neste momento, precisamos descobrir como desmantelar isso ou como tirar todos do navio antes que a bomba exploda.

— Moleza — disse Nat, pegando mais uma colherada de arroz-doce. — Código de anulação.

Helen pigarreou. — Billie removeu Fogerty da equação antes que pudéssemos obter o código.

— Removeu em que sentido?

— Definitivamente — informei.

— Poxa, Billie... — começou Nat.

Helen levantou a mão. — Billie fez o que tinha que ser feito — disse. Apesar de toda a afetação, Helen era leal como um cão de guarda. — E agora já está feito. Verificamos a cabine e os bolsos dele. Fogerty deve ter decorado o código em vez de deixá-lo dando sopa por aí.

— Que sorte a nossa ele não ser desleixado! — disse Natalie e bateu com a colher nos dentes.

Mary Alice olhou em volta. — Precisamos tirar todo mundo do navio.

Levantei-me. — Eu cuido disso. O erro foi meu, então eu limpo a sujeira.

Mary Alice me lançou um olhar firme. — Incêndio na casa de máquinas?

Assenti. — Farei com que seja forte e com bastante fumaça. Uma de vocês dá o alarme. Isso vai desencadear o processo de evacuação — disse, lembrando-me do treinamento com os botes salva-vidas no dia anterior.

— Mas nem todo mundo irá — objetou Mary Alice. — A tripulação da casa de máquinas vai ficar e tentar apagar o incêndio.

— Não se os botes salva-vidas forem lançados ao mar. Cada um deles é responsabilidade de alguns tripulantes, e os rapazes da casa de máquinas terão de cuidar do bote salva-vidas deles. Eu procuro os retardatários — prometi a ela. — E vou causar incêndios para aumentar a confusão. Vamos fazer com que todos saiam a tempo. O capitão vai enviar um pedido de socorro antes de abandonar o navio.

Na pior das hipóteses, as pessoas vão passar algumas horas difíceis nos botes salva--vidas em mar aberto antes do socorro chegar, e a explosão será atribuída ao mau funcionamento na casa de máquinas.

— E nós? — perguntou Helen.

— E *nós* o quê? — contrapôs Natalie.

— Alguém do Museu está tentando nos matar. Quando os botes salva-vidas forem resgatados, eles vão fazer listas dos passageiros para ter certeza de que não está faltando ninguém.

— E daí?! — Nat ainda não havia entendido, mas eu estava começando a sacar.

— Não vamos estar mortas — informei. — Seremos listadas oficialmente como sobreviventes da explosão.

— E eles vão tentar outra vez — acrescentou Mary Alice. — Talvez até tenham designado um auxiliar para Fogerty que ainda não identificamos.

Olhamos umas para as outras. — Merda — disse Natalie.

— Então, precisamos sair do barco antes que ele exploda, mas não com os outros passageiros — completou Helen.

— E temos cerca de cinco minutos para criar um plano — acrescentou Mary Alice. — Não podemos pegar um bote salva-vidas porque todos são reservados para tripulantes e passageiros.

— Mary Alice, essa é uma atitude muito "copo meio vazio" — disse Natalie.

Levantei a mão. — Ela tem razão. Então sobra a lancha inflável que usamos para ir a Basseterre. É a motor, mas o tanque de combustível é pequeno. Vamos ficar sem combustível antes da metade do caminho até a terra firme, mas a lancha tem velas e mapas. Helen, você é a única de nós que sabe velejar. Pegue qualquer coisa que você acha que vamos precisar. Nat, você dá o alarme e tem um chilique escandaloso até as pessoas começarem a entrar nos botes. A histeria de uma velha vai deixar todo mundo nervoso. Mary Alice, provisões. Água e toda a comida embalada que você encontrar. Pode demorar até sermos resgatadas ou até chegarmos a uma ilha. Deixem os celulares. Nada de cartões de crédito, mas levem todo o dinheiro vivo. E deixem os passaportes. A partir do momento que sairmos deste navio, estaremos agindo por conta própria.

Nat gemeu e Helen parecia resignada. A falta de passaportes e cartões de crédito seria um problema quando chegássemos à terra firme, mas qualquer coisa que pudesse servir para nos rastrear estava fora de cogitação.

Comecei a me levantar, mas Mary Alice me interrompeu. — Você está entendendo o que isso significa? Estamos queimando as nossas identidades. As nossas *próprias* identidades.

Olhamos umas para as outras, nossos rostos soturnos. Cada missão comportava identidades falsas, pseudônimos, e os documentos eram descartados assim que o trabalho tivesse sido completado. Nunca viajávamos ou trabalhávamos usando nossos próprios nomes; era perigoso demais. Os codinomes criavam um distanciamento, uma camada de proteção entre as nossas vidas civis e o trabalho que fazíamos.

E agora o trabalho estava entrando à força, de maneira indesejada e sem ser convidado.

— Não temos escolha — finalizei simplesmente.

Ela concordou. — Eu sei. É só que… a Akiko.

Ficamos novamente em silêncio. Akiko receberia um telefonema, *o* telefonema. Provavelmente de alguém do Departamento de Estado. Informando sucintamente, com frases terríveis, que sua mulher havia desaparecido no mar.

— Isso não é problema agora, Mary Alice — falei sem demonstrar emoção.

Levantei-me e, daquela vez, ela não me interrompeu. Peguei algumas garrafas do minibar e as coloquei com o jornal daquela manhã e uma camiseta no saco de roupa suja que ficava dentro do guarda-roupa.

Deixei a minha identidade e outros documentos. Se algum resquício sobrevivesse, daria respaldo à história fictícia de que havíamos morrido na explosão. Pus meu dinheiro no bolso — algumas centenas de dólares — com uma latinha de balas de menta Altoids. Tirei a fina capa de neoprene do meu e-reader e coloquei-a no mesmo bolso, parando apenas o tempo suficiente para pegar alguns alfinetes de fralda grandes do kit de higiene para mantê-lo fechado.

No outro bolso, coloquei o canivete suíço que levei na mala despachada, mas deixei aquele bolso aberto caso precisasse acessá-lo rapidamente. Peguei meu isqueiro, pesado e de prata, e o coloquei no mesmo bolso do canivete. Meu estojo de joias não tinha muita coisa, apenas um par de brincos de argola e outro de diamante, tipo botão, que pus nas orelhas. Cada um tinha um quilate, eram tão claros e sem imperfeições que pareciam falsos, mas seriam uma fonte de dinheiro útil se precisássemos penhorá-los. No estojo de joias, também tinha um cinto estreito de moedas de ouro que pareciam réplicas, mas eram Pahlavis, suvenires de um trabalho no Irã e a única outra coisa de valor que eu havia levado. Eu o teria colocado em volta da cintura, mas fazia barulho demais, então o entreguei a Helen, para que ela o guardasse. Ela o enfiou na sua Birkin com o caderninho de notas e os comprimidos.

Quando terminei de arrumar as minhas coisas e voltei a prestar atenção nelas, estavam de pé. A mudança de posição havia alterado a atmosfera. Agora estavam atentas, sérias e pragmáticas. Olhamos para os nossos relógios — gostamos de fazer algumas coisas à moda antiga — e nos entreolhamos. Formávamos um pequeno círculo, estávamos suficientemente próximas umas das outras a ponto de eu conseguir sentir o cheiro do Shalimar da Helen, do óleo de néroli da Natalie e do xampu de chá verde da Mary Alice. Uma onda de amor por elas me acometeu com tanta força que meus joelhos quase fraquejaram.

— Dane-se — disse abruptamente. As emoções são uma boa maneira para virar um alvo fácil, nos ensinara a Pastora. Levantei a pasta.

— Você vai levá-la? — perguntou Helen.

— É melhor assim. Quanto mais embaixo estiver quando explodir, maior a chance de destruir todo o barco. — Fui para a porta e dei uma última olhada. — Vejo vocês do outro lado.

— Do outro lado — disseram. Três idosas balançando a cabeça como as bruxas em *Macbeth*. Eu as conhecia havia dois terços da minha vida, aquelas megeras impossíveis. E eu as salvaria ou morreria tentando.

CAPÍTULO 8

Dirigi-me para a coberta, parando algumas vezes para me esconder atrás de uma esquina quando um tripulante passava. Parecia que eu estava levando horas para chegar à casa de máquinas, mas meu relógio dizia que menos de dez minutos haviam se passado. Não fiquei surpresa. O tempo sempre parecia elástico em uma missão. Segundos pareciam eternidades e horas inteiras podiam passar em um instante. A chave cartão de Heather Fanning me levou para onde eu precisava ir, e entrei de fininho na sala, mantendo as orelhas em pé para o som de algum engenheiro que pudesse estar por lá. Eram mais de nove horas da noite, e a maioria deles estava provavelmente terminando o jantar ou chegando no bar da tripulação. Alguns deveriam ficar supervisionando se tudo estava correndo bem, o que podia ser feito monitorando os computadores. Percebi que não havia muito motivo para eles ficarem zanzando perto dos tanques de LGN. Parecia um lugar tão bom quanto qualquer outro para deixar a pasta, então encaixei-a entre dois tanques, contando com as sombras para escondê-la de algum olhar fortuito.

Depois subi para a biblioteca deserta, que ficava no convés logo acima. Abaixada atrás de uma cadeira, peguei a camiseta e usei o canivete suíço para cortá-la em pedaços. Amassei o jornal, formando bolas soltas que empilhei em cima da camiseta, encharcando tudo com o álcool do minibar. O jornal queimaria depressa, mas o tecido faria muita fumaça e, se tudo desse certo, dispararia os alarmes de emergência. Abri a porta e espiei com cuidado lá fora. Vazio. Saí e travei a porta após fechá-la.

A terceira parada era na minha própria cabine. Eu estava sem bebidas alcoólicas, mas me virei com o removedor de esmalte do nécessaire de Mary Alice, molhando os lençóis e ateando fogo neles. Incendiei a minha cama e a de Mary Alice, certificando-me de levantar a tranca enquanto saía pela porta do terraço.

Deixei-a aberta, a brisa do mar já atiçando as chamas o suficiente para fazê-las chegar ao teto. As cortinas esvoaçavam perigosamente próximas, e era uma questão de minutos pegarem fogo.

Fiquei em pé no terraço, esperando o sinal de Natalie. De repente, o alarme tocou, alto como uma trombeta do Juízo Final, e então coloquei a mão na amurada, saltei por cima dela e aterrissei no convés de baixo. Havia outra suíte logo abaixo da nossa, e eu contava com o fato de os hóspedes ainda estarem fora. Eles até tiveram a bondade de deixar as portas do terraço abertas e eu atravessei a suíte, saindo no corredor do outro lado.

De lá, saí do convés onde todo o pandemônio havia começado. Natalie estava gritando sobre cheiro de fumaça e dois tripulantes estressados tentavam fazer com que ela se calasse enquanto Heather Fanning dizia para todos ficarem calmos. Ela ainda insistia que tudo não passava de um alarme falso quando a voz do capitão surgiu nos alto-falantes dando ordens para que todos fossem direto para os botes salva-vidas.

Digno de elogio foi o fato de a tripulação ter agido como em um manual de treinamento, direcionando os passageiros para as filas dos respectivos botes salva-vidas, tentando confirmar o nome de cada um. Helen e Mary Alice entraram em duas filas cada, dando os próprios nomes a um tripulante e o meu e o de Nat a outro. Nas duas vezes, receberam como respostas bruscos acenos de cabeça e ordens para que ficassem por perto para serem embarcadas no próximo bote. E, nas duas vezes, saíram de fininho em meio ao alvoroço.

Nat e eu nos encaminhamos para a ré do navio a fim de nos encontrar com elas. Tínhamos acabado de dobrar a esquina do convés Theia quando uma voz ressoou atrás de nós. — Senhoras! Não se assustem. Tenho lugar para as duas.

Era Hector, usando um horrível colete alaranjado fluorescente e com ar de quem estava decidido a bancar o herói. — Obrigada, mas já temos lugares garantidos — informei. — Vá para o seu bote e não se preocupe conosco.

— De forma alguma! Minhas damas não vão ficar procurando o caminho sozinhas. Venham, eu cuido de vocês.

— Jesus amado — murmurou Natalie —, nosso tempo está se esgotando. Temos de nos livrar dele.

— Você não deveria ter flertado tanto com ele — sibilei para ela. Dei meia-volta para encará-lo. — Hector, não fazemos parte dos passageiros sob a sua responsabilidade. Vá para o seu bote — repeti.

Ele balançou a cabeça e esticou a mão para agarrar o meu braço. — Você só está em pânico por causa do medo — disse ele com um tom que devia achar tranquilizador. — Venham comigo.

— Não tenho tempo para essa baboseira patriarcal — falei, dando um cruzado de direita que o acertou em seu ponto fraco, logo abaixo da orelha. Ele caiu silenciosamente, como se todos os seus ossos tivessem sido retirados, e seu corpo se amontoou no convés.

— Nossa! Ele deve ter um maxilar de porcelana — observou Nat.

Juntas, Nat e eu erguemos o corpo inconsciente de Hector. Peguei seus ombros enquanto ela segurava seus tornozelos, e o atiramos por cima da amurada, fazendo com que caísse na água com um enorme estrondo.

Chamei a atenção do tripulante mais próximo.

— Homem ao mar! — gritei, gesticulando para o mar lá embaixo onde Hector boiava pacificamente.

O tripulante praguejou e saiu correndo para alertar alguém enquanto Nat e eu saímos apressadas rumo à popa do navio para encontrar Mary Alice e Helen. Elas estavam em pé ao lado da lancha a motor, o bote de borracha motorizado projetado para transportar os passageiros a uma distância de cerca de cem metros do navio até o cais. Havia sido concebido para portos, e não para mar aberto, mas teria de funcionar. Juntas, nós o manobramos para longe da ré do navio, cortando as cordas em vez de nos darmos ao trabalho de desamarrá-las. O bote começou a deslizar assim que bateu na água, a corrente afastando-o da embarcação maior.

Tínhamos segundos para pular de uma altura de cerca de sete metros até um alvo que parecia muito menor do que eu esperava. Nat foi a primeira, aterrissando bem no centro do bote e chegando para o lado enquanto Helen saltava. Mary Alice nem tentou, preferiu se arriscar pulando direto na água. Caiu a uns dois metros de distância do bote, deu algumas braçadas até chegar à lateral dele, onde Nat e Helen a içaram para dentro. Atrás de mim, os alarmes gritavam e um forte estrondo ribombou em algum lugar dentro do navio. O barulho causou mais alvoroço, com as pessoas gritando e empurrando enquanto os botes salva-vidas eram lançados.

Tomei fôlego e pulei, mirando, como Mary Alice havia feito, no mar ao lado da lancha. A água me cobriu, morna e sedosa, e tão escura que era impossível saber onde ficava a superfície. Prendi a respiração, soltando-a lentamente para poder descobrir para onde ir. Uma tênue linha de bolhas prateadas saiu do meu nariz, indicando o caminho. Eu a segui e, ao chegar à superfície, vi uma constelação reluzente.

Helen e Mary Alice esticaram as mãos e me puxaram por debaixo dos braços até eu cair no assoalho do bote, tossindo água do mar.

Helen olhou para o céu noturno, avaliando as estrelas a fim de determinar a nossa localização.

— Conseguiu? — perguntei.

Ela assentiu.

— Ótimo. Rume para Névis e vamos cair fora daqui.

E foi exatamente o que fizemos.

CAPÍTULO 9

JANEIRO DE 1979

Está chovendo quando o avião aterrissa. As quatro garotas que desembarcam, abrindo grandes bocejos, podem ser confundidas com amigas de faculdade enquanto recolhem as malas e mentem, sorrindo, para o agente que carimba seus passaportes e pergunta o motivo da visita ao Reino Unido. Um homem em um terno de tweed, com um cartaz impresso, está à espera e as acompanha até um *station wagon* onde uma cesta de sanduíches se encontra à disposição. Elas comem enquanto ele as leva para o campo. Uma hora se passa, depois outra. Quando chegam, está escurecendo, e as garotas estão doloridas e com *jet-lag*. Saltam do carro e se deparam com uma mansão — ou pelo menos é o que parece ser para elas.

A casa é uma monstruosidade vitoriana de tijolos vermelhos, cercada por jardins e um enorme gramado que se estende até as colinas. Está malcuidada, desde os caminhos de tijolos gastos até as janelas manchadas da estufa anexada a uma das laterais da casa. Os ornamentos externos precisam de algumas pinceladas de tinta, e a aldrava de latão está preta de sujeira.

Mas a porta se abre e nada daquilo importa. *Ela* está em pé na soleira, olhando para elas com o ar de um general inspecionando sua tropa. Constance Halliday. Codinome Pastora. Elas ainda não conhecem todo o peso da sua lenda. Vão se inteirar da sua história aos poucos, e o que vão ouvir é uma mistura de mito e verdade. Ela usa os finos cabelos brancos cortados bem rentes à cabeça e caminha com uma bengala, não para se equilibrar, mas para bater nas recrutas que não se movem suficientemente rápido.

Quando jovem, ela estudou Literatura Clássica em Cambridge e teria ficado em primeiro lugar na sua turma se fosse permitido às mulheres se formar. Seu irmão, o major Halliday, contou a cada uma das moças sobre as Erínias, o esquadrão exclusivamente de mulheres comandado por Constance, e como elas haviam morrido

— saltando de paraquedas na Alemanha enquanto atiradores de elite nazistas as fuzilavam no ar. Ele contou que Constance sobreviveu, mas não mencionou que ela se feriu na queda. Ao ser capturada, foi mandada para Ravensbrück, onde sua perna fraturada foi mal consolidada. Escapou do campo de concentração atravessando meia Europa a pé antes que a perna tivesse sarado totalmente. Para os outros, sua manqueira é um distintivo de honra, mas, para ela, é uma lembrança de tudo o que lhe foi tirado. Quando Churchill a escolheu para uma condecoração, ela devolveu a carta de recomendação em pedaços, com uma incisiva anotação sobre os fracassos coletivos dele.

O período como membro fundador do Conselho de Diretores do Museu a entediou. Constance voltou às operações em meses e passou três décadas formando os melhores matadores do ramo — todos homens. Foi ideia dela atualizar o banco de talentos encontrando um grupo de moças para serem treinadas juntas. Uma série de pequenos derrames a deixaram mais lenta, e ela percebe, perfeitamente, que está envelhecendo. Pela primeira vez, Constance Halliday avalia a própria vida e conclui que gostaria de deixar um legado para o seu próprio sexo. Sente falta das Erínias, da camaradagem das mulheres na guerra. Seu irmão demorou três anos para encontrar o tipo exato de jovens mulheres a serem treinadas, mas ela acredita que vai valer a pena ter esperado. Elas serão a última e a melhor coisa que ela já fez na vida — uma continuação digna para as Erínias. Halliday fará delas deusas da vingança, máquinas mortais que cumprirão um destino muito especial.

Mas ela não diz nada disso ao conhecer o quarteto. Leu suas fichas até as páginas ficarem amassadas e borradas, mas essa é a primeira vez que as vê pessoalmente. Examina-as com frios olhos azuis até fazer um único aceno de cabeça e gesticular para que entrem atrás dela. A casa não está muito mais aquecida do que o acesso à garagem, mas, pelo menos, não está úmida. A lareira se encontra acesa na sala de estar, e ela mostra o caminho, deixando-as em pé enquanto dá uma volta e para lentamente na frente do fogo.

— Bem-vindas a Benscombe Hall. Se estão aqui é porque vimos algo em vocês. É possível que estejamos enganados — diz ela, os olhos impiedosos. — Mas fazemos isto há muito tempo e talvez tenhamos razão. O Projeto Esfinge é muito especial, a primeira chance para treinar um esquadrão feminino sob os auspícios da nossa organização. Vocês não vão nos decepcionar.

Não é uma pergunta, e a temperatura na sala parece cair cinco graus enquanto ela fala.

— No Museu, há quem que acredite que um grupo de mulheres não pode ser treinado de maneira eficaz para fazer o nosso trabalho. Eu acho que vocês podem. Não só podem como é o que vão fazer. As mulheres são tão capazes de matar quanto os homens. E vocês possuem vantagens que os homens não têm. São todas moças atraentes e, por causa da sua aparência, os homens as subestimam. Vocês vão tirar partido disso.

Ela faz uma pausa para observar com uma sobrancelha erguida o impressionante decote de Mary Alice. — Algumas das vantagens de vocês são mais aparentes do que outras, mas, em cada uma de vocês quatro, há algo que agrada à maioria dos gostos. Você, por exemplo — diz ela, apontando a bengala para Helen —, tem uma qualidade álgida, tipo Jacqueline Kennedy. Bem refinada. E você — continua, gesticulando para Natalie — tem um ar travesso, como Audrey Hepburn. — Helen e Nat sorriem rapidamente uma para a outra. Constance Halliday passa para Mary Alice. — Acho que não preciso enumerar seus encantos, minha querida. Esse tipo de corpo exuberante foi muito popular na década de 1950 e ainda há homens que o preferem… — Gesticula vagamente para Billie, que responde com um olhar frio. Constance Halliday segura o topo da bengala com as duas mãos. O bastão é de madeira escura, avermelhada, e a empunhadura de prata forma uma espécie de pássaro com olhos feitos de contas de vidro preto.

— Não, você não tem o apelo óbvio da srta. Tuttle — diz, indicando Mary Alice com a cabeça. Billie fica impressionada porque a mentora sabe o nome de todas elas sem ter perguntado antes, mas se dá conta de que deve haver relatórios sobre cada uma, arquivos com todo tipo de informação, e isso a deixa incomodada.

Constance Halliday inclina a cabeça enquanto observa Billie. — Não, uma beleza menos enfática do que a da srta. Tuttle — repete —, mas você parece o tipo de moça que gosta de sexo. Acertei?

— Sim.

— Ótimo. Os homens vão farejar isso, o que será muito útil. Eles têm um sexto sentido para a *obscenidade*. Mas tome cuidado, não perca o controle — diz com ar severo. — O sexo é uma arma, srta. Webster. Não deixe que seja usada contra você.

Dá um passo para trás. — Seus quartos ficam no andar de cima, vocês vão compartilhá-los. Tratem de guardar suas coisas e se arrumem para o jantar. Vejo vocês na sala de jantar em quinze minutos.

As quatro pegam as malas no vestíbulo e as carregam para o andar superior. Sem muita discussão, Mary Alice e Billie ficam em um dos quartos, enquanto Helen e Natalie ocupam o outro. Os quartos são simples, com camas de solteiro e colchas de lã lisas. Não há muita mobília, e eles dividem um velho banheiro decrépito no corredor.

Mary Alice tira os sapatos com os pés e pula na cama. — Adorei este lugar. Helen diz que parece algo que saiu diretamente de *O ursinho Pooh* ou *O vento nos salgueiros*. E a srta. Halliday é demais. Gostei dela.

— Bem, não foi você que ela acabou de chamar de vadia, então posso entender.

Mary Alice ri. — Acho que esse é o seu superpoder. Natalie e Helen podem ser debutantes frias, bancando as difíceis, já você e eu... — Ela para e dá uma balançada que seria bastante obscena se não estivesse usando sutiã.

Depois de se lavarem, elas descem, prontas para as primeiras lições de etiqueta. A srta. Halliday as faz sentar para um jantar formal em uma mesa repleta de prataria e porcelanas. Helen parece estar totalmente à vontade, mas Natalie pega uma lavanda e cutuca o limão que está boiando na água.

— Que sopa é esta? — pergunta. — Parece água quente.

— Porque é água quente, srta. Schuyler — diz a srta. Halliday. Está sentada na ponta da cadeira, as costas eretas como uma vareta enquanto se empoleira como uma águia, observando-as com olhos penetrantes. — Suas missões as levarão a todo tipo de ambiente mundo afora, inclusive às mais altas esferas diplomáticas. Vocês serão treinadas para se comportar apropriadamente — diz, desafiando-as a discordar. — Meu codinome é Pastora porque a minha aptidão é cuidar das pessoas, avaliar suas capacidades e garantir que sejam cultivadas. Minha tarefa é prepará-las, antecipar perigos e garantir que nada as pegue de surpresa. Meu último esquadrão com a SOE foram as Erínias, personagens da mitologia. Vocês sabem quem foram as Erínias? — pergunta enquanto olha em volta da mesa.

Helen arrisca uma resposta. — Na mitologia clássica, as Erínias eram as perpetradoras de vinganças. Torturavam as pessoas que não haviam pagado por seus crimes.

Um pequeno sorriso aflora na boca de Constance Halliday. — Homero dizia que elas habitavam a escuridão e não tinham piedade. Ele as chamava de vingadoras, as filhas da noite. A ira justa as sustentava. Era um bom nome para as minhas garotas.

Constance Halliday toma um longo gole de vinho, deixando uma pequena meia-lua roxa em cada lado da boca. — Mas o mundo mudou. A ira por si só não é mais suficiente. Há que ter astúcia e mistério, bem como selvageria. Vocês sabem como são as esfinges? — pergunta a toda a mesa.

Mary Alice fala. — Leões com rosto de homem.

— Essa é uma esfinge egípcia — corrige Constance Halliday. — O nome de vocês vem da esfinge grega, uma criatura com o rosto e os seios de uma mulher bonita e o corpo de uma leoa. Ela até tem asas.

— Cacete! — exclama Natalie, seus olhos arregalados e redondos.

Constance Halliday a ignora e se recosta na cadeira, estudando a refração da luz em sua taça de vinho. — Os estudiosos não chegaram a um acordo sobre a etimologia da palavra "esfinge", mas eu prefiro a teoria que diz que ela vem do grego *sphingo*, que significa "apertar". Porque esfinges são leoas, e é assim que as leoas matam. Elas asfixiam as presas, impiedosamente, arrancando sua vida por sufocamento, não por serem malvadas ou ruins, mas por serem caçadoras, e é isso que os caçadores fazem. — Ela faz uma pausa, deixando que suas palavras sejam assimiladas. — E você vai pôr uma tampinha no jarro dos palavrões, srta. Schuyler — acrescenta. — Pode xingar no seu tempo livre. Mas, aqui em Benscombe, seu tempo pertence a mim.

CAPÍTULO 10

Helen manteve o bote apontando para leste-nordeste a maior parte da noite, supervisionando-nos enquanto nos revezávamos na cana do leme. Mantivemos a velocidade baixa para economizar combustível, deixando o vento nos levar, utilizando o motor apenas para corrigir o curso. Algum tempo depois de zarparmos, um estouro sacudiu o mundo e uma coluna de fogo subiu ao céu em meio à escuridão da noite. Uma nuvem de fumaça oleosa obscureceu a lua.

— Bem, caso encerrado — disse Helen com um suspiro e virou o rosto para o vazio do horizonte a oeste. Tudo — mar e céu — estava preto e vagamente salpicado de estrelas. Acomodamo-nos no bote e nos agasalhamos por causa da brisa que havia surgido.

Não era uma noite agradável, mas todas nós já tínhamos passado por coisa pior. No final da manhã seguinte, Helen manobrou o bote rumo a uma pequena enseada em Névis. Pegamos nossas coisas, depois o afundamos para que não pudesse ser rastreado como parte do *Amphitrite* e seguimos pela estrada asfaltada no topo de uma pequena elevação, evitando casas e hotéis. Após uma hora de caminhada, abri caminho descendo até a praia.

— Para onde estamos indo? — perguntou Nat, com dificuldade para andar. Minhas espadrilhas eram rasteiras, mas as dela tinham um salto anabela, dificultando seu avanço pela areia fofa.

— Para lá — falei, apontando para uma placa em que estava escrito SUNSHINE com um cordão luminoso que ficava apagado durante o dia. Era um bar de praia, um dos mais lendários do Caribe. — Vamos almoçar e tomar uma rodada de Killer Bees. Se alguém perguntar, estamos de férias, hospedadas em São Cristóvão — informei.

Não sei se foi a promessa de um peixe grelhado ou do lendário coquetel de rum, mas elas não se fizeram de rogadas. Comemos e bebemos até esvaziar os pratos e terminar a última gota de Rum Punch, pagando em dinheiro e deixando uma gorjeta suficientemente gorda para ser apreciada, mas não gorda demais para que fosse memorável. Quando terminamos, o barman ligou e pediu um táxi para nós, que nos deixou na plataforma dos táxis aquáticos. Ficava bem em frente a *The Narrows*, na ponta inferior de São Cristóvão, onde o Park Hyatt resplandecia ao sol. O jardim era luxuriante, e o resort ficava incrustado entre a beira-mar e as colinas que se erguiam diretamente atrás.

O táxi aquático levou seis minutos para cruzar *The Narrows*, transportando turistas e trabalhadores. O capitão conversou com os passageiros costumeiros, e Mary Alice fez questão de folhear uma revista de turismo que havia pegado de um display do Sunshine. O táxi aquático nos deixou diretamente no cais do Hyatt.

Indiquei com a cabeça uma fileira de espreguiçadeiras na praia, de frente para Névis. — Acomodem-se confortavelmente ali por um instante. Vou conseguir um quarto.

— Como você pretende fazer isso sem passaporte? — perguntou Helen.

Coloquei a mão no bolso e tirei a capa de neoprene do e-reader que eu carregava desde quando havia pulado da popa do *Amphitrite*. Um rápido gesto com a minha faca ao longo da costura e ela se abriu. Hermeticamente fechado lá dentro estava um passaporte canadense com o meu rosto, mas com um nome diferente.

— Estou passada — disse Nat lentamente. — Você sempre viaja com documentos suplementares?

— Desde a vez na Argentina — respondi, fazendo uma careta.

A missão na Argentina havia sido uma das mais perigosas de todas, e um jogo de documentos suplementares havia me safado de um interrogatório brutal e de dois meses de detenção em um campo de prisioneiros nos pampas.

— E como a nossa amiga canadense pretende pagar pelo quarto? — perguntou Helen.

Enfiei a mão novamente na capa e peguei um Amex Black.

— Ela tem um cartão de crédito.

Naquele exato momento, um funcionário de camiseta listrada e sorriso aberto se aproximou com grandes copos d'água decorados com fatias de pepino. Serviu Nat e Mary Alice enquanto Helen e eu subíamos a colina até o prédio principal. Em outras circunstâncias, talvez eu tivesse ficado impressionada. O espaço era todo aberto, com lagos de carpas e uma vista espetacular de Névis do outro lado de *The Narrows*. A atmosfera era serena, e eu queria relaxar, mas ainda era cedo demais.

A recepção parecia ter saído da *Architectural Digest* — uma longa laje de concreto preto com banquetas de ratã e um grandioso arranjo de orquídeas. Só um delicado tablet indicava que aquele era um estabelecimento comercial. A recepcionista nos acolheu com gentileza. Retribuí com um sorrisinho amarelo. Era importante usar o tom certo entre irritação e superioridade.

Olhei para o crachá dela. — Sophia, espero que você possa nos ajudar. Reservamos uma mansão de luxo do outro lado da ilha, mas receio que não vá funcionar — informei, crispando a boca para sugerir algo indizível. — Você tem um quarto disponível?

— Sinto muito! Deixe-me ver o que posso fazer — disse ela, digitando rapidamente no tablet. — Tenho um lindo quarto duplo queen com vista para o mar, mas temo que fique na parte mais distante do resort, afastado dos restaurantes e piscinas — disse, gesticulando em direção ao lado oposto da baía recurva.

Suspirei um pouco. — Acho que vai servir — aceitei com um tom de leve decepção.

— Já está pronto — tranquilizou-me. — E, como eu disse, fica de frente para o mar, no térreo, com acesso direto à praia.

— Está bom — interveio Helen, seu inglês com um ligeiro sotaque que podia ser holandês ou dinamarquês ou algo entre os dois.

Sophia sorriu para nós com gratidão. — Fico feliz. Só vou precisar de um cartão de crédito e dos passaportes.

Helen fingiu fazer um gesto para pegar uma suposta carteira, e eu coloquei meu cartão e passaporte decididamente na bandejinha sobre a mesa. — Não, não, eu cuido disso.

— Obrigada, querida — murmurou ela.

— Minha amiga deixou a carteira na mansão. Passaremos por lá mais tarde e traremos para que você faça uma fotocópia depois de mandarmos buscar as nossas malas.

Sophia hesitou por um segundo e depois sorriu. — Claro. Só um instante, por favor. — Ela despareceu com o cartão de crédito e o passaporte em uma das salas. Se algo fosse dar errado, o momento seria aquele. Respirei fundo para me acalmar e repeti o mantra que havia adotado durante uma missão em um ashram em Kerala. Helen folheou um livro de fotografias de Lorna Simpson.

Depois de alguns minutos que pareceram uma eternidade, Sophia surgiu com uma cesta de toalhas refrescantes e garrafas de água mineral. Entregou-as para nós com os documentos e as chaves.

— Bem-vindas ao Park Hyatt, senhoras. Tenham uma boa estada.

Recusamos o tour do resort, alegando que íamos encontrar amigas para o almoço. Assim que saímos do prédio principal, fomos pegar Nat e Mary Alice na praia e seguimos o mapa até o nosso quarto.

— Seguras por enquanto — murmurou Nat. Aquele era outro ditado da Pastora. Sempre que você estava segura, mesmo que por pouco tempo, era importante se permitir relaxar, alimentar-se, descansar e se preparar para lutar novamente.

Tirei as minhas sandálias e me estiquei na cama, cruzando as mãos atrás da cabeça.

— E agora? — perguntou Mary Alice. — Chegamos até aqui, mas ainda estamos no Caribe com um passaporte e um cartão de crédito para quatro. Como vamos voltar para casa?

— Para casa, não. Precisamos de um abrigo seguro. Temos que ganhar tempo suficiente para descobrir que diabos está acontecendo.

Ficamos em silêncio por um minuto, todas provavelmente pensando a mesma coisa. Apesar de toda a nossa experiência, estávamos acostumadas ao luxo de toda uma organização à nossa disposição, pronta para nos tirar da operação em caso de perigo, preparada para limpar a nossa sujeira e para nos tirar da linha de tiro. Pela primeira vez em quarenta anos, estávamos por conta própria.

Sentei-me lentamente. — Tenho uma amiga que pode ajudar. Alguém sem conexão alguma com o Museu. — Olhei para o telefone. — Mas não podemos nos arriscar usando o telefone do hotel para contatá-la. Pode ser rastreado.

Em vez disso, peguei a lista telefônica local e disquei para uma loja de produtos eletrônicos em Basseterre. Disse o que eu precisava e eles me prometeram entregar um pacote de celulares descartáveis em uma hora. Fiquei esperando no quarto enquanto Mary Alice seguiu mal-humorada para a varanda, e Helen e Nat visitaram a loja do hotel, onde compraram alguns artigos de higiene e roupas extremamente caras para cada uma de nós, creditando tudo na conta do quarto. Quando os celulares chegaram, comecei a carregar um deles e digitei um número que eu sabia de cor. Minka atendeu no quarto toque, e imaginei sua figura: botas Doc Martens apoiadas sobre a escrivaninha enquanto disparava lasers em alienígenas em um videogame que ela mesma havia criado.

Pulei os preliminares e disse logo o que precisávamos: documentos, passagens etc. Ela sabia que não devia fazer perguntas.

Minka prometeu que o pacote chegaria a mim em vinte e quatro horas, e desligamos. Quando Nat e Helen voltaram, expliquei o que eu tinha feito. Mary Alice chegou da varanda em tempo de pegar o finalzinho, esfregando os olhos. Ela parecia que estava tentando — sem sucesso — não chorar.

— Quem é Minka?

— É uma longa história — falei, gesticulando como se estivesse afastando a pergunta. — Mas ela é confiável. Eu confiaria a minha vida a ela.

— E a nossa — frisou Helen friamente.

— Se você tem alguma outra sugestão, sou toda ouvidos — retruquei.

Não tinha. Pedimos serviço de quarto e comemos em meio a um silêncio exausto. Helen havia comprado alguns livros e revistas na loja do hotel e se acomodou com a última sugestão do clube do livro de Reese Witherspoon enquanto Nat surfava pelos canais de notícias do Caribe, parando em uma novela venezuelana com uma mulher muito maquiada que falava aos berros.

— Vou dar uma volta — comuniquei para ninguém em especial.

Mary Alice se levantou para ir comigo. Saímos pela porta corrediça, atravessamos a varanda e chegamos a um gramado ladeado por canteiros de buganvílias, bananeiras e asiminas. A pouca distância, espreguiçadeiras haviam sido colocadas na beira da praia.

— Vamos arriscar? — perguntou Mary Alice, indicando as espreguiçadeiras com o queixo.

Encolhi os ombros. — Parece que todo mundo está jantando. — Ruídos de talheres e música suave fluíam dos vários restaurantes espalhados pelo resort. Nosso lado da praia estava silencioso e deserto.

Após nos acomodarmos, acendi um cigarro, seu pequeno brilho vermelho piscando como um vaga-lume na escuridão que ia nos envolvendo.

— Não me diga que eles sobreviveram a um mergulho no oceano — disse Mary Alice, indicando os cigarros com um sorriso.

Balancei a cabeça. — Helen. Da loja do hotel, assim como o hidratante e o fio dental.

— Helen odeia quando você fuma. — Mary Alice e eu estávamos empoleiradas na beira das espreguiçadeiras, nossos joelhos quase se tocando enquanto olhávamos para o mar. O sol havia se posto à nossa direita, atrás do promontório, e o ar estava violeta.

— E ela os comprou. Isso é amizade.

Mary Alice soltou um riso abafado. Por um instante, o único som era o ritmo das ondas. À nossa esquerda, uma só palmeira se inclinava sobre a água, como se estivesse ouvindo os segredos do mar.

Ouvi uma fungada brusca. — Estou sem lenços de papel, Mary Alice. Se precisar assoar o nariz, é melhor usar a camisa.

— Vá para o inferno, Webster — disse ela, enxugando os olhos na manga. Mas seu tom estava melhor, suas costas, um pouco mais eretas. — Não aguento isto aqui, ficar longe da Akiko sem saber o que ela está pensando. Como ela está. — Eu não disse nada; era melhor deixá-la continuar e pôr tudo para fora de uma vez só. — Este é o único segredo que mantive com ela. Bem, o único importante — corrigiu Mary Alice. — Ela também não sabe quanto eu gastei pra trocar o carpete da escada.

— Lã? — perguntei.

— Orgânica. Da Nova Zelândia — disse. — Vou mandar o link pra você.

Ela se curvou na minha direção, tirou o cigarro da minha mão e deu um longo trago, fazendo a brasa arder de um vermelho forte antes de devolvê-lo. Segurou a fumaça nos pulmões por um bom tempo antes de soltá-la com um sopro que não acabava nunca.

— Sinto falta.

Olhei-a de soslaio e ela crispou os lábios. — Não me olhe assim. Sei que não posso fumar. Mais uma coisa que o câncer de mama levou embora. — Fez um gesto vago em direção ao peito.

— Ficaram ótimos — falei. — Nat disse que adoraria um novo par.

— Ela que não me encha o saco. Ficaram ótimos, mas fiquei muito doente por oito meses e meus mamilos ainda estão insensíveis.

— Você está aqui — lembrei a ela.

— Estou aqui. — Ela se aproximou, batendo seu ombro no meu. — A questão é: por quanto tempo?

Balancei a cabeça enquanto apagava o cigarro na sola da minha sandália. Pus a guimba no maço. — Ainda não acredito que aquele merdinha tentou nos explodir. Quero saber de quem ele recebeu as ordens.

— Quem disse que ele recebeu ordens? Talvez tenha agido por conta própria.

— Matar quatro agentes prestes a se aposentar? Por quê?

— Nós sabemos de coisas.

— Não sabemos nada que pudesse ser uma ameaça para Brad Fogerty, o manipulador de dinamite de meia-tigela.

— Então Fogerty não tinha nenhum rancor contra nós — disse ela, pensando a respeito.

Mary Alice abordava todas as coisas de maneira lenta e metódica. Ela era boa nos detalhes, melhor até do que Helen, muitas vezes vendo o que havíamos deixado passar, embora demorasse mais para chegar ao resultado. Eu era apressada, confiava mais no instinto do que em qualquer outra coisa, e, às vezes, tinha muita sorte. Por isso éramos uma dupla tão boa. Eu era a sua lebre.

Ela sorriu, o primeiro sorriso genuíno que eu a via dar nas últimas vinte e quanto horas.

— Eu sei, estou dando uma de tartaruga. Tenha paciência comigo. — Ficou calada por um tempo e observei a borda rendada das ondas, babados que avançavam pela areia e recuavam novamente como a saia de uma dançarina de flamenco. Um pequeno caranguejo cinza correu por cima do meu pé.

Virei-me para olhá-la. A palidez oval do seu rosto brilhava na sombra. Se eu pudesse enxergar melhor, sabia que encontraria uma fina ruga entre as suas sobrancelhas. De repente, fiquei impaciente. — Mary Alice, você não pode atenuar nada disso, ver o lado bom das coisas ou adotar uma perspectiva positiva. Ou deveríamos ter morrido em uma explosão causada pelas mesmas pessoas que assinaram os nossos contracheques por quarenta anos ou elas sabiam que aquilo iria acontecer e não fizeram nada para impedir porque tinham algo mais importante em mente. E isso não importa. Não vão nos deixar viver. Sabemos demais. Em um dia, passamos de possivelmente descartáveis a tremendamente ameaçadoras.

— Como? — ela me desafiou, procurando briga.

— Pare com isso, Mary Alice. Você não é tão tonta assim. Sabemos onde os corpos estão enterrados, literalmente. Não se trata de uma nota de rodapé, é um acerto de contas, e você não quer admitir porque isso significa que terá que descobrir o que fazer sobre o problema da Akiko.

Eu a ouvi soltar com força o ar pelo nariz, como um touro antes de atacar. — Minha mulher não é um problema, Billie. Mas não espero que você entenda isso.

Ela começou a ir embora batendo pé, algo difícil de fazer em areia fofa. — Ei, Mary Alice — chamei.

Ela se virou e eu levantei o dedo médio. Ela fez o mesmo e saiu andando. Peguei um cigarro novo e o acendi, soltando lentamente a fumaça. — Poderia ter sido melhor — disse para o caranguejo.

CAPÍTULO 11

Eram três horas de voo até aterrissar em Miami, e desembarcamos com calma, sem afobação, tomando cuidado para não chamar atenção. Rumamos para a Imigração e Alfândega, mas o trabalho de Minka foi bom. Passamos pelos canais oficiais meia hora antes de embarcar em nosso voo para Atlanta em outra companhia aérea. Quando chegamos, Hartsfield estava lotado com a multidão pós-Natal, todo mundo se acotovelando e empurrando. Dane-se a paz na Terra aos homens de boa vontade. Deveria ter sido jogada fora com o papel de presente estampado de renas.

Eram então onze da noite, e pegamos o último voo para Birmingham, pousando depois da meia-noite. Natalie estava choramingando de cansaço, mas eu segui em frente, obstinadamente acompanhada por Mary Alice e Helen, que conseguia parecer mais animada do que todas nós. Peguei o carro alugado que Minka havia reservado para nós e iniciamos o trecho final da viagem. Natalie correu para o banco traseiro, adormecendo assim que se acomodou. O restante de nós se revezou ao volante e, cinco horas depois, eu estava dirigindo novamente, cruzando a ponte Twin Span até Nova Orleans, no momento em que o sol raiava. Peguei a I-10 e entrei na cidade, seguindo o fluxo da hora do rush matutina até nos aproximarmos do French Quarter. Mary Alice dormia no banco do carona, e Helen e Natalie estavam enroscadas juntas no banco traseiro como dois cachorrinhos.

Cutuquei Mary Alice para despertá-la. — É melhor acordá-las. Estamos quase chegando e vamos ter que ser rápidas quando eu parar.

Ela chamou Helen e Nat e reuniu o pouco de bagagem que tínhamos. Deixei o carro ligado em uma transversal secundária da Rampart. Em meia hora, ele estaria em um desmanche, todo desmontando e as peças à venda, sem deixar rastro de como havíamos chegado à cidade, mesmo que alguém conseguisse nos rastrear até Birmingham.

— E agora? — perguntou Mary Alice, pondo a bolsa no ombro.

— Vamos andar — respondi, apontando para o French Quarter. Se eu estivesse sozinha, teria dado uma volta de precaução em torno do quarteirão, mas Helen estava se curvando novamente e Natalie mal conseguia se manter de pé. Ficar vinte e quatro horas sem dormir direito é fácil aos vinte anos; aos sessenta, é um inferno. Senti cada minuto daquela noite perdida enquanto nos arrastávamos pela Ursulines. Era um quarteirão tranquilo para os padrões do French Quarter. Nenhum bêbado tropeçando nas calçadas irregulares; nenhuma poça de vômito nos bueiros. Era quase sereno.

Paramos na frente de um portão genérico com um teclado numérico. Uma lona preta, grossa e acolchoada, estava fixada atrás do portão, impedindo que se visse a propriedade. Digitei o código, e houve um momento de silêncio ansioso. Depois, um leve zumbido, um ruído metálico, e o portão se abriu. Atrás dele ficava um túnel de tijolos em forma de arco, suavemente iluminado por um único lampião a gás que tremeluzia. Algo saiu correndo em meio às sombras do chão úmido.

— O que foi isso? — perguntou Natalie, olhando para a penumbra.

— Provavelmente um rato — informei em tom alegre. Bati o portão atrás delas, certificando-me de que estava trancado. — Bem-vindas à minha casa.

O túnel dava em um pátio cercado por quatro edifícios de tijolos, cada um mais decrépito que o outro. As fachadas, ligadas por galerias e escadas, se apoiavam umas nas outras como mulheres idosas fazendo sua última fofoca.

As três mulheres pararam, virando-se lentamente enquanto examinavam tudo. Um enorme jasmim-do-imperador surgia em um canto entre pilhas de tijolos quebrados. Havia outras pilhas — chapas, tábuas, sacos de cimento — e vasos cheios de arbustos em vários estágios de crescimento. No centro, um chafariz sem jato estava cheio de água verde. A superfície se agitou um pouco, e Natalie deu um pulo.

— O que está se mexendo nessa água? — perguntou Mary Alice.

— Louie, a carpa. Veio com a casa.

— Bem, acho que deve ser bom ter um animal de estimação — disse Helen.

— Parece que está prestes a ruir — disse Nat, levantando a cabeça e olhando para a estrutura descascada de ferro fundido preto que sustentava as galerias do segundo andar.

— É bem capaz. Tome cuidado por lá — avisei.

— Já deve ter sido linda em algum momento — disse Mary Alice, tentando ser diplomática. — Tenho certeza de que poderia voltar a ser bonita.

— Com muito trabalho e algumas bananas de dinamite — completou Natalie.

— Você vai ficar aqui de graça — lembrei.

Mary Alice fez uma cara corajosa. — O encanamento funciona?

— Às vezes — respondi. Era óbvio que Mary Alice e Natalie não estavam impressionadas. Virei-me para Helen.

Para minha surpresa, ela sorriu. — É perfeita. Obrigada por nos trazer para cá, Billie.

Mary Alice teve o bom-tom de parecer um pouco envergonhada, mas Natalie apenas bocejou. Naquele exato momento, uma porta — larga, com tinta azul-turquesa descascando — se abriu e uma garota alta e magricela apareceu. Antes que eu pudesse apresentá-la, ela já estava em cima de mim, abraçando-me com força e me tirando do chão. Cheirava a xarope de bordo e torrada queimada.

— Você me assustou. Não faça isso — disse ela com firmeza enquanto me colocava no chão.

— Nós estamos bem — falei. — Você foi ótima.

Ela manteve a mão no meu ombro e se virou para olhar para as outras, sua cabeça inclinada como a de um esquilo. — Elas são amigas?

— Mary Alice, Helen e Natalie. Esta é Minka — apresentei.

Elas fizeram ruídos educados, e Minka as cumprimentou com a cabeça antes de se virar de volta para mim. — Preparei o café da manhã.

— Você não sabe cozinhar — lembrei a ela.

Ela deu de ombros. — Não está muito bom. Mas vocês devem comer.

Minka passou pela porta turquesa e entrou nas ruínas de uma casa. As paredes de alvenaria que a sustentavam continuavam em pé, mas as paredes que a dividiam internamente e o andar superior haviam sido eliminados, de maneira que o teto estava dois andares acima das nossas cabeças. Uma velha porta apoiada sobre uma pilha de tijolos servia de bancada improvisada da cozinha, onde ficavam os aparelhos essenciais: cafeteira, chapa elétrica e forno com grelha. Havia uma chaleira elétrica cara para fazer chá, mas aquele era o único luxo que eu me permitia.

Uma mesa que poderia acomodar quarenta convidados em um jantar ocupava o centro do cômodo com algumas cadeiras espalhadas que não combinavam umas com as outras. As janelas eram vitrais com histórias bíblicas e alguns vidros sem cor, uma substituição barata das partes originais que haviam se quebrado. O resto, em sua maioria, estava rachado, com uma rachadura longa e irregular marcando o rosto virado para o alto de Maria Madalena, ajoelhada diante de um Jesus ressuscitado.

— Que lugar é este? — perguntou Mary Alice.

— Um antigo convento — respondi, enquanto indicava a elas os lugares em volta da mesa. Em uma bandeja, amontoava-se uma pilha de torradas frias e queimadas, e a manteiga estava coberta por uma camada de migalhas. Mas o café e o chá estavam quentes.

Cada uma de nós se jogou em uma cadeira, pegando uma caneca e ignorando o pão queimado. — As irmãs pertenciam a uma ordem associada a Maria Madalena — prossegui. — Aqui na rua, fica um convento que pertencia às ursulinas. As freiras que construíram esta casa chegaram décadas mais tarde. Eram uma ordem de enfermeiras e foram exterminadas pela epidemia de febre amarela.

— A casa é mal-assombrada — disse Minka alegremente, sentando-se com uma xícara de café.

Mary Alice se virou para ela. — Mal-assombrada?

— Com fantasmas — acrescentou Minka.

— Fantasmas de freiras — esclareci. — Elas afastaram alguns proprietários, mas nunca me perturbaram e não parecem incomodar Minka.

Ela levantou os ombros. — É bom ter companhia quando você mora sozinha.

— Você mora aqui, Minka? — perguntou Helen educadamente.

Minka assentiu. — Moro, agora sou americana — disse. Suas feições eram totalmente eslavas: maçãs do rosto largas e chapadas e olhos fundos. Seu estilo mudava a cada semana, mas, naquele dia, estava vestida como uma figurante de um filme francês, com uma camiseta listrada de decote canoa e um lenço de bolinhas. Ela havia cortado os cabelos novamente bem curtos e os havia tingido de preto com mechas cor de cereja. Estava usando pequenos óculos de leitura de armação redonda. Só faltava um cesto de bicicleta com uma *baguette* dentro.

Helen me lançou um olhar inquisidor. — A casa está no seu nome?

— Não, no de uma holding das Ilhas Cayman. Não há como ligá-la a mim.

— Caramba — disse Mary Alice. — Você tem seu próprio abrigo secreto.

Dei de ombros. — Uma precaução razoável, no nosso setor.

— Eu não tenho um abrigo secreto. — Natalie estava emburrada, mas Helen ainda parecia pensativa.

Ela não disse mais nada, e Natalie se dirigiu a Minka. — Espero que Billie tenha disponibilizado para você, pelo menos, um banheiro interno. A casa é meio rústica.

Minka estreitou os olhos como uma gata. — Billie disponibilizou tudo para mim. — Ela permaneceu à mesa por alguns minutos, mas o clima claramente não estava dos mais calorosos, e, quando ela se retirou, Natalie se virou para mim.

— O que eu disse? — perguntou Nat.

— Não foi o que você disse — respondeu Helen. — Acho que ela ficou ressentida com a crítica implícita a Billie.

Antes que Natalie pudesse revirar os olhos, Helen se levantou. — Estou morta.

Levantei-me da cadeira. — Vou mostrar onde vocês vão dormir.

Mary Alice não se mexeu. — Temos que nos organizar. Precisamos de um plano.

Helen se virou como se fosse se sentar novamente, mas titubeou um pouco e pus a mão em seu ombro, mantendo-a no lugar. — Sim, Mary Alice. Precisamos. Mas estamos exaustas e sem condições de pensar com clareza. Vamos dormir, comer e depois planejar. As regras de Halliday.

Notei que Mary Alice não gostou, mas ela se levantou e veio atrás de mim enquanto eu mostrava para elas a construção do outro lado do pátio, cujo térreo era atravessado pelo túnel de tijolos. De cada lado do túnel ficavam dois aposentos grandes, um deles repleto de quinquilharias; neste era impossível entrar. O outro não tinha nada, exceto uma pequena escada em caracol. No andar de cima, havia um longo corredor com uma dúzia de portas.

— Dormitório de freiras — falei. — Os quartos são pequenos, mas pelo menos são privativos.

Abri a primeira porta. Lá dentro, as tábuas do assoalho eram largas e estavam enceradas. Um colchão de solteiro, ainda no plástico e encostado na parede, deixava apenas espaço suficiente para uma pessoa passar. Um nicho na parede continha uma estátua de gesso de um santo sem cabeça.

Natalie abriu a boca, mas Helen lançou um olhar de advertência na sua direção.

— É muito bom — disse Natalie baixinho. Tomou uma reta até a cama e se deixou cair nela, tirando o suéter pela cabeça.

— Nat, querida — disse Helen. — Você não quer, pelo menos, forrar a cama com um lençol?

— Não. — A palavra estava abafada, mas o gesto da mão foi suficientemente claro.

Fechamos a porta, e Mary Alice e Helen ficaram com os dois quartos seguintes sem dizer palavra. Fui para o meu e caí na cama, adormecendo imediatamente, o tipo de sono pesado que deixa você se sentindo toda dolorida e pior do que se nem tivesse tentado. Acordei com o sol se pondo e os lençóis enrolados nas pernas, suando por causa de um fogacho. Saí da cama e me lavei rapidamente, depois fui pegar uma pequena pilha de roupas que eu deixava em casa. Jeans de boca larga e uma camiseta velha da Janis Joplin serviriam perfeitamente para o que eu tinha em mente. Calcei minhas botas de caubói favoritas, vesti uma jaqueta de aviador mais velha do que Minka e pus meus óculos escuros. Peguei um boné de beisebol no meu caminho até a porta. Não percebi nenhum sinal de que havíamos sido seguidas, mas não ia me arriscar.

Saí rapidamente pelo portão e segui pela Ursulines rumo a Decatur. Meu estômago roncou quando passei pela Central Grocery, clamando por uma *muffaletta*, mas o sinal de FECHADO do lado de fora me fez continuar andando. Fiz um circuito pelo bairro, ziguezagueando um pouco, entrando em alguns becos, mas nada disparou meu alerta para problemas. Parei no Café du Monde para pedir cinco *beignets* e voltei para casa com meus braços cheios de sacolas de papel murchando por causa do vapor e da gordura, e com um aroma divino.

Helen devia ter tomado banho. Seus cabelos estavam úmidos e ordenadamente penteados no seu corte Chanel. Ela folheava lentamente um exemplar da *Vanity Fair* de 2009 enquanto Nat, enrolada no meu quimono favorito, tamborilava os dedos na mesa. Mary Alice pegou as sacolas de *beignets* e as distribuiu com toalhas de papel e xícaras de café de cevada.

Corri os olhos pelo aposento. — Onde está Minka?

— Saiu — disse Mary Alice brevemente.

— Acho que acabei de ovular — informou Natalie enquanto erguia seu primeiro *beignet*. Ela mordeu a massa morna com um gemido baixo, lançando açúcar de confeiteiro pelo ar. — Divino.

Tirei a jaqueta e joguei o boné na mesa. — *Beignets* em Nova Orleans são um clichê, mas esses são dos bons. — Elas estavam caladas, comendo com um entusiasmo comedido, e olhei à minha volta, observando-as. Estavam um pouco abatidas, mas continuavam firmes. Naquele momento, Minka voltou com sacolas do delivery no quarteirão seguinte: *gumbo* e salada de batatas, e garrafas de vinho tinto do mercado da esquina. Tinha pão e bolo de reis, tão fora de época que só podia ser de uma das armadilhas para turistas da Bourbon Street.

— Obrigada, minha menina — agradeci enquanto Minka esvaziava as sacolas. Ela se virou para pegar tigelas e colheres enquanto eu abria o primeiro recipiente. — Podemos conversar enquanto comemos.

Helen pegou uma das garrafas e um saca-rolhas, lançando um olhar desconfiado para as costas de Minka.

— *Pas devant la petite fille* — advertiu-me.

Minka não se virou. — *La petite fille parle français, madame* — respondeu ela.

— *Merde* — disse Helen.

Minka nos encarou. — Se não quiserem falar comigo, vou para o meu quarto.

— Nada disso — disse Mary Alice, pondo panos quentes. — Todas nós sabemos a dívida que temos com você, Minka.

Ela lançou um olhar de advertência, e Helen entregou uma taça de vinho com um sorrisinho amarelo. — É claro. Eu só não sabia se queríamos entediar Minka com as especificidades dos próximos passos.

Era uma desculpa esfarrapada, mas eu estava cansada demais para chamar sua atenção.

Minka deu de ombros e serviu uma concha de *gumbo* sobre a salada de batatas, enfiou uma colher e começou a comer enquanto Nat a observava fascinada. — Está bom?

— Experimente — ordenou Minka.

Nat obedeceu e deu uma colherada, seus olhos se revirando. — Cacete. Está incrível.

Minka sorriu, e elas se atiraram na comida com o entusiasmo de adolescentes.

— Você vai precisar de um antiácido depois — disse Mary Alice quando Natalie foi pegar a garrafa de molho de pimenta.

— Vou dormir sentada — disse Natalie. — Vale a pena. — E se virou para mim. — E agora?

— É hora de fazermos um balanço — disse Helen com rispidez. Comeu um *beignet* com mordidas pequenas e delicadas, depois afastou a sacola. Nem um grão de açúcar nas mãos. Sua tigela de *gumbo* estava intacta, mas a taça de vinho, pela metade.

— Muito bem — comecei. — Vamos fazer um balanço. Obviamente o Museu queria nos eliminar, mas ainda não sabemos por quê.

— Continuo achando que deve ser um mal-entendido — opinou Helen. — Afinal, todas nós fomos competentes e, de vez em quando, excepcionais em nosso trabalho. E chegamos ao fim das nossas carreiras. Por que nos eliminar agora?

— Essa é a pergunta de 64 mil dólares, não é? — indaguei. — Se soubermos o motivo, todo o resto vai fazer sentido porque, agora, nada faz.

— O que é esse Museu? — perguntou Minka com a boca cheia de *gumbo.*

Natalie olhou para ela com curiosidade. — Você sabe o que Billie faz para ganhar a vida?

— Sei — disse Minka. — Vocês são amigas do trabalho? Vocês também matam pessoas?

— Matam — confirmei. — O Museu é a organização para a qual trabalhamos. E parece que o Conselho Diretor decidiu pôr fim na nossa existência.

Minka inclinou a cabeça. — Explique.

A mesa estava coberta por uma toalha impermeável que já tinha visto dias melhores. Os ex-proprietários haviam-na deixado, provavelmente depois de dar uma olhada nas manchas escuras e pouco atraentes, além das queimaduras de cigarro. Gesticulei para que Minka trouxesse uma caneta. Ela pegou um pincel atômico de um azul chamativo e que cheirava a frutas, o tipo de coisa que Meu Querido Pônei usaria para assinar um diário. Desenhei três quadrados na ponta do tecido e escrevi um nome em cada.

— "Thierry Carapaz, Proveniência. Günther Paar, Aquisições. Vance Gilchrist, Exposições" — leu em voz alta.

— Correto — confirmei. Desenhei parênteses para reunir os três e escrevi *Conselho Diretor.* Em cima, escrevi *Museu.*

— O Museu tem um conselho composto por três diretores, cada um responsável por um departamento. — Toquei o primeiro com o dedo. — Carapaz cuida do Departamento de Proveniência. São os especialistas em computadores. Realizam pesquisas, mergulham a fundo nos bancos de dados do governo. Também fazem vigilância digital. Sua tarefa é apenas reunir dados.

— Com que propósito? — perguntou Minka.

— Identificar dois tipos de pessoas que interessam ao Museu — disse Helen. — Alvos em potencial e recrutas em potencial.

Minka assentiu e eu prossegui, traçando uma linha do Departamento de Proveniência até Conselho. — O Departamento de Proveniência repassa informações ao Conselho em reuniões trimestrais, apresentando dossiês sobre pessoas que eles acham que devem ser assassinadas ou então treinadas para se tornarem agentes operacionais. O Conselho debate e discute em sessões a portas fechadas e depois vota. Os três devem concordar, por unanimidade, para que um assassinato seja ordenado ou uma oferta de emprego seja feita.

Apontei para o quadrado seguinte. — Uma vez que o assassinato foi ordenado, o Departamento de Aquisições, dirigido por Paar, se encarrega dos suprimentos e da logística. Eles podem fazer de tudo, desde a criação de perfis falsos nas redes sociais até a construção de bombas. Fornecem armas, roupas, planos de viagem. Tudo o que precisamos para que a missão seja bem-sucedida. Conseguiu me acompanhar até aqui?

Minka assentiu e pôs o dedo no último quadrado. — Exposições. São os agentes operacionais que matam? É você?

— Sou eu — respondi. — Somos todas nós. Trabalhamos sob a supervisão de Vance Gilchrist e somos responsáveis pela realização das missões.

— Você esqueceu os curadores — disse Helen, olhando para o desenho através dos seus óculos de leitura.

Encaixei três quadrados pequenos embaixo dos diretores. — Cada diretor tem um curador que lida com o trabalho cotidiano do próprio departamento — expliquei e preenchi os quadrados. — Naomi Ndiaye trabalha para Thierry Carapaz no Departamento de Proveniência. Martin Fairbrother é o vice de Günther Paar em Aquisições.

Hesitei no quadrado vazio embaixo do nome de Vance Gilchrist.

— Quem trabalha aí? — perguntou Minka.

— Agora ninguém — disse Natalie. — O último morreu há seis meses e ainda não encontraram um substituto permanente. Vance pode ser exigente.

— Só mulheres costumam ser chamadas de exigentes — disse Mary Alice. — Os homens são "atentos aos detalhes" — ironizou, empurrando sua tigela vazia para longe, deixando a colher tilintar. — Prosseguindo. Precisamos de um plano. E depressa.

Não era do feitio de Mary Alice ser tão brusca, mas eu sabia que ela estava pensando em Akiko. Quanto antes limpássemos aquela sujeira, mais cedo ela poderia se encontrar com a esposa e dar um jeito para se acertarem.

— Concordo — falei. — Ganhamos algum tempo, mas não podemos ficar aqui para sempre. Precisamos descobrir por que nos tornamos alvos.

— Não consigo acreditar que o Conselho nos atacaria — disse Natalie com amargura. — Depois de tudo que fizemos.

— Talvez seja *por causa* do que fizemos — disse Helen. — Talvez tenhamos matado alguém que não deveríamos. Ou talvez tenhamos visto algo que não deveríamos.

— Existem milhares de possíveis motivos para o Conselho ter resolvido que somos um problema — expliquei. — Eles são os únicos que podem emitir uma ordem de extermínio, e deve ser por unanimidade. Precisamos descobrir exatamente por que essa ordem foi emitida.

— Pena não podermos perguntar — disse Natalie.

Mary Alice discordou pela primeira vez. — Por que não podemos?

Era uma ideia audaciosa, e fiquei feliz por ter sido Mary Alice a sugeri-la. Ela ainda não havia perdido totalmente a coragem, se estava tendo ideias tão arrojadas.

— Mas perguntar a quem? — arriscou-se Helen. — Não podemos ir diretamente ao Conselho. Foram eles que ordenaram o assassinato.

Minka pegou a caneta azul e desenhou uma linha fina sobre os nomes de Gilchrist, Paar e Carapaz.

— Aos curadores? — sugeriu Mary Alice.

— Nem pensar — disse Natalie sem emoção. — Não tenho a menor confiança em Naomi — acrescentou, apontando seu nome. — Ela é a encarregada pelo Departamento de Proveniência, o que significa que foi a responsável por informar o Conselho. Seja lá o que ela disse, esse é o motivo para eles estarem atrás de nós.

— Não temos como ter certeza disso — começou Mary Alice, mas Natalie a interrompeu.

— Você sabe de alguma vez que o Conselho fez algo que não tenha sido sugestão do Departamento de Proveniência? O trabalho deles é literalmente indicar alvos — argumentou Natalie. — Além disso, tento ficar longe deles o máximo possível. Eles me causam arrepios, espionando as pessoas através de seus teclados. É muito esquisito.

Eu tinha visto Naomi poucas vezes e até simpatizava com ela. Na casa dos trinta anos, era mãe de dois filhos e tinha um pé bem apoiado no próximo degrau da carreira. Todos os membros do Conselho eram mentores dos próprios curadores, o que significava que ela estava na linha de sucessão para o cargo de Carapaz quando ele se aposentasse, e não fazia disso segredo para ninguém. Não ficava de papo furado só para ouvir a própria voz, e eu via como isso causava um certo desconforto em Natalie.

Cortei-a da lista. — Martin? — perguntei.

— Queremos mesmo fazer isso com ele? — interveio Helen. — Sinto pena desse garoto. — Martin Fairbrother não era um garoto. Como Naomi, estava na casa dos trinta, mas isso era tudo o que tinham em comum. Se ela era confiante e direta, Martin era desconfiado e preferia suas engenhocas a um bate-papo. Uma vez, sentamo-nos um ao lado do outro em uma conferência sobre explosivos aquáticos que durou um dia inteiro e ele me disse uma única palavra. *Caneta?* A dele tinha explodido, manchando de tinta o punho da sua camisa. Dei a ele a minha esferográfica e voltei a dormir. Mas ele era muito bom no que fazia, certificando-se de que tínhamos todo o necessário para cada missão, por menor que fosse. Se Mary Alice quisesse Lärabars de hortelã-pimenta ou se Helen pedisse munição de ponta oca com selos de fabricação chineses, Martin era o cara.

— Ele pôs comprimidos mastigáveis de cálcio na minha bolsa de trabalho porque me ouviu reclamar da minha última densitometria óssea — acrescentou Helen com um sorriso. — Sabor chocolate com macadâmia.

— E comprou pra mim uma *yawara* lindinha da última vez que esteve em Nagasaki — disse Natalie.

Olharam para mim e eu encolhi os ombros.

— Ele comprou pra mim um chicote de couro de um artesão no Texas. — Era uma bela arma. Parecia um marcador de livros, mas tinha chumbo suficiente em cada uma das pontas para esmagar as têmporas de um homem. — Ele é detalhista e atencioso.

— Está vendo? Um bom menino — disse Helen. — Bem, o Conselho obviamente acredita que fizemos algo errado, suficientemente errado para que sejamos mortas. E, a esta altura, eles sabem que a primeira tentativa de nos eliminar não funcionou. Vão perceber que a reação natural para nós será fazer perguntas, e a pessoa a quem as fizermos, seja lá quem for, estará em perigo.

— E Martin é a primeira pessoa a quem perguntaríamos, já que o curador de Vance está morto — terminei. Esfreguei a mão no rosto. — Helen tem razão. Contatar Martin pode colocá-lo em perigo.

— Não temos certeza disso — argumentou Mary Alice.

Levantei a mão. — Vamos deixar Martin como plano B. Deve existir alguma outra pessoa que sabe o que está acontecendo. Alguém menos vulnerável do que Martin, mas atento às fofocas.

Ficamos em silêncio por um instante, pensando. Inclinei a cadeira para trás, equilibrando-a em duas pernas enquanto raciocinava. Natalie pegou a caneta e começou a rabiscar em um dos cantos da toalha de mesa enquanto Mary Alice destroçava seu guardanapo de papel, arrancando pedacinhos e empilhando-os. Helen simplesmente continuava sentada, olhando para o nada, e Minka comeu o último *beignet*.

De repente, deixei que as pernas dianteiras da cadeira batessem no chão, causando um estrondo. — Sweeney falaria.

— Não vejo Sweeney há vinte anos — disse Mary Alice.

Helen se inclinou para a frente. — Talvez valha a pena perguntar. Ele sempre gostou muito de nós.

— Ele se aposentou no ano passado — falei pensativa. — Talvez não esteja tão propenso a manter segredos do Museu agora que tem a sua pensão.

— Se é que ele conhece algum segredo — ressaltou Mary Alice. — Se ele não está ativo, pode não estar sabendo das últimas fofocas.

— Atacar quatro agentes operacionais não é exatamente uma história que eles vão conseguir abafar — discordei. — As pessoas estão falando, pode crer.

Nat levantou os olhos do próprio desenho — um nu masculino que corria o risco de cruzar a tênue linha entre o bom gosto e a pornografia leve. — Sweeney vai ajudar.

Lancei um olhar questionador para ela. — Você parece muito segura de si.

Sua expressão era de presunção. — E estou mesmo. Dormi com ele no ano passado.

Qualquer pessoa que ouvisse o que foi dito a seguir acharia que éramos o grupo de ginasiais fofoqueiras mais velho do mundo.

— Eca, Nat, *Sweeney*…

— Você não gosta de ruivos.

— E foi bom?

A última fui eu. Natalie sorriu. — Melhor do que o esperado.

— Mas *como*? — perguntou Helen queixosa.

Natalie se espreguiçou satisfeita e relembrou. — Foi em Osaka. Nossos alvos eram dois membros da mesma família de criminosos. Alguém no Departamento de Proveniência fez besteira e não percebeu que eles eram parentes porque os sobrenomes eram diferentes. Senão poderíamos ter coordenado a missão. Mas acabamos nos cruzando no Ritz, e quase revelamos nossos disfarces. Tínhamos de comparar anotações, então ele foi ao meu quarto. Uma coisa puxou outra. — Levantou os ombros.

— Então você consegue entrar em contato com ele? — perguntei.

Ela balançou a cabeça. — Demos uma rapidinha antes do trabalho e um bom repeteco depois. Ele saiu do meu quarto ao amanhecer. Seu voo partia cedo.

Helen, de repente, soltou um gritinho e enfiou a mão na bolsa. — Eu tenho o contato dele — disse, agitando seu caderninho de endereços. Folheou algumas páginas. — McSween, Charles. Kansas City.

Anotou o número e o esticou para Natalie. Nat ficou olhando como se Helen estivesse lhe oferecendo um veneno. — *Eu* não vou ligar para ele.

— Mas por quê? — perguntou Mary Alice. — Você foi a última a ter contato com ele. — Se ela não estivesse tão preocupada com Akiko, provavelmente teria soltado um risinho ao dizer “contato”. Deus sabe o quanto eu queria. Mas ela estava chateada, no bom caminho para se tornar furiosa.

Peguei o pedaço de papel de Helen.

— Eu ligo. Falar com um ex pode ser incômodo.

— Como se você soubesse o que é isso — retrucou Mary Alice. Não fiz um gesto obsceno para ela daquela vez, mas comecei a tomar nota mentalmente. Saí e parei em uma drogaria para comprar um novo celular descartável, que paguei em dinheiro. Segui caminho pelas ruas estreitas até a Jackson Square. Estava escurecendo, os videntes e malabaristas se retiravam, deixando as sombras para os sem-teto. Passei por alguns bancos onde as pessoas haviam se acomodado para passar a noite, embora aquilo não fosse durar muito. A delegacia ficava a dois quarteirões, e os policiais logo apareceriam para enxotá-los. Eles se retirariam para as ruas secundárias mais escuras, instalando-se em portões com elaboradas estruturas de papelão e sacos de dormir mofados para afastar o frio.

Um dos bancos estava vazio e eu me sentei de frente para o rio. Respirei fundo antes de digitar o número que Helen havia rabiscado em um pedaço de papel. Esperei — três toques, depois quatro. Eu estava prestes a desistir quando Sweeney atendeu, sua voz um pouco sonolenta. Ao fundo, ouvi os gritos irritantes de uma partida de beisebol na TV. Ele devia ter caído no sono enquanto assistia, e eu olhei para o relógio na fachada da catedral. Dez para as sete.

Informei quem eu era e esperei pelo inevitável.

— Billie? Oi, há quanto tempo… *oi* — disse ele, esticando a sílaba em um longo suspiro. — Você deveria estar morta.

— Pode me chamar de Lázaro.

— Mas que diabos… Quer dizer, mas que diabos aconteceu? — Sua voz subiu e o volume do jogo de basquete de repente diminuiu. Ele devia ter apertado o botão do *mute* enquanto esperava a minha resposta.

— É complicado. Não posso explicar agora, mas acho que deveríamos nos encontrar.

— Encontrar — repetiu ele. Estava querendo ganhar tempo, e o pressionei.

— Sweeney, eu não pediria se não fosse importante.

— Se você está viva, e as outras? Também estão vivas? E Nat? — Caramba, era como estar novamente na sétima série. Só faltava ele me pedir para deixar um bilhete no armário dela depois da aula de ginástica. *VOCÊ GOSTA DE MIM, SUBLINHE S OU N.*

— Pelo telefone, não — insisti. — Posso me encontrar com você amanhã em Nova Orleans.

— Amanhã? Sem chance — disse ele de maneira inexpressiva. — É véspera de Ano-Novo.

— Merda — xinguei, havia perdido a noção do tempo. — Quarta-feira, então. Dia 2.

— Só um instante. Preciso de uma caneta. Onde diabos estão os meus óculos? — resmungou.

— Na sua cabeça — falei.

— Ei, como você sabe? Está me vendo?

— Sweeney, não estou em Kansas City, espiando pela sua janela. Adivinhei.

— Devo dizer que estou um pouco decepcionado. — Ficou em silêncio um minuto e o ouvi digitar em um teclado.

— Muito bem, achei um voo de manhã cedo na quarta-feira. Chego por volta das três. Onde vamos nos reunir?

— Jackson Square, às quatro.

— Como vou encontrar você?

— Ainda não sei, mas não se preocupe. Eu encontro você. Se acontecer alguma coisa ou você se atrasar, então nos vemos no bar Sazerac, no hotel Roosevelt, às nove da noite. Se você não puder, deixe uma mensagem com o barman. Entendeu?

— Por que não posso simplesmente ligar de volta para você?

— Porque vou jogar este telefone fora assim que eu desligar.

— Merda, você está encrencada, não é?

— Acho que sim.

Ele suspirou. — Estarei lá.

— Boa viagem.

Pressionei o pequeno ícone vermelho do telefone antes que ele pudesse responder. Desliguei o celular enquanto caminhava rumo ao Cabildo, o museu que ficava a oeste da catedral. Uma ruazinha com bueiros largos ficava ao seu lado. Nem precisei diminuir o passo enquanto soltava o telefone e o deixava cair no sistema pluvial.

Atravessei o beco entre o Cabildo e a catedral. Portas iluminadas surgiam de vez em quando, entremeadas por longas sombras. A maioria estava ocupada por moradores de rua deitados em suas camas de papelão, mas, na última entrada, um palhaço estava sentado nos degraus, segurando um pedaço de espelho quebrado enquanto aplicava sua maquiagem. Saquei uma nota de cinco dólares e joguei no seu balde de gorjetas enquanto passava. Não havia nada mais no balde, exceto algumas moedas de dez centavos. Semana difícil para um palhaço, pensei. Comecei a me afastar, mas ele me chamou.

— Ei, senhora. — Ele estava esticando alguma coisa para mim. Era um cartão de oração plastificado, do tipo que vendem nas lojas de suvenires das igrejas. Aquele estava gasto e amolecido pela idade. A figura era de um homem com uma túnica vermelha carregando uma criança ao atravessar um rio; ambos tinham auréolas ensolaradas.

— São Cristóvão — disse ele. Mas eu já sabia. A imagem era igual à da pequena medalha que eu usava em uma correntinha em volta do pescoço.

— Obrigada — agradeci, pondo o cartão no bolso.

— Feliz Ano-Novo de merda — disse o palhaço.

— Pra você também.

Apertei minha echarpe enquanto o vento aumentava e tomei o caminho de casa.

CAPÍTULO 12

JANEIRO DE 1979

O jarro dos palavrões na escrivaninha de Constance Halliday é mantido cheio por Natalie e Billie. Helen é refinada demais para disparar profanidades, e Mary Alice usa palavrões como alguém falando um idioma estrangeiro.

Sob a tutela da srta. Halliday, as quatro aprendem a comer peixe com dois garfos e sorver sopa de uma colher sem fazer barulho. Ela as ensina a saltar de um carro sem mostrar a roupa íntima, a dançar valsa como debutantes vienenses e a fazer ligação direta em um carro em menos de vinte segundos. Constroem bombas, decifram códigos, aprendem a rebolar e a matar. Dominam técnicas de sufocamento e esfaqueamento, as complexidades do envenenamento e do garrote. Constance Halliday não gosta de armas de uso militar, acha-as pouco sutis e chamativas, mas garante uma formação completa em armas de fogo para as quatro, embora não faça segredo da sua preferência por mãos nuas e armas improvisadas. Canetas esferográficas, cordas de pular, agulhas de costura — elas aprendem a usar tudo isso de forma letal.

E cada uma desenvolve uma especialidade. Natalie adora qualquer coisa que faça barulho, bombas e granadas, além das maiores armas que consegue segurar com suas mãozinhas. Mary Alice descobre uma afinidade com venenos, jogando substâncias inofensivas na comida que a srta. Halliday serve para praticar seus truques mágicos. Seu tempo livre é gasto misturando substâncias tóxicas suficientes para imobilizar um exército. Helen, surpreendentemente, se revela uma atiradora precisa, sua atenção aos detalhes é útil para estabelecer mudanças no vento e trajetórias estimadas. De fato, ela é tão habilidosa que Constance lhe permite pegar emprestada sua arma favorita, um simples e compacto Colt .38 dotado de uma cobertura para o cão, podendo assim ser colocado no bolso sem problemas. A coronha tem sulcos, marcas que elas suspeitam que correspondam a mortes, mas ninguém ousa perguntar.

Entretanto, Billie Webster é uma dificuldade para Constance Halliday. Ela é boa com granadas e consegue manusear uma arma quase tão bem quanto Helen, mas não gosta. Sua atenção vagueia e atira para longe dos alvos só para ver o que mais consegue acertar. Quando arranca o olho da escultura de jardim favorita de Constance Halliday — um coelho de ferro com cara de malvado —, a instrutora bate a bengala com força em seu ombro.

— Para o meu escritório, srta. Webster. Por favor.

Billie sussurra um resmungo, mas a segue. Desde o dia em que chegou, ela nunca mais foi ao escritório e logo percebe que aquela não é uma visita social. A srta. Halliday não a convida para sentar-se, então Billie fica de pé, o olhar fixo na pintura atrás da escrivaninha de Constance — uma espécie de ninfa com estrelas nas mãos e uma expressão de arrependimento.

A srta. Halliday não diz nada durante um longo minuto. Ao contrário da aluna, está sentada, batendo com um abridor de cartas na mesa e ensinando a Billie o poder do silêncio.

Constance Halliday finalmente joga o abridor de cartas na escrivaninha. — Srta. Webster — diz com um suspiro —, estou começando a me desesperar. Você não é uma recruta ruim...

— Obrigada.

Ela continua como se Billie não tivesse falado. — Mas está se tornando supérflua muito depressa. Você atira bem, mas não tão bem quanto a srta. Randolph. É boa em idiomas, mas não tão fluente quanto a srta. Tuttle. É tão despreocupada em relação à própria segurança pessoal que poderia até ser chamada de corajosa, mas não é tão indomável quanto a srta. Schuyler. Resumindo, srta. Webster, não consigo ver a sua serventia.

Ela faz uma pausa, mas não há nada que Billie possa responder. Constance avalia perfeitamente a pausa, depois prossegue com um tom agradável. É a atitude casual, objetiva, que dói mais do que as palavras.

— Temos uma vaga em uma escola de secretariado muito boa em Londres. Poderíamos mandá-la para lá. Diria até que você poderia aprender estenografia ou datilografia sem muitos problemas. Eles podem encontrar um bom emprego depois de você se formar. Talvez você goste de contabilidade? Ouvi dizer que pode ser bastante gratificante.

Apenas um brilho minúsculo nos olhos de Constance Halliday diz a Billie que ela está fazendo aquilo de propósito, provocando-a para que reaja. Ela não sabe o que Constance está tentando atiçar. Raiva? Negação? Mas está decidida a não dar o braço a torcer.

Billie espera em silêncio, e Constance finalmente cede, abrindo um sorrisinho.
— Deve ser difícil para você. Eu entendo.

— Entende o quê?

Constance a fez falar, mas não tripudia. Simplesmente continua no mesmo tom brando, batendo com um dossiê na escrivaninha. — Você nunca teve de se esforçar, não é? Nunca foi testada, não de verdade.

Billie pensa na própria infância e segura a raiva que sobe pelo seu corpo. — Não sei o que a sua ficha diz, mas eu não sou como o resto delas, está bem? Não tive uma casinha com cerca de madeira e um golden retriever.

Constance ergue os ombros. — Não estou falando dos sinais externos de uma infância feliz, srta. Webster. Estou falando do que acontece dentro, seu intelecto e o que você fez com ele. Ou melhor, o que você *não* fez com ele. Seu histórico mostra uma inteligência excepcional e resultados medíocres. Nunca se esforçou até o limite para ver o que pode conseguir. Nunca dominou os próprios medos, nunca mergulhou dentro de si mesma para encontrar aquele último fiapo de coragem. Você nem conhece a si mesma e, pior, parece não ter nenhum interesse em descobrir. Você faz o estrito necessário para sobreviver e, francamente, eu prefiro ter uma dúzia de recrutas com menos potencial e mais coração, srta. Webster. Receio que meu irmão tenha cometido um erro.

Ela continua a sorrir, mas, dessa vez, com uma expressão de pena.

— Lorota! — A palavra sai da boca de Billie antes que ela possa contê-la.

Constance assente lentamente. — Parece que toquei em um ponto nevrálgico. — Ela se levanta e gesticula para que Billie dê a volta na escrivaninha. Vira a garota pelos ombros e aponta a bengala para o quadro. — Sei que você não teve o privilégio de uma educação clássica, srta. Webster. Você sabe quem é ela?

Billie encolhe os ombros.

— Astreia. Já ouviu esse nome?

Billie olha para a figura esbelta em seu vestido branco e transparente. Está pairando sobre a paisagem, os dedos dos pés roçando a grama enquanto se ergue no ar. Uma das mãos está esticada para um grupo de pastores em lágrimas, um gesto de adeus, enquanto a outra segura uma balança perto do peito. — Acho que não. Parece grego.

— Muito bem. Astreia era uma deusa, a filha de Astreu e Eos, foi agraciada pelos deuses com as ferramentas da justiça. Foi a última imortal a viver entre os humanos. Mas, no final, se desesperou por causa da maldade e foi embora, fugindo para as estrelas com a sua balança. Hoje, ela está em meio a estrelas, como a constelação de Virgem, as balanças de Libra ao seu lado. Dizem que ela espera o dia em que poderá voltar.

Billie examina mais de perto a deusa, a expressão resignada de tristeza em seu rosto ao olhar para os humanos que, claramente, suplicam que ela fique.

Constance Halliday prossegue.

— Todos os grandes poetas ingleses escreveram sobre ela: Shakespeare, Milton, Browning. Historiadores compararam Elizabeth I e Catarina de Médici a ela. E Aphra Behn, a dramaturga espiã de Carlos II, usou “Astreia” como codinome em sua homenagem. Ela sempre esteve presente, nas sombras.

Constance Halliday gesticula novamente, apontando para os pés da deusa. Uma fina linha de prata jaz no gramado, quase obscurecida pelo verde, mas ainda visível. Esquecida, mas não eliminada.

— Olhe de perto. Astreia levou a balança consigo, mas deixou a espada, a espada que foi presente dos deuses para que ela aplicasse a justiça. A questão é, srta. Weber, você vai pegá-la?

Ela não espera uma resposta. Em vez disso, dispensa Billie, e a garota vai para o quarto, onde se estica na cama, fumando cigarros contrabandeados e pensando até o sol se pôr e o quarto ficar na penumbra.

No dia seguinte, Billie tenta. Azeita a arma e a esfrega como lhe ensinaram. Carrega-a e mira, fazendo sete disparos. Seis vão parar longe do alvo. Ela sabe que Constance Halliday está ali atrás, mas não se vira para olhar. Tenta novamente, e o resultado é um pouco melhor, mas não muito. Seu rosto está quente e ela sente lágrimas atrás dos olhos. Se não se segurar, será um choro feio, ranhento e soluçado. Então, sufoca a desilusão de que Constance Halliday tem razão. Ela é indisciplinada e irregular. E essas qualidades vão fazer alguém morrer em uma missão.

Para sua surpresa, Constance Halliday a cutuca suavemente com a bengala. — Tudo bem aí, srta. Webster?

Ela fecha os olhos e sente o peso da arma em sua mão. O constrangimento é opressor, mas deixa-o pousar em seus ombros, desanimando-a. De repente, se cansa. Abre os olhos e corre o dedo pela lateral do cano brilhante. — Não gosto de depender de algo que pode ser tirado de mim — diz à mentora.

Constance Halliday a avalia com um longo olhar e assente. — Bem, suas mãos não podem ser tiradas de você, não é?

Billie espera ser desligada do programa, mandada para Londres com um bloco de estenografia e uma saia justa. Em vez disso, no dia seguinte, caminha até o campo de treinamento e encontra um homem em pé ao lado de Constance Halliday. Ele é musculoso e feio como o pecado, está usando calça de moletom, e sua expressão diz que ele poderia estar em um lugar melhor e está ali fazendo um favor.

Constance Halliday abre um sorrisinho. — Você pode chamá-lo de Cachorro Louco. E vai fazer o que ele mandar.

Seja lá o que ele tinha de melhor para fazer, quem paga o pato é Billie, pois Constance o chamou só por causa dela. Enquanto as três outras aperfeiçoam as próprias habilidades, ele ensina a Billie tudo o que ela não sabe sobre combate corpo a corpo. Ele a derruba no chão cem vezes naquele primeiro dia, fazendo-a se estatelar de costas e perder o fôlego todas as vezes.

Após ser dispensada, ela percebe que suas pernas não vão sustentá-la e sobe a escada de quatro. Os quartos são gelados, então as quatro garotas criaram o hábito de se encontrar no depósito de roupa de cama, onde os canos deixam a temperatura suficientemente quente para as caixas de pintinhos que Constance Halliday encomendou. É apertado, mas as garotas passam as noites naquele quartinho com ar quente que cheira a titica de galinha e lavanda. Billie está dolorida demais para levantar os braços, então Mary Alice a alimenta enquanto mexe em um conjunto de gazuas e uma cesta de cadeados, e Helen limpa a terra embaixo das unhas. Todos têm tarefas em Benscombe, e a de Helen é arrancar as ervas daninhas da horta da cozinha nos intervalos dos exercícios com armas. Ela também é uma farmácia ambulante e consegue dar a Billie analgésicos enquanto Nat afana meia garrafa de vinho da despensa.

No dia seguinte, os hematomas desabrocham e o corpo de Billie está todo roxo, do pescoço aos tornozelos, mas ela se arrasta para fora da cama e volta para apanhar mais. Dessa vez, Cachorro Louco só a derruba cinquenta vezes.

Quatro semanas mais tarde, em uma manhã úmida e triste no jardim, Billie o acerta embaixo do centro de gravidade, derruba-o de bruços na grama molhada e aterrissa de joelhos com força na sua lombar, deixando-o sem fôlego. Ele levanta a cabeça, um reflexo para tentar respirar, e Billie, na mesma hora, lhe aplica um mata-leão. Teria sido fácil puxar a cabeça dele para trás em direção ao seu corpo, mas ela age devagar, tomando cuidado para não perder a pega. As pernas dele se agitam atrás de Billie, mas o único resultado é cansá-lo. Ele encolhe os joelhos para debaixo do corpo e faz força para o alto, tentando tirá-la de cima, mas ela resiste, pressionando o joelho contra os rins dele. O rosto de Cachorro Louco muda de cor

— bonitos tons de rosa, vermelho e, depois, roxo. Suas narinas se dilatam e ficam brancas enquanto ele continua abrindo e fechando a boca, tentando, sem sucesso, tomar fôlego.

Ele finalmente relaxa e se rende, batendo com a mão no chão enquanto seu corpo desmorona. Billie o prende por mais um segundo só porque pode e, depois, sai de cima dele. Ele enche os pulmões tossindo, arfando e tremendo. Billie se ergue acima dele, os pés bem afastados, o sangue latejando em suas orelhas. Seus punhos estão cerrados, e ela está pronta para enfrentá-lo novamente. *Quer* que ele se levante e tente mais uma vez. Mas ele permanece no chão, derrotado.

Billie levanta a cabeça e vê Constance Halliday, que observa os dois com um sorriso no rosto e percebe que também está sorrindo.

— Finalmente, srta. Webster — diz ela baixinho. — Você entendeu. Não é a sua raiva que fará você ser boa neste trabalho. É a sua alegria.

A luta que Cachorro Louco ensina a Billie não é esportiva nem justa. É uma reles e suja briga de rua. Ele a ensina a mirar no saco e nos olhos, a pressionar o cutelo da mão no nariz do adversário até a cartilagem estalar nitidamente, como aipo. E como empurrar o resto até o cérebro para finalizar o trabalho. Mostra em uma galinha como quebrar um pescoço com uma torção rápida e decisiva, e como sufocar alguém usando as coxas ou a dobra do cotovelo.

Ao final do treinamento, ele está mancando bastante e um dos seus ouvidos nunca mais será o mesmo, mas Constance Halliday está satisfeita. Seu pequeno rebanho de Esfinges deu um bom resultado, estão bem diferentes do que eram quando seu irmão as descobriu. Helen Randolph foi uma escolha fácil. Seu pai foi um dos membros fundadores da OSS e seu avô era um diplomata com um talento especial para negociações secretas. O serviço clandestino está em seu sangue.

Natalie Schuyler também tem um histórico familiar. Sua avó era criança quando a família foi expulsa do Império Russo em meio a uma chuva de projéteis e bombas. Estabeleceram-se na Holanda, adotaram um novo nome e tentaram deixar o passado para trás, mas a avó de Natalie nunca esqueceu os ruídos da guerra. Quando a luta armada chegou novamente à Europa, ela mandou o filho pequeno para os Estados Unidos com os avós e ficou para trás, oferecendo seus serviços para a Resistência Holandesa. Mais tarde, os Schuyler, já idosos, realizaram investigações por anos a fio, mas ninguém revelou que fim ela levou, e imaginar é penoso demais. Mas o major Richard Halliday sabe. E, no dia em que mostra a Natalie o dossiê sobre sua avó, ela de repente entende o impulso em direção ao caos que pulsa em seu sangue.

Mary Alice Tuttle é um caso mais simples. É a caçula de três filhos, a filha extra depois de cada um dos pais ter tido um filho. Ela atravessa a infância em um turbilhão de anáguas engomadas, sem receber muita atenção, sempre ciente de que a família já estava completa antes que ela chegasse. Até o irmão ir para o Vietnã e nunca mais voltar. Seu melhor amigo é carregado para casa em um caixão, e a irmã de Mary Alice, sua noiva, desmaia ao vê-lo. Seus pais estão arrasados, a irmã, destruída, e tudo parece muito simples para Mary Alice. Guerras são travadas por jovens que não têm escolha, e isso está errado. Qualquer coisa que possa ser feita para deter a carnificina é justificável. Ela queima a carta de aceitação da Julliard e se matricula em Berkeley. Publica um editorial no jornal estudantil, que é tão incendiário, que um deputado estadual pede que ela seja presa como traidora. Mas é esse editorial que chama a atenção do recrutador do Museu.

Como Mary Alice, Billie é recrutada por causa do seu idealismo, sua disposição para ensanguentar as mãos por uma causa justa. Ela foi a que mais progrediu no treinamento, fazendo Constance Halliday se lembrar de outras jovens como ela durante a guerra. Suas Erínias. Elas eram pouco mais do que crianças quando foram enviadas para combater em uma guerra que não haviam iniciado. Eram corajosas, destemidas. E morreram por causa dessa coragem, pensa com amargura. Assim é melhor. As Esfinges usarão astúcia e subterfúgios; vão equilibrar as chances que estavam contra elas. E vão sobreviver, promete a si mesma.

Foram necessários nove meses de treino físico para deixá-las em forma para lutar. Depois, escola de secretariado em Londres para aprender estenografia e datilografia, e os rudimentos do serviço de bordo — passar por secretárias ou comissárias de bordo é um excelente disfarce. Fizeram cursos de culinária e assistência médica, caso precisem se passar por empregadas domésticas ou enfermeiras. A autoescola ensinou o essencial em termos de manutenção e manobras evasivas. Um curso intensivo de primeiros-socorros ensinou-as a tratar de si mesmas em campo. Cursos de idiomas e cultura deixaram-nas mais refinadas: francês, espanhol, árabe, ópera, vinhos. Uma aula sobre o método de interpretação para atores lhes ensinou a desenvolver personagens para disfarces e a forçar o choro.

Como toque final, foram todas mandadas a Paris para uma repaginada. Os cachos de Natalie foram domados, embora ela reclame que isso elimina metade da sua personalidade. Os incisivos ligeiramente afastados de Mary Alice foram recobertos para deixar seu sorriso menos memorável. Helen é tão bem-cuidada que os consultores pouco tiveram a fazer, exceto aparar seus cabelos e colocar-lhe um par de óculos para enfatizar sua seriedade.

Billie os deixa cortar suas pontas duplas, mas, quando eles consultam um cirurgião plástico para consertar a cicatriz acima do seu lábio, ela vai embora. Helen não aprova, olhando através dos óculos sem grau com preocupação.

— Devemos nos livrar de qualquer coisa que nos faça chamar a atenção — relembra a Billie. — Essa cicatriz é um sinal distintivo.

— Eu gosto — intervém Mary Alice com lealdade.

— Não é uma questão de gostar ou não — protesta Helen. — Isso é perigoso, pode fazer com que Billie seja lembrada.

— Vou correr esse risco — diz Billie.

A verdade é que Billie está com medo. Já abriu mão de boa parte de si mesma. Aulas de oratória apararam as arestas do seu sotaque texano; as listas de leitura melhoraram seu vocabulário. A arte e a história que elas absorveram ampliaram seus horizontes de uma maneira que jamais havia imaginado. Ela não sabe mais quem é. Mas, se coloca a ponta do dedo naquela pequena protuberância que fica logo acima do lábio, consegue se lembrar.

Duas semanas mais tarde, elas estão em um avião rumo a Nice.

CAPÍTULO 13

Na manhã seguinte ao meu telefonema para Sweeney, dormimos até mais tarde. Ainda tínhamos de pôr o sono em dia e planejar um encontro, mas também tínhamos o luxo de alguns dias para nos preparar. Durante o café da manhã, Mary Alice fez um esforço heroico para se comportar normalmente, lutando com o fogão elétrico para fazer os ovos do jeito que cada uma queria. Depois, fiz ioga, alongando meus joelhos doloridos e gritando um pouco por dentro quando a minha posição do cachorro voltado para baixo ficou mais parecida com um vira-lata de ferro-velho. Fiquei com a sensação, e a aparência, de cem anos de idade ao inspecionar meu rosto após o banho. Passei um pouco de óleo de rosa-mosqueta e entreguei para Deus. Estava vestindo um moletom de cashmere quando mudei de ideia e peguei meu jeans. A calça de cashmere era leve como uma pluma e quente como uma torradeira, mas o jeans fez com que eu sentisse que ainda não havia desistido. Eu estava atravessando o pátio quando ouvi um barulho no portão, como se alguém estivesse mexendo no ferrolho. A probabilidade de alguém do Museu ter nos encontrado era remota, mas eu não iria me arriscar. Peguei um pedaço de vergalhão da pilha de material de construção no pátio e o levantei. Em uma situação de apuro, funcionaria como arma.

Fui de fininho até o portão, equilibrando meu peso nas pontas dos pés. Segurei o vergalhão com firmeza suficiente apenas para mantê-lo estável. A maioria das pessoas segura uma arma até seus dedos ficarem brancos, mas isso só cansa a mão. Assim como ao tocar piano ou masturbar um homem, o trabalho é todo feito pelo punho.

Espiei por uma fenda na divisória e quase derrubei o vergalhão.

— Puta merda — disse, escancarando o portão.

Akiko estava em pé do outro lado, segurando uma caixa para transporte de animais que chacoalhava e se debatia. Ela a jogou nas minhas mãos e passou batida por mim. Peguei a bolsa de viagem dela na calçada e olhei rapidamente para os dois lados da rua vazia antes de fechar o portão novamente.

Coloquei a bolsa no ombro e a segui até o pátio. Mary Alice saiu da casa às pressas, os braços abertos, e as duas se abraçaram, engolindo soluços silenciosos enquanto as observávamos.

Elas se beijaram e se abraçaram de novo e finalmente se separaram quando a caixa em meus braços balançou com força suficiente para ser registrada na escala Richter. — Que diabos tem aqui dentro, um poltergeist? — perguntei a Akiko.

Ela enxugou as bochechas molhadas. — Esse é o Kevin. Ele não gosta de viajar.

Curvei-me para olhar pela tela perfurada na frente da caixa, e algo lá dentro soltou um sopro que poderia ser uma invocação satânica.

— Você trouxe o gato? — perguntou Mary Alice, sorrindo de orelha a orelha.

— Claro que eu trouxe o gato — disse Akiko, ajeitando os cabelos. — Ele é da família.

Depois nos cumprimentou e entramos na casa. — Devo deixar esta coisa aqui sair? — perguntei.

Akiko acenou com a mão. — É só abrir a parte da frente. Ele vai sair quando quiser.

Coloquei a caixa no chão e saí da frente enquanto destravava a portinhola com um dedo. O que quer que estivesse ali dentro não se mexeu, e desviei a minha atenção para Akiko e Mary Alice, sentadas à mesa de mãos dadas. Helen e Natalie pegaram cadeiras e me lançaram um olhar inquisidor enquanto eu fazia o mesmo com Mary Alice.

— Você pode explicar? — sugeri.

Mary Alice talvez quisesse assumir um ar de constrangimento ou desafio. Acabou fazendo as duas coisas, levantando o queixo, mas corando enquanto falava. — Liguei pra ela. Quando você estava pegando o carro alugado no aeroporto de Birmingham. Não olhem para mim assim, peguei um celular emprestado de uma mulher muito gentil que estava esperando na esteira de bagagem.

— Eles podem ter posto uma escuta no seu telefone de casa — lembrei a ela.

Mary Alice se virou para mim. — Não se atreva a chamar a minha atenção por causa disso, Billie. Tomei todas as precauções necessárias e dei a ela instruções precisas para ter certeza de que não estava sendo seguida.

— É verdade — disse Akiko contente. — Sou um talento nato nesse lance de espionagem.

— Espionagem? — perguntei educadamente. Lancei um olhar enviesado para Mary Alice.

Ela ficou toda sem graça e olhou para sua mulher. — Acho que preciso dar algumas explicações.

— Esta é a hora em que você me diz que não é uma espiã? — perguntou Akiko, ainda sorrindo.

— Não sou uma espiã.

Akiko riu. — Isso é exatamente o que diria uma espiã.

— Nós não somos espiãs — informei em tom neutro. — Nenhuma de nós é.

Pela primeira vez, o sorriso de Akiko vacilou. Ela se virou novamente para Mary Alice. — Então o que vocês são?

— Matadoras — desembuchou Natalie.

Akiko soltou um ruído que começou como uma risada, mas parou na metade do caminho e acabou parecendo um gargarejo. — Vocês estão de sacanagem comigo?

— Não, querida — disse Helen. — Não estamos, de forma alguma, de sacanagem com você.

Talvez tenha sido a voz educada de Helen falando uma palavra chula que convenceu Akiko. Ela apertou a mão de Mary Alice. — Querida?

— É verdade. Nós somos matadoras. Fomos recrutadas em 1979. Trabalhamos para uma pequena organização internacional não governamental.

— O que isso significa?

— Significa que a nossa organização não faz parte de nenhum governo — começou Mary Alice.

— Sei o que "não governamental" significa, não me subestime — disse Akiko, soltando a mão de Mary Alice. — Quero saber o que tudo isso *quer dizer.* Quem vocês matam?

— Traficantes de armas, traficantes sexuais, um ditador ou outro, líderes de cultos, juízes corruptos. Basicamente pessoas não muito legais — respondeu Mary Alice.

— A organização começou matando nazistas, se é que isso pode ajudar — intercedeu Helen.

— Mas faz algum tempo que não achamos nenhum — acrescentou Natalie. — Então, na maior parte, são essas pessoas que Mary Alice acabou de listar. Mais traficantes de drogas. E piratas. Ultimamente foram muitos piratas.

— Mas vocês os *matam*? — A voz de Akiko ficou mais aguda enquanto ela se levantava. — Perdão, mas preciso de um instante para processar tudo isso. — Fechou a caixa de transporte do gato e a levantou até a altura do quadril. — Onde fica o meu quarto?

— Eu mostro pra você — disse Helen rapidamente, levando Akiko embora ao som dos miados que saíam da caixa.

— Bem, foi melhor do que eu esperava — disse Mary Alice finalmente.

— Foi mesmo? — perguntei.

— Ah, sim. Se estivesse realmente irritada, ela pegaria o gato e iria para o Marriott.

CAPÍTULO 14

No dia do encontro com Sweeney, acordei antes que amanhecesse, mas Mary Alice me venceu. Ela já estava na cozinha, fritando rabanadas. Elas seriam intercaladas com recheio de torta de maçã. Para acompanhar, o bacon que havia cozinhado no micro-ondas. Parecia luminosa, como se seu sangue estivesse zumbindo sob a pele, e eu sabia o que a iluminava por dentro: expectativa. A despeito do resultado do encontro com Sweeney, estávamos um passo mais próximas de dar um fim em tudo aquilo e voltar às nossas vidas.

Pelo menos era o que eu suspeitava que ela estivesse pensando. Ninguém falava muito àquela altura. Akiko — ainda dando um gelo em Mary Alice — tinha ido com Minka a um bar secreto de vampiros na Bourbon Street enquanto estávamos ocupadas nos preparando para o encontro. Mary Alice fizera os pratos de Helen e Natalie, e nós quatro revisáramos o plano mais uma vez até a hora de irmos nos vestir. Era cedo — horas antes da chegada esperada de Sweeney —, mas a questão era estar no lugar, tornando-nos parte da atmosfera da Jackson Square.

Separamo-nos para assumir nossas posições. Helen tinha feito reserva no Muriel's, o restaurante que ficava na diagonal da esquina norte da praça, insistindo em uma mesa na melhor posição da varanda. Fora pessoalmente fazer a reserva e dera cinquenta dólares à recepcionista enquanto contava a história triste de que era o primeiro aniversário de casamento após a morte do marido. Mentira, claro, mas das boas, suficientemente autêntica para que conseguisse engolir o choro algumas vezes enquanto contava a história. A recepcionista prometera sentá-la no lugar desejado para um almoço tardio, que ela pretendia esticar com vários pratos lentos e um suflê que não fazia parte do cardápio como sobremesa.

Da sua posição na pequena mesa redonda, Helen teria uma visão perfeita de todo o trecho pavimentado na frente da catedral. Entreguei a ela um revólver, checando eu mesma a mira. Eu esperava que não precisasse usá-lo, especialmente daquela distância, mas não havia como disfarçar um rifle. Mary Alice se instalou no final da área pavimentada, encostando-se na grade que separava o espaço verde da praça da área mais comercial. Ela havia encontrado um violoncelo de segunda mão em uma loja de quinquilharias, trocado suas cordas, dado polimento e acertado sua afinação até conseguir um som razoável. Uma viola teria sido preferível, mas não havia muitas disponíveis. Mary Alice pôs aos seus pés uma cartola de seda, deixando à mostra o forro vermelho aos farrapos, e jogou algumas moedas dentro para dar uma dica aos transeuntes.

Na mesma viagem à loja de quinquilharias, Natalie conseguiu várias telas ruins de paisagens deprimentes e retratos ainda mais deprimentes. Nat as tirou das molduras e pintou por cima uma série de imagens grosseiras que sugeriam cenas de Nova Orleans, sem realmente se comprometer. Eram o tipo de coisa que os artistas de rua penduravam em todas as grades da Jackson Square, e Natalie finalizou seu disfarce usando uma peruca grisalha com corte Chanel e uma pochete de batique: uma vovó hippie em contato com seu lado criativo.

Para o meu disfarce, comprei um baralho de tarô na Esoterica e fiquei dois dias embaralhando-o para criar um aspecto de usado, depois desenhei a imagem de um olho gordo em um cartaz para ser colado em uma mesa para jogo de cartas. Um par de cadeiras dobráveis, e eu estava pronta para dar consulta. Vesti uma legging e calcei botas embaixo da minha longa e colorida saia de camponesa — fazia frio por causa do vento que soprava do rio —, e coloquei um par de brincos vagabundos e cafonas. Finalizei com muito kajal nos olhos e uma peruca ruiva-escura comprida e cacheada, amarrada com um lenço. Entre a barafunda de cabelos e o delineador, eu estava irreconhecível.

Eu esperava que não houvesse muita gente em um dia de semana no início de janeiro, mas os turistas pós-festas de fim de ano ainda estavam festejando para se livrar da ressaca. Montei minha mesa na frente do presbitério, o edifício estreito separado da catedral por um corredor mínimo chamado beco Père Antoine. Eu conseguia ver Helen se olhasse para a frente à direita e Mary Alice se olhasse para trás à esquerda. Natalie estava na esquina, observando os pedestres que vinham do rio, enquanto tentava vender suas pinturas feias. Debatemos o uso de dispositivos de comunicação, mas, no final, decidimos simplificar as coisas, combinando uma série de sinais que cada uma poderia fazer para alertar as outras de perigo. A cada hora, quando o relógio da catedral soasse quinze minutos, fazíamos uma rápida verificação visual, mas estava tudo certo.

Vi Sweeney antes que ele me visse. Charles Ellison McSween. Ele estava velho, pensei com tristeza, observando-o entrar caminhando na praça, os ombros curvados dentro do paletó por causa do frio. A brisa do rio despenteava os cabelos que saíam por baixo do boné de beisebol. O ruivo havia desbotado e estava da cor de ferrugem com uma camada branca por cima. Deixei-o passar por mim antes de chamá-lo, em estilo vidente. Ele se virou um pouco na minha direção e indiquei teatralmente a cadeira vazia à minha frente.

— Você não gostaria de saber o que as cartas têm a dizer a seu respeito? — perguntei enquanto ele se aproximava.

Ele estreitou os olhos. — Macacos me mordam — murmurou enquanto pegava a cadeira, testando-a para ver se aguentaria seu peso.

— Cale-se, estou me comunicando com o além — falei, sorrindo enquanto embaralhava as cartas.

Ele devolveu o sorriso. — Nossa, como é bom ver você. — O sorriso desapareceu quase com a mesma velocidade com que havia surgido. — Billie, que diabos está acontecendo?

Embaralhei as cartas lentamente. — Não fale o meu nome. E você deveria ter usado um disfarce.

Ele tocou a aba do boné dos Yankees. — Estou disfarçado. Todo mundo sabe que torço para os Cards — disse, fixando o olhar no maço de cartas na minha mão. — Que baboseira toda é essa?

— Este é um baralho Rider-Waite tradicional, reconhecido por videntes e garotas adolescentes mundo afora.

Puxei a carta que estava no topo do maço e mostrei para ele. Era a Estrela, uma mulher nua curvada sobre um regato com jarras enquanto estrelas pairavam sobre sua cabeça.

— Ah, eu gosto dela — disse ele, puxando um chiclete do bolso. — Ela é tão gostosa.

— Ela representa esperança, oportunidade. Talvez você a escolha — informei, colocando a carta de volta no maço. — Existem setenta e oito cartas divididas em arcanos maiores e menores.

— Como é que é? — Ele desembalou o chiclete e o enfiou na boca.

— Arcanos maiores: eles representam grandes lições de vida. Os arcamos menores são números e figuras, como rainhas e reis. Quatro naipes: paus, copas, ouros e espadas.

— Nossa, isso parece coisa do demônio.

— Não tem nada de demoníaco — discordei, espalhando as cartas em leque. — Escolha três, usando sua mão esquerda. Deixe-as viradas para baixo.

— Por que três cartas? — Ele estava mascando enquanto analisava as cartas.

— A primeira é o seu passado, a segunda representa o presente. A terceira é o que ainda está por vir.

— E por que tem que ser com a mão esquerda? — perguntou.

— É a mão do destino — comuniquei solenemente.

Ele riu e puxou três cartas do leque. Juntei as outras. As notas do violoncelo de Mary Alice pairavam sobre a praça. Ela estava tocando Fleetwood Mac — "Rhiannon" —, e Sweeney começou a marcar o ritmo tamborilando na mesa.

Virei a primeira carta.

— Ah! Achei que você tivesse dito que não era demoníaco — protestou ele.

A carta era o Diabo, com chifres, patas de cabra e um par de dramáticas asas de morcego.

— O significado não é o que você está pensando — falei. O diabo estava sentado em um trono alto, pairando sobre um casal nu atado por correntes. Apontei para eles. — Eles representam algo que amarrou você, como um vício. Mas isso está no passado.

Sweeney apontou para o bolo de chiclete na própria bochecha.

— Chiclete de nicotina. Parei de fumar no mês passado. Estou usando só dois por dia.

— Bem, aí está. — Mostrei e passei para a segunda carta. — O que você ouviu, Sweeney?

— Surgiram boatos — informou, mexendo-se na cadeira, claramente desconfortável.

— Que tipo de boatos?

— Que vocês estavam fechando contratos por fora. — Ergui a sobrancelha. A principal regra do Museu: trabalhar por conta própria era estritamente proibido. Isso nos separava dos matadores de aluguel. Só matávamos quem mandavam, alvos escrupulosamente analisados e escolhidos porque suas mortes beneficiariam a humanidade como um todo. Matadoras com um propósito, brincávamos. Mas estávamos convencidas de que isso nos mantinha na coluna certa do livro contábil do carma.

— Fazer bicos não é permitido e, mesmo que fosse, não é do meu feitio. Você sabe disso.

Ele deu de ombros e virou a segunda carta. No centro, estava um disco alaranjado com alguns símbolos. Criatura aladas pairavam nos cantos e, em cima do disco, estava sentada uma esfinge.

— A Roda da Fortuna — falei.

— Não estou vendo Vanna — brincou ele. — Mas parece algo bom.

— Significa uma mudança nas circunstâncias. Pode girar para os dois lados — falei. — O que mais você ouviu?

Ele fez uma pausa, depois começou a falar depressa, como se quisesse desembuchar logo antes que mudasse de ideia. — Nada. Só que vocês quatro tinham saído dos trilhos e estavam matando por dinheiro.

— E você achou que fosse verdade?

Ele levantou as mãos como se estivesse tentando se proteger de mim. — Só estou dizendo o que ouvi.

Estudei-o por um instante, prestando atenção especial às pontas avermelhadas de suas orelhas, ao rápido movimento de seus olhos para deixar de me encarar. — Papo furado. Você acreditou.

Não mantive a raiva em minha voz; nem tentei.

Virei a última carta. Era a imagem de um homem deitado de bruços, o rosto virado para trás. Ele usava um manto vermelho, e parte desse manto, ou uma poça de sangue, se espalhava pela carta. Dez espadas estavam fincadas em suas costas.

— Que merda é essa? — perguntou.

— Dez de espadas — informei. — É tão ruim quanto parece. Traição. Deslealdade. Ruína extrema.

Ele tirou o boné de beisebol e passou as mãos em seus cabelos ralos. — Caramba, Billie. Você colocou isso aí de propósito?

— Eu? As cartas não mentem — falei simplesmente.

— Talvez não — disse ele. Sua voz não mudou; ele era um profissional. Mas houve uma mudança na sua postura, alguma diferença quase imperceptível em seus braços. Eu não podia ver suas mãos, mas sabia. Ele não tinha ido lá conversar. Tinha ido matar.

— Então, onde estão as outras? — perguntou, em tom casual. Foi aí que entendi. *É claro.* Se o discurso oficial do Museu era o de que tínhamos saído dos trilhos, haveria recompensas para nos matar. E Sweeney não ia querer só uma. Quatro assassinatos comprariam muitos ingressos de jogos de beisebol e jantares do Hungry-Man.

De alguma forma, em meio ao barulho costumeiro da multidão, captei o som do violoncelo de Mary Alice. A melodia mudara e ela estava passando de repente para a abertura de "Hazy Shade of Winter". Tocava com vigor e depressa — The Bangles, e não Simon e Garfunkel. Tinha visto alguém que não deveria estar lá. Ou Sweeney havia levado reforços, ou ele tinha concorrência. De qualquer maneira, não estávamos seguras.

Sweeney não parecia saber que havia sido enganado. Ele simplesmente continuava me fitando com o mesmo olhar aberto e inocente que o ajudava a ganhar tudo na mesa de pôquer. Peguei as cartas e as bati duas vezes na mesa antes de colocá-las em um montinho do lado esquerdo da mesa. Aquele era o sinal para que Helen o matasse.

Resisti ao impulso de olhar para onde Helen estaria observando Sweeney pela mira do revólver. Eu só esperava que ela não tentasse um tiro na cabeça. Faria sujeira demais e não seria nada sutil. Um tiro no pescoço seria igualmente eficaz e um pouco mais discreto.

Mas o projétil não chegava, e percebi que Helen devia estar tendo problemas para atirar. Eu precisava ganhar tempo.

Peguei a mão esquerda de Sweeney e a virei para cima. — Deixe-me ler a palma da sua mão. Depois levo você até o lugar onde estão as outras. Elas vão ficar felizes de ver você.

Ele sorriu, e algo atrás dos seus olhos relaxou. Estava pronto para entrar no jogo se houvesse uma chance de pegar nós quatro. Tracei linhas, inventando balelas sobre sua vida e coração, esperando, esperando que Helen puxasse o gatilho. Quando cheguei ao Monte de Vênus — o que parece devasso, mas simplesmente significa a parte embaixo do polegar —, eu estava ficando inquieta. Olhei rapidamente para onde Helen se encontrava na varanda, as mãos segurando o gradil. Ela não estava em posição de tiro; nem havia sacado a arma. Estava paralisada, assustada como um animal acuado, e percebi então que teria de resolver o problema com as minhas próprias mãos.

Parei de falar abobrinhas e o encarei. — Fale a verdade. Existem recompensas pelas nossas cabeças, não é? Bônus pela morte de cada uma de nós.

Ele encolheu os ombros. — Lamento, Billie. Sinceramente. Mas é verdade.

— Quanto?

Ele me disse. Eu ainda estava segurando a mão esquerda de Sweeney enquanto ele falava. Assim ele não percebia que eu estava enfiando a mão direita no bolso da saia. Meu dedo tocou no gatilho e eu o apertei.

CAPÍTULO 15

O problema dos tiros é que eles não soam como nos filmes. São um estouro, como um petardo, mais agudo e mais rápido do que se espera. Algumas pessoas na praça olharam em volta, curiosas, mas, depois de um longo instante, quando nada aconteceu, voltaram aos seus Hurricanes e pralinês. A arma estava na minha mão, e eu a disparei por baixo da mesa, atirando no escuro e torcendo para que desse certo, e tive sorte. A bala de pequeno calibre penetrou o peito dele e lá ficou, deixando um único orifício embaixo da clavícula e uma mancha escura e molhada que foi se alastrando pelo seu paletó azul-marinho.

— Sweeney? — Eu ainda estava segurando a mão dele, mas a pulsação já havia sumido, mesmo antes que seus olhos estremecessem e se fechassem. Ele se encolheu na cadeira, como se tivesse pegado no sono no meio da leitura das cartas.

Olhei novamente para a varanda, e Helen estava lá em cima, observando-nos de olhos arregalados. De repente, ela pareceu se recompor e se levantou, jogando dinheiro na mesa e desaparecendo no interior do restaurante. Nat deve ter ouvido o sinal de Mary Alice e largou suas pinturas, voltando para casa com Helen pelos caminhos tortuosos que havíamos mapeado. Mary Alice podia continuar a tocar, invisível como todos os artistas de rua. Levantei a minha saia e corri, entrando no beco Père Antoine. Eu ainda não sabia por que Mary Alice tinha dado o sinal, mas ela certamente vira alguém que não deveria estar lá — alguém que naquele momento estaria no meu encalço se estivesse seguindo Sweeney. Tirei a saia e a peruca, deixando-as emboladas perto de uma mulher que dormia diante de uma porta. Eu tinha óculos escuros no bolso e os coloquei enquanto me afastava da praça.

Com o cadáver de Sweeney esfriando atrás de mim, segui para a Royal Street e virei à esquerda, afastando-me da casa. Esperava percorrer um grande quadrado e terminar em casa, mas o vi ao atravessar a Toulouse. Ele estava vestido como um turista, a camiseta para dentro de um jeans com cinto, como um sociopata. Usava apenas uma jaqueta corta-vento leve, preta e dourada, com uma chamativa flor--de-lis dos Saints, mas havia uma leve camada de suor em seu rosto. Sua cabeça era coberta por uma cabeleira louro-branca, aquela cor que muda logo após a primeira infância, mas que os noruegueses mantêm por toda a vida.

Estava se aproximando de mim pela esquerda e, por instinto, atravessei a St. Louis na direção da Chartres com passo suficientemente apertado para que parecesse que eu tinha algum compromisso, mas não rápido demais a ponto de parecer pânico. Não ousei olhar para trás. Eu não estava ouvindo passos atrás de mim, mas sabia que ele podia estar usando solas de borracha. Virei à direita na Bienville e a atravessei, rumando para a entrada da garagem do Hotel Monteleone. Não entrei, mas havia um grande espelho convexo pendurado logo acima do acesso. Dei uma olhada rápida enquanto passava e o vi, quarenta passos atrás e sem pressa. Percebi que o merdinha estava curtindo aquilo. Ele não sabia que eu o tinha visto e decidiu me dar espaço suficiente para brincar, planejando me fisgar quando fosse conveniente para ele.

Virei de supetão na Royal e comecei a trotar, batendo os pés rumo ao final do quarteirão. A rua era cheia de lojas de antiguidades, das caras, com lustres de cristal resplandecendo nas vitrines. Ousei dar uma olhada para trás enquanto virava na entrada principal do Monteleone, e ele acabava de virar a esquina. Vi seu sobressalto de surpresa ao perceber que eu não estava onde ele esperava. Era a hora do check-in, e a entrada do hotel estava lotada de porteiros e motoristas, carregadores e hóspedes. Misturei-me a eles ao entrar no saguão principal, virando imediatamente à direita para subir o pequeno lance de degraus acarpetados que levava ao bar Carousel. A peça central do local era um carrossel gigante que girava lentamente enquanto os clientes bebiam sentados nas banquetas do bar. Era cedo, mas o local já estava lotado, e ninguém iria prestar muita atenção numa mulher de certa idade que não se destacava na multidão. Cruzei o bar e saí pelos fundos, através do restaurante, chegando ao hall dos elevadores. Pressionei o botão "subir" e prendi o fôlego.

Estiquei um pouco o pescoço e me arrisquei a dar uma espiada no restaurante e nas suas janelas. Ele estava lá, de costas para o hotel, vasculhando os dois lados da rua. Em um instante, ele pensaria em examinar o bar e o saguão, mas, se eu conseguisse chegar ao telhado antes, teria uma boa chance de me livrar dele.

— Ah, segure o elevador! — gritou uma mulher com um casaco de visom na cor bronze enquanto cambaleava até o elevador.

Levava um cachorrinho aninhado no decote, e nem me dei ao trabalho de fingir que a esperaria. Apertei o botão "fechar portas" com o polegar e a ouvi gritar furiosa enquanto as portas se fechavam na cara dela. Mantive aquele botão e o do último andar pressionados, e o elevador desconsiderou todos os outros pedidos de parada. Cheguei ao andar do telhado e apertei quatro botões aleatórios antes de sair. Se alguém estivesse olhando para o painel no saguão, os números de vários andares estariam acesos.

Uma longa parede de vidro se estendia à minha frente, e olhei para o deque da piscina do outro lado. À esquerda, o bar e a área de refeições ficavam sob um alpendre. Bem na frente estava a piscina, cercada de espreguiçadeiras e grandes vasos de plantas. Fazia frio demais para nadar, mas o barman ainda se encontrava lá, limpando copos e ouvindo com um sorriso educadamente ausente um velho que, claro, não parava de falar. Eu havia feito um reconhecimento do hotel meses antes exatamente para uma eventualidade como aquela e sabia que a porta para o deque da piscina só abria com uma chave cartão.

Mas eu também sabia que as pessoas estão dispostas a fazer favores quando acham que você combina com um lugar, *especialmente* se você for mais velha que elas. Uma jovem com um crachá do hotel saiu do spa e fui até ela com uma expressão aflita.

— Desculpe, querida, acho que esqueci a minha chave, e o meu marido está ocupado demais entediando o barman para me deixar entrar na área da piscina — falei, direcionando os olhos para o chato na banqueta do bar.

— Sem problema, senhora — disse ela, sorrindo enquanto passava o cartão.

Agradeci e entrei calmamente, como se fosse dona do lugar, pagando em dinheiro por um drinque no bar.

Atrás do último vaso de planta no final da piscina, ficava uma pequena área protegida de olhares desatentos, um pequeno recanto totalmente invisível em relação ao resto do deque da piscina. Escolhi uma espreguiçadeira atrás de um vaso e fiquei bebendo bem devagar e vigiando as ruas lá embaixo enquanto o sol, vermelho e resplandecente, descia no horizonte. Meu perseguidor estava percorrendo uma área quadrada, vasculhando cada uma das ruas mais próximas ao Monteleone. Alguns segundos após a minha chegada, ouvi o som de sirenes e imaginei que tivessem encontrado Sweeney desfalecido em sua cadeira na Jackson Square. Após retirarem o corpo, as imagens das câmeras de segurança seriam examinadas e eles acabariam descobrindo para onde eu tinha ido.

Mas há muitas maneiras de desaparecer em uma cidade como Nova Orleans. Depois de mais quinze minutos, com as orelhas quase dormentes por causa do vento frio que vinha do rio, ouvi uma parada descendo a rua. Desci correndo a escada até o saguão, dois degraus de cada vez, rezando para meus joelhos aguentarem. Na loja de suvenires, encontrei um par de óculos de Mardi Gras exageradamente grandes e um punhado de echarpes, que coloquei por cima de uma suéter de moletom estampada com um lagostim de paetê que dizia a todos *LAISSEZ LES BON TEMPS ROULER*. Eu parecia uma turista cafona qualquer de Omaha solta em Nova Orleans.

Saí pela porta do hotel em tempo de me juntar ao final da parada. Na frente, dois noivos usando smokings Tom Ford estavam com as mãos levantadas, ostentando suas novas alianças brilhantes. A banda tocava "Breezin' Along with the Breeze", e todo mundo cantava junto, agitando lenços e erguendo taças de champanhe para brindar com os espectadores. Uma dama de honra embriagada bebia direto do gargalo de uma garrafa de Veuve Cliquot e a ofereceu a mim.

— Oi, desconhecida! Você precisa festejar com a gente! — Ela me entregou a garrafa e tomei um gole. A champanhe estava morna e sem gás, mas não me importei. Devolvi-a e soltei a voz enquanto descíamos a Royal Street noite adentro.

CAPÍTULO 16

Saí da parada logo atrás da catedral, onde um holofote projetava a estátua gigante de Jesus na parede dos fundos da igreja. A sombra de Jesus estava com os braços abertos, como se pedisse um abraço, mas continuei andando, dando a volta mais longa até finalmente chegar ao portão das ursulinas e entrar após tocar a campainha. As outras estavam na cozinha, reunidas em torno da mesa com xícaras de café tão frias que haviam criado espuma na borda.

Minka se atirou em cima de mim, gritando em ucraniano, até Mary Alice puxá-la para longe e me abraçar. Helen esperou a sua vez, mas Nat foi a mais prática, enfiando uma xícara de chá quente nas minhas mãos frias. — Beba — ordenou ela, e ergui a sobrancelha. — O que foi? Eu posso tomar conta dos outros.

— Pode, sim — concordei, pondo meus dedos entorpecidos em volta da xícara.

— Estamos seguras aqui? — perguntou Helen. Ela entrelaçava e desentrelaçava as mãos, como se precisasse de algo para segurar.

— Por um tempinho. Tinha alguém me seguindo, mas eu despistei. Nielssen.

Malas de emergência estavam empilhadas ao lado da porta, além da caixa de transporte do gato. Kevin se encontrava nos braços de Akiko, lambendo a xícara de café enquanto ela olhava para a frente com expressão vazia. Virei-me para Mary Alice e indiquei sua mulher com a cabeça.

— Ela está bem?

— Estou metabolizando — disse Akiko com voz tensa. — Você acabou de matar alguém. Elas disseram que você matou alguém.

— Ele ia me matar. Na verdade, ia matar nós quatro — assegurei para ela. — Quer dizer, se é que isso ajuda.

Ela assentiu lentamente. — Acho que ajuda.

Virei-me para as outras. Natalie gesticulou indicando minha blusa de moletom e as echarpes.

— Gostei do novo visual. Nem todo mundo consegue se passar por uma turista de quinta, mas você realmente foi convincente.

— Obrigada. Vou comprar um modelito igualzinho pra você amanhã.

Helen fez um prato de comida para mim — nem me dei ao trabalho de olhar o que era. Fui comendo enquanto Nat continuava a servir chá.

Enquanto eu comia, Mary Alice olhou em volta. — Hora da autópsia?

— Grossa — disse Nat.

Mary Alice fez uma expressão de perplexidade. — É o nome que sempre usamos.

— Um amigo morreu. — Helen lembrou a ela. — Talvez devêssemos chamar simplesmente de debate.

Mary Alice ergueu os ombros, mas não argumentou.

— Um amigo que estava pronto para me matar — corrigi. Coloquei-as a par do que Sweeney havia me dito, e suas reações foram previsíveis. Afrontada: Helen; ultrajada: Natalie; e prática: Mary Alice.

A única parte que deixei de fora foi o fato de Helen ter ficado paralisada quando dei o sinal para que atirasse.

Natalie cruzou os braços sobre o peito estreito. — Você tem certeza de que era necessário matá-lo? Quer dizer, quem deveria ter atirado era Helen.

Olhei para Helen, mas ela não disse nada. — Fiz uma escolha.

Natalie bufou. — Bem, não foi a primeira vez que você se precipitou e matou um alvo que não era seu.

— Não, Natalie, não foi. Algumas vezes, tomei a frente em um trabalho quando a responsabilidade não era minha porque... — Olhei para a angústia nua e crua nos olhos de Helen e desisti do que ia dizer. — Porque tomei uma decisão pessoal. Ele estava planejando eliminar nós quatro. Só demorou porque estava tentando me fazer dizer onde vocês se encontravam — finalizei.

— Você não tinha escolha — disse Mary Alice com firmeza.

— Coitado do idiota do Sweeney — murmurou Natalie.

Helen olhou para o chão e continuou sem dizer nada.

Akiko voltou a si quando terminei. — Explique isso pra mim — disse. — Por favor. Quero entender.

Limpei minha boca com um guardanapo e o coloquei de lado. — Quando percebemos que a organização para a qual trabalhamos...

— O Museu — interveio Akiko.

— O Museu — assenti. — Quando percebemos que a organização para a qual trabalhamos resolveu nos exterminar, entramos em contato com um ex-colega pra saber por quê.

— Esse tal de Sweeney? — perguntou.

— Exato. Nosso encontro com ele deveria nos fornecer informações sobre o que estava acontecendo. Tomamos o cuidado de encontrá-lo em um local neutro, mas, na verdade, nunca deveríamos ter confiado nele. Ele veio nos matar, Akiko.

— E o que vai acontecer agora? — perguntou. — Eles tentaram matar vocês e falharam. Quer dizer, eles não vão simplesmente dizer "Tá certo, foi mal" e deixar vocês irem embora, não é?

Ouvi a nota de esperança em sua voz, assim como Mary Alice, que se encolheu um pouco enquanto ela falava. — Não vamos poder voltar para casa.

— Nunca mais — disse Natalie.

Akiko se virou para a esposa. — Você está *de sacanagem* comigo, Mary Alice?

Mary Alice esfregava as mãos, os nós dos dedos brancos e depois vermelhos. Ela era uma das melhores matadoras que eu conhecia, mas, sentada ao lado da esposa, parecia pequena, esmagada pelo peso do segredo que havia carregado e pelo que ele estava fazendo com as duas naquele momento.

Akiko persistiu. — Mary Alice, *olhe pra mim*. O que vai acontecer agora?

Mary Alice respirou fundo. — Precisamos de mais informações.

— Vocês têm informações — rebateu Akiko. — Disseram que eles as querem mortas porque vocês quebraram algum código, vocês estavam matando pessoas por dinheiro, e não em missões.

— Mas isso não é verdade — disse Helen com voz paciente. — Isso significa que eles têm informações erradas sobre nós. Alguém está armando algo para nós.

— Então contem a verdade para eles — retorquiu Akiko. — Contem. Eles vão ouvir. Eles precisam ouvir.

Natalie chegou para a frente na cadeira, sua expressão era de solidariedade. — Sei que você está tendo um pouco de dificuldade com isso, mas, na verdade, eles não vão ouvir. Não é o que eles fazem.

Akiko virou-se para ela. — Um pouco de dificuldade? Estou tendo um esgotamento nervoso. A mulher que eu mais amo no mundo decidiu, depois de cinco anos de casamento, finalmente me contar a verdade sobre o que ela faz. São cinco anos de mentiras. Uma *porrada* de mentiras.

— Eu estava tentando proteger você — disse Mary Alice baixinho.

— Acho — interrompeu Akiko com uma voz que parecia um ácido — que agora *Inês é morta.* Estou tentando salvar a minha vida, fugindo com um gato que odeia viajar, e não sei quando vou poder voltar pra casa. Então, dê um jeito nisso, Mary Alice. — Ela se levantou, Kevin se debatendo em seus braços, e se aproximou de Mary Alice. — Estou falando sério. *Dê um jeito nisso.*

Akiko saiu e Mary Alice soltou lentamente um suspiro.

— Ela vai entender — apaziguei.

Mary Alice lançou um olhar de dúvida para mim enquanto Helen pigarreava. — Muito bem, precisamos traçar um plano.

— Talvez Akiko tenha tido uma boa ideia — disse Helen. — Talvez devêssemos tentar falar com eles.

Isso consumiu meia hora de debate sobre como exatamente deveríamos contatar uma organização que estava tentando ativamente nos matar. Analisamos demoradamente cada membro do Conselho antes de concluir que era inútil.

— E quanto aos curadores? — sugeriu Mary Alice. — Sei que já falamos disso antes, mas talvez seja hora de voltar a essa ideia.

— Naomi, não — disse Natalie. — Se eles têm informações erradas sobre nós, elas devem ter vindo das pesquisas de Naomi. Ela faz os relatórios para o Conselho e deve ter sido quem disse que estávamos trabalhando por fora.

— Naomi, não — concordou Mary Alice. — Mas… e Martin? — Ela subiu a voz esperançosa.

— Martin — concordei. As outras assentiram, e Helen pegou seu caderninho de endereços, onde o número dele estava ordenadamente escrito a lápis. Tiramos na sorte quem ligaria, e eu perdi. Abri um novo celular descartável e digitei seu número de telefone pessoal. Eu tinha esperança de que caísse na caixa postal, mas ele atendeu no segundo toque, a voz um pouco cautelosa.

— Martin — falei. — É Billie Webster.

Uma respiração forte, quase uma arfada. — Ai, meu Deus — disse ele. — Só um segundo. Estou em público.

Deu para ouvir um som abafado enquanto ele provavelmente colocava a mão sobre o fone. No final, acabei ouvindo um tilintar e uma conversa distante, ruídos de restaurante, depois buzinas e uma sirene ao fundo.

— Agora estou na rua — disse finalmente. — Puta merda, Billie. Você está bem?

— Já estive melhor. Presumo que você saiba por que estou ligando.

— Sim, e sei que não devo fazer perguntas. Só me diga se as outras também estão bem.

— Estão.

Ele deu um profundo suspiro no telefone. — Ótimo. Escute, não posso demorar. Acho que não monitoram minhas chamadas, mas se monitoram…

— Não vou pedir nada, a não ser uma pequena informação — prometi. — Um passarinho me contou que o Conselho recebeu informações de que estávamos trabalhando por fora. O que você sabe a respeito?

— Nada — disse ele. — O Conselho tem sido extremamente discreto. Você sabe como eles são paranoicos com confidencialidade. Esse assunto está guardado a sete chaves.

— Martin — continuei, adoçando meu tom e tornando-o caloroso e persuasivo. — Sei como você é eficiente. Aquele Conselho não compra nem um clipe sem que você saiba. A última coisa que eu quero é pôr você em maus lençóis — garanti a ele.

Ele respirou fundo. — Tudo o que sei é que existe um dossiê que alguém no Museu montou sobre vocês quatro e o enviou diretamente para o Conselho. Não passou pelos canais costumeiros.

— Então não se originou no Departamento de Proveniência?

— Se o dossiê foi montado por alguém do Departamento de Proveniência, então foi enviado sem passar pelos protocolos regulares, ou eu teria tomado conhecimento.

— E você não faz ideia de onde veio?

— Nenhuma — disse ele com ar de pesar. — E pode crer, eu pesquisei. Ninguém deveria ser capaz de passar por cima de Naomi ou de mim, mas parece que foi isso que aconteceu. Billie, não posso dizer mais nada…

Ele estava tentando encerrar o assunto, então atalhei rapidamente. — Tem alguma chance de isso ser revertido?

— Billie…

— Não somos corruptas, Martin. Você sabe disso — argumentei.

— É claro que eu sei — disse ele indignado. — Mas você sabe como é o Conselho. Se revogarem uma ordem, será como admitir que estavam equivocados.

E você sabe como eles odeiam estar equivocados. Além disso — baixou a voz, parecendo arrependido —, eles iam querer provas de que vocês quatro estão limpas.

— Dou a minha palavra — afirmei.

— Billie, isso não é suficiente.

— Quarenta anos atrás, teria sido — argumentei. Ele não respondeu, mas não precisava. Os tempos haviam mudado, e eu podia jurar sobre uma pilha de Bíblias que não faria nenhuma diferença. — E agora? — perguntei.

Ele hesitou. — Eu não deveria contar isso a você, mas eles sabem que vocês estão em Nova Orleans. Vou perder mais do que o meu trabalho se, algum dia, eles descobrirem que avisei você, mas estão mandando o Nielssen. Se vocês puderem, precisam cair fora.

— Nossos caminhos já se cruzaram — informei. — E Sweeney decidiu nos visitar também. Acho que ele pensou que poderia ganhar aquela recompensa. — Não mencionei que fomos nós que ligamos para Sweeney. Não ajudaria a manter a confiança de Martin àquela altura.

Ele deu um respiro trêmulo. — Merda, merda, merda. E vocês têm certeza de que estão bem?

— Por enquanto.

— E Sweeney e Nielssen?

— Sweeney está se esvaindo em sangue na Jackson Square e Nielssen não conseguiria encontrar a própria bunda usando as duas mãos e o Google Maps. Estamos bem.

Ele riu, mas foi rápido e forçado. — Então Sweeney foi seu pombo-correio? — Ele não esperou uma resposta. — Não vai parar por aí, você sabe disso. Eles vão continuar a mandar pessoas até alguém conseguir. Não vão parar, Billie. Não até eliminar vocês quatro. Você precisa estar ciente disso.

— Então você está me dizendo que somos nós ou eles.

— Não — respondeu com tom sério. — Estou dizendo que são eles. Sei que o Museu não é mais o que costumava ser, mas ainda é uma organização de elite. Eles sabem o que estão fazendo, Billie. E vocês são apenas quatro. Sem recursos.

— Bem, a situação realmente não parece ideal quando você a apresenta dessa maneira — concluí.

Ele fungou forte. — Billie...

— Tudo bem, garoto. É a esta altura que eu digo que foi um prazer termos nos conhecido e você me diz que não pode se arriscar em falar comigo novamente porque eles vão te perseguir também. — E informei rapidamente um número de telefone. — Esse é um serviço de recados que uso para emergências. — Não era exatamente um serviço de recados, mas Max, uma operadora de telessexo em Scottsdale, que não se incomodava em ganhar um extra só para me deixar usar ocasionalmente uma das suas linhas. — Se você, em algum momento, precisar entrar em contato, deixe uma mensagem nesse número. Verifico os recados uma vez por semana, combinado?

Ouvi um barulho que parecia um suspiro do outro lado da linha e não sabia se ele havia anotado o número ou não. — Tchau, Martin. Obrigada por tudo. — Antes que ele pudesse responder, desliguei o celular descartável. Contei às outras o que ele havia dito — e, mais importante, o que ele não havia dito.

— Então não sabemos quem montou o dossiê sobre as nossas "atividades" — disse Natalie, fazendo aspas com os dedos.

— Não — respondi. — E não sabemos por que o Conselho resolveu agir tão pesado, tão rápido.

— O que você está querendo dizer? — Helen estivera sentada em silêncio, as mãos embaixo dos joelhos, mas voltou à vida para fazer essa pergunta.

— Quero dizer que uma ordem de extermínio é algo extremo. Por que não nos convocaram para nos questionar? Ou não mandaram alguém?

— O Museu é uma organização internacional de matadores — disse Mary Alice em tom seco. — Eles não são exatamente famosos por conceder às pessoas o benefício da dúvida.

— Claro que não — disse Natalie. — Ninguém vira alvo sem uma pesquisa exaustiva do Departamento de Proveniência. Meses, às vezes anos, de vigilância e coleta de informações estão por trás de cada assassinato. Mas alguém entrega para eles um pedaço de papel e diz "Ah, essas velhas megeras não estão jogando limpo", e, de repente, eles nos põem na mira? Isso é loucura.

— De fato, parece um pouco prematuro — concordou Helen. — Eles poderiam ter feito o que Billie sugeriu e pelo menos perguntado para nós.

— E nós íamos relaxar e abrir o jogo caso estivéssemos trabalhando por fora? — Mary Alice estava cética. Virou-se para mim. — Ligue para Naomi.

— Ela é do Departamento de Proveniência — protestou Natalie. — Até onde sabemos, ele é a origem do dossiê.

— Martin acha que não — expliquei, esticando a mão na direção do caderninho de endereços de Helen. Digitei o número e esperei.

— Ndiaye. — A voz que atendeu era rápida e nada amigável. Identifiquei-me e esperei. Uma TV estava ligada ao fundo e ouvi o som de um teremim.

— Isso é *Midsomer Murders*? — perguntei educadamente. — O velho Barnaby ou o novo?

— O novo — disse ela brevemente. — Você assiste a programas policiais ingleses?

— Bem, às vezes preciso de inspiração para o trabalho — respondi. — Fiquei possessa porque eles pensaram antes de mim em usar um queijo para matar alguém. — Ela não riu, e qualquer pretensão que eu tinha de nos entrosarmos falando de um homicídio em um vilarejo pacato foi por água abaixo.

— Por que você está me ligando?

— Porque preciso de informações e você é a única pessoa a quem posso perguntar — expliquei.

— Não vou continuar esta conversa — disse ela. Mas eu ainda ouvia o episódio da série ao fundo. Ela não tinha desligado, o que significava que estava ouvindo.

— Naomi, sei que existe um dossiê sobre nós e tenho um bom palpite do que ele diz. Só quero saber por que o Conselho decidiu que valia a pena emitir uma ordem de extermínio em vez de nos convocar vivas para sermos indagadas.

Ela me fez esperar bastante antes de responder. — Estou de licença médica, sabe? Não deveria me estressar.

— Bem, se a ideia de quatro mulheres virarem alvos por causa de algo que não fizeram deixa você estressada, isso é um bom sinal. Você pode ajudar a consertar essa situação — respondi. Ouvi o barulho de uma colher e uma tigela. — Você está comendo?

— Sopa vietnamita. É tudo o que este bebê quer. — Ouvi novamente o barulho da colher. — Tudo bem. Escolha uma.

— Uma o quê?

— Uma pergunta. Você pode perguntar sobre o dossiê, a ordem de extermínio, quem recebeu ordens para ir atrás de vocês. Mas só uma pergunta. Não tenho tempo para mais porque vou desligar em quinze segundos.

Pensei rápido. Eu tinha um bom palpite sobre quem havia recebido ordens para ir atrás de nós — basicamente qualquer pessoa que quisesse ganhar uma recompensa. O que precisávamos saber era se havia alguma maneira de cancelar a ordem.

— Dez segundos — disse ela, a voz abafada, provavelmente por causa do macarrão.

— Existe alguma maneira de cancelar a ordem? — perguntei.

— Não. — Ela sorveu outra colherada.

— Só isso? Só "não"? Estamos sob uma sentença de morte?

— Tipo isso. — Fez uma pausa. — Vocês podem ir para a clandestinidade?

— Pelo resto da vida? Não, obrigada. Prefiro enfrentar a situação. Por que eles estão determinados a nos eliminar em vez de nos deixar limpar nossos nomes?

Ela fez uma pausa. — Você sabe o que é uma gaiola suspensa?

— O quê?

— Uma gaiola suspensa. Um tipo de jaula de ferro pendurada em um poste. A justiça as colocava nos cruzamentos e as usava para enforcar assassinos, piratas, ladrões de ovelhas. E os deixavam lá, acorrentados e apodrecendo para que todos vissem enquanto tocavam a própria vida. Sabe por quê?

— Para desencorajar as outras pessoas de cometer crimes semelhantes — completei.

— Exato.

— Então querem que sirvamos de exemplo?

— Mais do que isso, querem que todos fiquem amedrontados demais para fazer perguntas. Querem ficar em paz, e vocês quatro podem perturbar a tranquilidade.

Apertei o telefone. — Ficar em paz para fazer o quê?

— Você já esgotou seus quinze segundos há muito tempo — disse ela. Não respondi e ela suspirou. — Ouvi um boato. Alguém está trabalhando por fora, arrumando assassinatos por dinheiro. Não sei quem é, mas eles estão determinados a abafar o caso. Se alguém ficar sabendo, toda a organização estará em perigo.

— Lorota. Não sabíamos de nada disso antes de eles virem atrás de nós.

— Billie — disse ela pacientemente. — Pense.

— O único motivo para virem atrás de nós… — interrompi a frase. — Puta merda. Eles vão pôr a culpa em nós e deixar o responsável se safar.

— Bem, você demorou, mas acabou chegando lá. Vocês são descartáveis para o Conselho. E quem está arrumando assassinatos por fora, seja lá quem for, não é, então o Conselho decidiu proteger essa pessoa.

— Por quê?

— Ela pode ter um cargo alto demais para ser descartada. Pode estar chantageando o Conselho. Pode ter pagado uma comissão ao Conselho pelos assassinatos. Essas são apenas as primeiras possibilidades que me vêm à cabeça. Eu poderia pensar em mais uma dúzia.

— E nada disso importa porque ainda estamos sob uma ordem de extermínio — completei. — Quem é? Quem está arrumando os assassinatos por fora?

— Eu já disse que não sei. Pode ser um membro do Conselho.

— Ou poderia ser alguém do Departamento de Proveniência — sugeri, minha voz cheia de insinuações.

Ouvi o barulho de uma colher caindo em uma tigela vazia. — Se quer me acusar de algo, vá em frente. Pra mim, esta conversa já deu. Seu tempo acabou.

Contei às outras o que ela havia me dito. Mary Alice ficou sentada com a cabeça entre as mãos, enquanto Helen cobria a boca e Natalie xingava como um caminhoneiro.

— Aqueles *filhos da puta* de merda — terminou ela. — E se alguma missão que *nós* executamos fosse parte desse trabalho por fora? Alguém poderia estar nos usando para realizar seus trabalhos sujos, como se fôssemos matadoras comuns.

Era fácil demais ver como tudo poderia ter sido feito: dinheiro trocando de mãos, dossiês preparados. O Conselho seria informado de alvos em potencial e o agente operacional, escolhido. Quando a missão fosse passada para nós, não teríamos como saber se era limpa ou não. Confiávamos no Departamento de Proveniência e no Conselho para identificar os alvos apropriados. Cada informação, cada decisão, cada ação era um elo na cadeia que formávamos todos juntos. Corrupção naquela cadeia era impensável.

— Não foi exatamente o que concordamos em fazer — disse Mary Alice.

— Sempre disse a mim mesma que estávamos tornando o mundo melhor, mais seguro — disse Helen por fim.

— E foi o que fizemos — falei para ela. Olhei em volta, para aqueles rostos arrasados. — Ouçam, sei que parece uma traição…

— *Parece*? — A voz de Natalie subiu.

— É uma traição — corrigi. — Mas seja lá o que fizemos, foi sem saber. Acreditávamos na organização. Confiávamos neles. Se cometemos erros em relação a quem matamos, podemos pensar nisso mais tarde. Agora o problema é o Conselho. Eles decidiram fazer de nós bodes expiatórios para salvar quem está por trás de tudo isso. A questão é: o que vamos fazer a respeito?

Olhamos umas para as outras e sabíamos que aquela decisão seria maior do que nós quatro.

Chamamos Akiko e Minka, e as pusemos a par de tudo. Comi um bagel de canela enquanto Natalie destroçava o dela, fazendo bolinhas com o miolo e as atirando pela sala.

— Dá pra parar? — perguntou Mary Alice, tirando uma bolinha dos cabelos e atirando-a de volta.

— Só estou tensa — disse Natalie. — Não gosto de ficar deste lado da corda.

Olhei em volta da mesa. — Vamos ficar deste lado da corda a vida toda se não assumirmos o controle. Nunca fomos alvos antes, mas também nunca tivemos que decidir sobre um alvo. Isso sempre foi decidido por nós. Para o bem ou para o mal, sempre fomos o instrumento e não o músico. Não escolhemos a canção. E vocês duas — disse, olhando para Minka e Akiko — não fazem ideia do que é sujar as mãos.

Minka me olhou com frieza. — Talvez eu saiba mais coisas do que você imagina.

— Pode ser, mas isso não muda o fato de este ser um território desconhecido para todas nós. Temos duas opções: a primeira é dar o fora agora mesmo. Minka pode falsificar novos documentos para cada uma de nós. O mundo é grande e, com a documentação certa, podemos desaparecer. Podemos começar novas vidas e simplesmente deixar esta para trás.

— E fazer o quê? — perguntou Natalie. — Estou dura. Graças ao Conselho, minha aposentadoria explodiu em algum lugar no meio do Caribe.

— A minha também — disse Helen. — Depois da doença, Kenneth não deixou muito.

Mary Alice e Akiko ficaram caladas, mas o olhar que trocaram sugeria que não estavam em uma situação muito melhor.

— Podemos arrumar empregos — sinalizei.

— Fazendo o quê? — perguntou Natalie. — Passamos quarenta anos matando pessoas, Billie. É tudo o que sabemos fazer, e não dá pra encontrar clientes nesse ramo no LinkedIn.

— Acho que o Craigslist seria um lugar melhor para achar clientes — interveio Helen.

Levantei a mão. — Só estou dizendo que podemos tentar ir embora.

— Tudo bem, e como seria? — perguntou Natalie. — Passaríamos o resto da vida olhando por cima do ombro, nos perguntando se fomos descobertas, se aquele será o dia em que finalmente alguém irá embolsar uma bela recompensa por tirar o nosso couro.

— Essa possibilidade desagrada a mim tanto quanto a você — falei. — Se dependesse de mim, já estaríamos arquitetando um plano para acabar com o Conselho e pôr fim em tudo isso. Mas acho que não devemos nos precipitar. Podemos pensar a respeito por um dia…

— Eu concordo — disse Mary Alice com firmeza.

Para minha surpresa, Akiko se manifestou. — Eu também.

— Jura? — perguntou Mary Alice, com ar esperançoso.

Akiko não retribuiu seu sorriso, mas já era um começo.

— Tudo bem — finalizei, fazendo a contagem. — Mary Alice e Akiko concordam. — Olhei em volta. Minka assentiu, e Natalie sorriu e se ajeitou na cadeira. — Qual é a expressão que os jovens usam? "Tô dentro"? Bem, tô dentro. Não sei quantos anos me restam, mas não quero passá-los olhando por cima do ombro para ver qual novo capanga o Conselho resolveu mandar dessa vez. Além disso, temos contas a acertar.

Olhei para Helen. Ela abriu a boca e a fechou novamente, assentindo. Talvez ela não fosse mais como antes, mas ainda era muito valiosa.

Fechei os olhos e respirei, segurando o ar e contando até seis. Soltei a respiração lentamente e abri os olhos. — Então foi por unanimidade. O Conselho Diretor vai morrer.

CAPÍTULO 17

Quando terminamos o nosso debate, fui para o meu quarto jogar algumas coisas em uma bolsa de viagem. Em algum momento, teríamos de ir embora de Nova Orleans, e pensei que seria mais fácil deixar tudo preparado quando chegasse a hora. Eu estava enfiando roupas em uma pequena mochila quando Helen entrou no meu quarto e fechou a porta.

— Tratar seda assim é um crime — disse ela, tirando uma blusa da mochila. Colocou-a virada para baixo sobre a cama e a esticou bem antes de fazer alguns movimentos rápidos com as mãos, criando um pacotinho perfeito.

— Parece o Paraquedas Glamour da Barbie — falei.

Ela o guardou na mochila. — Deverá sair daí em perfeito estado, mas, se estiver amassada, bastará pendurar no banheiro quando for tomar banho. Os vincos vão desaparecer.

— Nossa, quem dera que isso funcionasse para o meu rosto — suspirei, jogando um jeans em cima da blusa na mochila. Embolei uma camiseta até ver a expressão de Helen. Ela esticou a mão para pegá-la e a dobrou, alisando suavemente o tecido. — Andei pensando, Billie. Sobre Minka. Acho que ela não deveria vir.

— Você não gostou dela quando a conheceu e ainda não mudou de opinião — comecei.

— Não é isso, Billie. Você tinha razão em confiar nela. Ela é uma garota incrível. Mas *é* uma garota.

— Ela tem a mesma idade que a nossa quando entramos para o Museu — argumentei, pegando de volta a camiseta e enfiando-a na mochila.

— E a minha mãe estava tendo filhos aos vinte anos. Qual é o seu argumento? — disse ela pacatamente. — Os tempos mudaram. Ela deveria ter uma chance de ver o mundo. E não como nós fizemos.

Fui pegar uma pilha de roupa de baixo, mas ela esticou a mão para segurar a minha. — Billie. — Parei.

— Ela já viu mais o mundo do que você imagina — argumentei.

— Eu sei. Tivemos umas conversas interessantes — disse ela, sua mão ainda em cima da minha. — Sei onde você a encontrou e como a tirou da Ucrânia. Você não precisava ter feito isso.

— Precisava, sim — retruquei.

Helen sorriu. — Ao contrário do que você pensa, eu gosto dela. Muito. E não quero que tenha o mesmo fim que nós.

— O que você está dizendo, Helen? Que perdemos alguma coisa? Que jogamos fora as nossas vidas e não passamos de um exemplo a não ser seguido?

— Não — respondeu. — Mas você não gostaria de ter feito algumas coisas de outra maneira? Ter arrumado tempo para certas coisas? Não ter deixado algumas pessoas para trás?

Afastei a minha mão da dela. — Minka faz parte da equipe, e ela vai para a Inglaterra. Ponto final. — Cerrei os lábios para não dizer algo que pudesse me causar arrependimento... provavelmente algo sobre o fato de ela ter ficado paralisada na Jackson Square e perdido a coragem.

Comecei a enfiar o resto das minhas roupas na bolsa de viagem, apertando um par de botas em cima de um *chemisier* que eu nem lembrava que tinha. Helen ficou me observando por um minuto, depois se levantou.

— Então vou deixar você terminar — disse baixinho enquanto fechava a porta.

Ela não havia dito o nome dele, mas eu sabia exatamente em quem ela estava pensando, e quando me deitei na cama sem tirar a roupa naquela noite e esperei horas para pegar no sono, era nele que eu estava pensando. *Taverner.*

CAPÍTULO 18

NOVEMBRO DE 1981

Billie tem uma teoria de que toda vida possui uma trilha sonora. Algumas pessoas são *big band* ou jazz suave. Outras são pura teatralidade barroca. A trilha sonora dela não é tão glamourosa. "Delta Down" estava no jukebox quando a mãe a deixou — aos doze anos, sentada na pizzaria de um pequeno centro comercial — e nunca mais voltou.

E um grupo de soft-rock está tocando "If You Could Read My Mind" no bar de um hotel em Chicago enquanto ela mata tempo, esperando para se encontrar com o parceiro para a primeira missão depois de um fiasco em Zanzibar. Vance Gilchrist, o líder da missão, foi implacável em seu relatório, e ela tem consciência de que estará sob observação para avaliarem se as suas derrapagens vão se tornar um hábito. Aquela é uma chance de se redimir, e ela quer aproveitá-la ao máximo.

Billie está sentada no bar, segurando uma taça de *Chablis* morno e, enquanto a cantora invoca fantasmas e despedidas, ela sente um leve nó de ansiedade no estômago ao rememorar o diálogo codificado que deve ser usado para estabelecer contato.

— Tem alguém sentado aqui?

Billie levanta a cabeça e cai — pelo menos é o que sente. Leva apenas um segundo, talvez dois, para responder. Mas, naqueles dois longos segundos, sua vida se descortina diante de seus olhos.

Ele não é bonito, não como os garotos arrumadinhos que Natalie prefere. Precisa de uma segunda olhada, mas essa é mortal. Ele deve ser uns dez centímetros mais alto do que ela, tem um porte despojado, que só as pessoas extremamente confiantes, que sabem que não têm nada a temer no mundo, podem ostentar. Está usando uma camiseta Henley e um jeans desbotados, além de um casaco de couro surrado e botas Frye que já passaram por muitos anos de intempéries. Uma estreita pulseira de prata circunda um dos pulsos e uma trança de algodão adorna o outro. Seus cabelos são de um castanho-claro que fica dourado com sol demais, suficientemente rebeldes e ondulados para que você afunde as mãos neles enquanto está beijando. A barba e o bigode deveriam ter sido aparados dois dias antes, se você liga para esse tipo de coisa. Billie não está nem aí.

Ele está olhando para o bar para chamar o garçom, mas se vira para ela e tem um sobressalto quase imperceptível, arregala rapidamente os olhos castanho-escuros e abre ligeiramente os lábios.

— Ah. — Não é um sussurro, é uma exalação, uma declaração. O olhar demorado que ele lança na direção de Billie parece dizer *É você. Finalmente.*

— Sim — confirma ela.

Ele se vira novamente para o barman e levanta a mão enquanto se senta na banqueta ao lado dela. Um minuto mais tarde, o barman põe uma cerveja na sua frente, o líquido na garrafa levemente efervescente. Ele a leva até os lábios e toma um longo gole, encara Billie, e então toma outro.

— Acho que não sou capaz de agir com tanta frieza — diz finalmente. Toma outro longo gole.

— Nem eu. Ou talvez eu tenha assistido a filmes demais com Barbra Streisand. Quer dizer, a maneira como ela olha para Robert Redford e ele devolve o olhar… — Billie não termina a frase. Sabe o que está acontecendo, e o fato de ele estar sentindo a mesma coisa parece um pequeno milagre. Só que ela não acredita em milagres. Lembra a si mesma que ambos não passam de estranhos. Perfeitos e explosivos estranhos.

— Merda — diz ele, depositando a cerveja cuidadosamente sobre o bar. — Por mais que eu queira esquecer o trabalho agora, não podemos…

— Eu sei — confirma ela.

— É a primeira vez que lidero uma missão, e há regras sobre confraternização — diz mais para si mesmo do que para ela. — Não posso estragar tudo. — Apesar das roupas tipicamente americanas, ele tem um levíssimo sotaque inglês.

— Você não vai estragar tudo.

Ele toma um outro gole de cerveja, bebendo meia garrafa enquanto ela engole o *Chablis* morno. Então se vira para Billie. — Já estraguei. Esquecemos o protocolo. Você gosta de beisebol?

Ela tem um pouco de dificuldade com a mudança de assunto, até que se lembra do código. — Gosto, mas torço para os Cubs. Não temos chance de ganhar o campeonato este ano.

— Não depois de terem vendido o Burris — completa ele, finalizando o diálogo.

Passam os minutos seguintes bebendo em silêncio. — Christopher Taverner — diz ele finalmente. — Prazer.

— Billie Webster.

— Eu sei. — Ele levanta a sobrancelha, e o rosto dela esquenta. É claro que ele sabe. Como líder da missão, deve ter recebido um dossiê completo com fotos. — A propósito, elas não fazem jus a você — diz, intuindo seus pensamentos.

— Bem, não captaram o meu lado melhor — diz ela.

Ele solta uma risada, alta e repentina, um som áspero que faz com que ela queira se afogar nele.

— E agora, inglês? — pergunta Billie.

A sobrancelha arqueia de novo. Ela vai acabar conhecendo bem aquela sobrancelha, sempre inclinada no mesmo ângulo da sua boca quando ele está se divertindo. — Inglês?

— O sotaque. Sou muito observadora.

— Estou vendo. Bem, normalmente esta conversa continuaria em um lugar mais privativo, como o meu quarto — diz baixinho, inclinando a cabeça. — Mas, dadas as circunstâncias, acho que não é uma boa ideia.

— Provavelmente não — concorda ela.

Ele abre um sorriso torto, desigual, que carrega em si tristeza suficiente para partir o que resta do coração dela. O olhar dele desce até a boca de Billie, até a pequena cicatriz logo acima do lábio.

— O que aconteceu aí?

— Entrei em uma briga com um guaxinim. — O sorriso se acende e, depois, os olhos dele se tornam sérios.

— Preciso dar uma surra em alguém? — Ele estufa o peito o suficiente para movimentar uma correntinha pendurada sobre a camiseta. É um pequeno medalhão, mas ela não consegue enxergar direito. Billie arrasta os olhos para longe dos pelos dourados no peito de Taverner e responde:

— Já fiz isso.

— Muito bem. Você pode ser a força bruta neste relacionamento.

— Relacionamento?

— Ah, sim. Acho que tentaremos fingir por algumas semanas que isto não está acontecendo, mas depois vamos jogar tudo para o alto, fugir juntos e passar o resto da vida fazendo muito sexo e tendo filhos.

Ela ri. — Você é ridículo.

— Não é assim que se fala com o futuro pai dos seus filhos.

— Não vou abrir mão do meu trabalho — diz ela.

— Caramba, espero que não. Alguém precisa ganhar dinheiro. Eu vou ficar em casa e cozinhar. Fico muito bem de avental.

— Aposto que sim, inglês.

Eles sorriem como conspiradores e terminam as bebidas.

Taverner respira fundo. — Isso foi divertido, Webster. Mas sabemos que é até onde podemos chegar. Não posso arriscar tudo.

Ela revira os olhos. — *Você* não pode arriscar tudo? Se quebrarmos as regras, em qual de nós dois você acha que eles vão dar um chute no traseiro? Eu ainda não disse a que vim. Sou descartável e sei disso. — Faz uma pausa. — Você nunca teve esse problema em uma missão antes?

— Minha última missão foi com um irlandês de um metro e noventa, que tinha mau hálito e adorava milk-shakes, o que era terrível para o seu aparelho digestivo.

— Parece um sonho.

— Quando terminarmos aqui, dou o número de telefone dele pra você.

Taverner deixa algumas notas ao lado da garrafa vazia e se afasta do bar enquanto põe a carteira no bolso da frente. — Depois de colocar o dossiê embaixo da sua porta, dou uma batidinha. Não abra a porta de jeito nenhum e destrua o dossiê depois de ler. A gente se encontra amanhã de manhã.

Ele hesita, depois estica a mão. Ela a aperta, e a sensação é exatamente a esperada, quente e forte. Mãos que dão segurança, do tipo que você agarra quando todo o resto do mundo está de pernas pro ar. A única surpresa são os calos nas pontas dos dedos.

— Fio de garrote? — pergunta ela baixinho.

— Violão — diz ele. — Toco um pouco.

— É claro. Agora me diga que você tem uma motocicleta, assim posso surtar de vez.

Ele segura a mão dela por um segundo a mais, abrindo aquele sorriso torto que faz o coração de Billie dar saltos dentro do peito. — Amanhã. Às nove em ponto na cafeteria do outro lado da rua. Durma bem, Webster.

— Boa noite, inglês.

Ele se posiciona atrás dela, parando o tempo necessário para se inclinar, a boca resvalando na curva da sua orelha. — E eu tenho uma Norton 850 Commando.

Billie solta um gemido quando ele vai embora, rindo durante todo o caminho até a porta. Filho da mãe.

No dia seguinte, eles executam a missão, fingindo ser recém-casados para conseguir uma hora marcada com um juiz corrupto e seu oficial de justiça. Já saíram da cidade há duas horas quando os cadáveres são descobertos e, depois de outras quatro horas, param e se hospedam em quartos separados em um motel de beira de estrada.

Billie fica deitada acordada por muito tempo, observando as luzes dos carros que passam na estrada e pensando sobre um estranho fenômeno que os franceses chamam de *appel du vide*, o chamado do vazio. É quando você está em pé olhando para um abismo e tem um forte desejo de se jogar nele. Pode assumir outras formas. Você está dirigindo e, de repente, pensa em virar o volante, atirando o carro na pista contrária. Ou pode sair para dar um passeio e ter fantasias sobre se atirar de um penhasco. Não se trata de um impulso suicida. Na verdade, é o contrário. Os psicólogos dizem que tem muito mais a ver com a vontade que uma pessoa tem de viver. Ela percebe uma ameaça próxima e pensa nela porque quer muito sobreviver.

Billie joga as cobertas de lado e sai antes de conseguir mudar de ideia sobre se jogar no abismo. Levanta a mão, mas ele abre a porta antes que ela bata. Taverner está sem camisa, o jeans abaixo da cintura.

— Não quero você aqui — diz ele com voz rouca.

— Tudo bem — diz ela, empurrando-o de volta para dentro do quarto. — Porque eu não quero estar aqui. — É a última coisa dita por muito tempo.

Ela pula e engancha as pernas nos quadris dele enquanto ele ergue os braços para segurá-la. Ele fecha a porta com um chute e empurra Billie contra ela. Uma hora se passa até chegarem na cama.

Na manhã seguinte, eles se separam. Billie tem de pegar um voo e Taverner, matar um homem. Antes de partir, ele põe sua correntinha no pescoço dela — o medalhão de São Cristóvão, ainda com o calor da sua pele.

CAPÍTULO 19

Tomar a decisão de ir embora de Nova Orleans não foi difícil. O Museu sabia que estávamos lá, e nunca seríamos capazes de arquitetar um plano ou nos manter seguras tendo de olhar sempre por cima do ombro. Além disso, dois dos três membros do Conselho moravam na Europa. Tínhamos uma boa ideia de onde encontrar Carapaz e Paar, e decidimos eliminá-los primeiro. Vance Gilchrist era um pouco mais esquivo, mas concluímos que cuidaríamos dele quando chegasse a hora. A primeira ordem do dia era atacar Carapaz e Paar, e rápido, antes que percebessem que estávamos indo atrás deles. Isso significava cruzar o Atlântico e encontrar um abrigo seguro onde planejar e executar três missões. Precisávamos de um local afastado, mas bem servido de transporte, grande o suficiente para nós seis — e Kevin — e com privacidade bastante para podermos planejar alguns assassinatos sem chamar atenção indesejada. Nenhuma dessas coisas era difícil de encontrar separadamente, mas todas juntas? E com um orçamento limitado? Parecia impossível, até Helen dar seu palpite.

— Poderíamos ir para Benscombe — ofereceu.

— Benscombe? — perguntou Akiko.

— Uma casa de campo no sul da Inglaterra — explicou Mary Alice. — Foi o local do nosso treinamento. E provavelmente não é uma ótima ideia, já que está ligada ao Museu — destacou.

— Uma situação tipo cruz e caldeirinha — concordou Natalie.

— Mas a ligação com o Museu não existe mais — disse Helen. — A organização nunca foi a dona da propriedade. Ela sempre pertenceu aos Halliday. Quando Constance morreu, foi herdada por um primo distante que a vendeu. Mudou de mãos diversas vezes.

— Então como vamos entrar lá? — perguntei.

— Bem, agora a dona sou eu — disse Helen. Olhamos para ela perplexas, e ela logo explicou. — Kenneth e eu viajamos pela Inglaterra no nosso trigésimo aniversário de casamento, e achei que seria divertido mostrar o lugar para ele. Então fomos de carro até lá e, assim que chegamos, vi o cartaz. Estava à venda. Na época, eu não sabia, mas Kenneth anotou os dados do corretor e pediu informações quando voltamos para os Estados Unidos. Ao que parece, conseguiu fazer um bom negócio, pois a propriedade nunca fora esvaziada. Acho que ficou como estava quando Constance faleceu.

— Você acha? — perguntei.

Ela encolheu os ombros. — Nunca entrei na casa. Várias coisas foram surgindo e, quando estávamos prontos para ir até lá e começar uma reforma, Kenneth adoeceu e o dinheiro acabou. Mas o resumo da história é que temos uma propriedade vazia na Inglaterra.

— Não podemos usá-la se estiver no seu nome — disse Mary Alice.

Helen balançou a cabeça. — Kenneth comprou a propriedade no nome de uma holding por questões tributárias. Meu nome não consta em lugar algum, nem o dele. Seriam necessárias muitas pesquisas e muita sorte para que alguém nos encontrasse lá.

Olhei para o resto do grupo. — Então, vamos para a Inglaterra. Minka, Akiko precisa de um passaporte, e é bom que você cuide da papelada do Kevin também. Vou reservar os voos. Arrumem as malas, senhoras. Amanhã será um dia longo.

Enquanto nos separávamos para arrumar as malas, vi Natalie saindo pelo portão da frente, com ar furtivo. Decidi segui-la, a caminho do French Quarter, com um boné de beisebol enterrado na cabeça e uma echarpe enrolada até o queixo. Eu estava caminhando depressa, quase alcançando Nat, quando ela atravessou a rua e desapareceu ao passar pelo portão do museu do convento das ursulinas. Esperei um minuto e a segui, pagando o meu ingresso, passando pela fila de arbustos no pátio e entrando no convento propriamente dito. O lugar cheirava a lustra-móveis com um leve rastro de incenso. À direita, ficavam os pequenos aposentos que haviam sido transformados em museu e, à esquerda, o corredor que levava à capela. Só Deus sabe aonde ela tinha ido, mas tirei cara ou coroa mentalmente e virei à esquerda. É claro, ela estava sentada na capela bege e azul com seus belos santos de estilo rococó. O cheiro de incenso era mais forte ali, misturado ao cheiro das velas votivas de cera de abelha acesas pelos fiéis. Sentei-me ao lado dela no banco.

Não dissemos nada por um bom tempo, só ficamos olhando para o teto azul estrelado. Perto de nós, havia a estátua de uma mulher vestida de branco e roxo, os cabelos escuros coroados de rosas. Ela carregava um crânio em cima de um livro, e sua mão parecia estar fazendo um gesto de chamada.

— O que você está fazendo aqui, Nat?

— Estou comungando com a minha amiga Maria — respondeu, indicando a estátua com a cabeça. — Duas boas garotas judias juntas. Gosto do crânio dela.

— Dá pra ver — completei. — Só que essa aí é Santa Rosália de Palermo. Tenho quase certeza de que ela era católica.

— Ai, que droga. — Natalie afundou no banco. — Nem isso eu acerto.

— O que você tem?

Ela parecia estar debatendo consigo mesma se deveria se abrir ou não. Acho que decidiu confiar em mim, pois enfiou as mãos entre as coxas e respirou fundo. — Eu queria estar com o meu povo. Só que a sinagoga mais próxima fica a uma hora de caminhada, então vim pra cá. Os católicos entendem o que é comunidade, sabia? E também se sentem culpados.

— Você tem sessenta anos, e finalmente está se sentindo culpada por alguma coisa? — perguntei. Não estava totalmente de brincadeira.

— Tenho sessenta anos e nunca parei de me culpar — disse ela. — Sou mulher. A culpa é nosso direito inato. Culpa se queremos ser mães, culpa se tomamos pílula ou optamos por abortar. Culpa se ficamos em casa com os filhos, culpa se trabalhamos fora. Culpa se dormimos com um homem, culpa se dizemos não. Culpa se temos a sorte de sobreviver sem um bom motivo. Estou farta de tudo isso. Nunca estive tão cansada de alguma coisa em toda a minha vida. Eu só... Eu só quero dormir pra sempre.

— Isso não vai livrar você da culpa — insisti. — Tenho certeza de que, em algum lugar do além, uma mulher está se sentindo culpada porque sua nuvem não é tão prateada quanto a do anjo ao lado.

Ela quase sorriu, mas não conseguiu. — Acho que esse é, em parte, o motivo de eu sempre ter odiado você. Nada parece difícil pra você.

— Você sempre me odiou? Bela hora pra descobrir isso, Natalie. Nós nos conhecemos há quatro décadas. Eu literalmente confiei a minha vida a você.

— E ainda pode confiar. Esse é o nosso trabalho. Eu me atiraria na frente de uma bala para salvá-la, e você sabe disso. Além do mais, só uma pequena parte de mim odeia você. Uma parte bem pequenininha.

— Tipo uma semente de mostarda de ódio?

— Chia. Tenho uma semente de chia de ódio. Atualize-se — disse ela, sorrindo um pouco.

— Você tem uma semente de chia de ódio por mim. Quer me falar a respeito?

Ela futucou as unhas da mão. — Sempre me perguntei como você conseguia passar por tudo sem que nada a afetasse.

— Do que você está falando?

— Do trabalho. O que nós fazemos. Quem nós somos. Isso deveria deixar cicatrizes, não acha? Eu tenho algumas. Helen tem. Mary Alice tem. Mas você não parece se incomodar.

— Nat, não acredito nesse papo de marca de Caim. O que nós fazemos pra ganhar a vida não nos priva da nossa alma nem nos torna pessoas terríveis. Somos exterminadoras.

— É assim que você encara as coisas, não é?

— É, sim.

— Você dorme bem à noite?

Pensei a respeito. — Na maioria das vezes. Ouça, se você tivesse me perguntado, quando eu tinha sete anos de idade e estava brincando com uma Barbie falsificada de segunda mão, o que eu queria ser quando crescesse, tenho quase certeza de que matadora não estaria entre as dez primeiras opções da lista. Mas é o que eu faço. E faço bem. E, quando termino um trabalho, o mundo está um pouquinho mais seguro — expliquei, o polegar e o indicador esticados, a dois centímetros um do outro. — Talvez, no final de uma missão, eu tenha impedido que um traficante pusesse as mãos em uma menina de onze anos que, então, pôde dormir na própria cama naquela noite. Talvez eu tenha evitado uma venda de armas que destruiria um assentamento de aldeões que, então, só tiveram que se preocupar em plantar suas sementes. Ou talvez eu tenha desmantelado um cartel que aterrorizava pessoas e as fazia abandonar suas casas para que eles pudessem tomar conta de suas terras e plantar suas porcarias. Antes de dormir, penso nas pessoas que salvamos.

Ela ficou em silêncio, olhando por um tempo para a sua nova amiga, Santa Rosália, antes de se virar para mim. — Eu deveria ter ligado pra ele. Estou falando do Sweeney. Eu deveria ter ligado e convidado ele pra jantar, talvez. Deveria ter pedido pra ele ficar pro café da manhã. Droga, eu deveria, pelo menos, ter dormido com ele de novo.

— Sério? Ele era tão bom assim?

Ela encolheu os ombros. — Pau de tamanho médio, mas ele sabia usá-lo muito bem. Só fico mal por ter me esquivado dele. E agora não vou ter oportunidade de dizer pra ele que ele era bom.

Recostei no banco e olhei para o teto. — Sabe, a maioria das decorações aqui são *trompe l'oeil*. Todas essas sancas e estrelas não são nem de madeira nem de argamassa. Não passam de tinta. Na verdade, não estão ali, mas parecem estar, e, para as pessoas, isso é suficiente.

Ela se virou para mim. — Jura? Metáforas?

— É tudo o que tenho a oferecer.

— Sweeney está morto — disse ela. — E foi uma morte de merda.

— Ele fez sua escolha. E foi uma escolha errada. A menos que você ache que teria feito algo diferente se ele tivesse apontado uma arma pra você.

Ela se forçou a respirar fundo e se livrar do baixo-astral. — Eu teria matado o babaca com as minhas próprias mãos. Você fez bem em matá-lo.

Coloquei a mão em concha no ouvido. — Diz isso de novo. A parte sobre eu estar certa.

Ela bateu levemente o ombro no meu. — Sua filha da mãe.

— Dito com amor?

— Sempre. — Respirou fundo, um suspiro longo e cansado. — Eu até que gostaria se pudéssemos ficar aqui, sabe? Pedir pra Minka arrumar novas identidades pra nós. Talvez arrumar empregos. Virar a página e escrever uma nova história. Deixar tudo pra trás.

— Tudo bem, digamos que essa é a porta número um. Mas já concordamos em seguir pela porta número dois. Se bem me lembro, você estava bastante entusiasmada.

Olhei para o sorriso meigo e os dedos dos pés estranhamente compridos de Santa Rosália. Depois desviei o olhar para a frente da igreja, para a estátua de São Miguel. Era um São Miguel bem despojado, um braço erguido como se estivesse chamando um táxi, os cabelos despenteados por um vento invisível. Mas a sua lança perfurava exatamente o coração do dragão a seus pés. O escultor o havia captado em seus estertores, a cabeça jogada para trás, a língua para fora enquanto arquejava pela última vez. Parecia bem vagabunda; eu tinha certeza de que poderia encomendar algo melhor do catálogo da Toscano. Mas isso não era importante.

— Ele sabia qual era o trabalho a ser executado — falei, apontando para São Miguel. — Ir até lá, matar o desgraçado. Sair vivo.

Ela assentiu. — Porta número dois. — Natalie levantou o mindinho e o enganchou no meu.

— Porta número dois.

CAPÍTULO 20

Estava começando a amanhecer no French Quarter quando nós seis nos separamos. Ficamos em volta da mesa da cozinha com as nossas malas e recapitulamos os próximos passos do plano.

— Muito bem — iniciei —, hoje estamos dando o primeiro passo de verdade para fazer com que tudo aconteça. Se alguém quiser cair fora, este é o momento. Depois que sairmos por aquela porta — disse, gesticulando vagamente em direção à rua — estaremos todas dentro.

Olhei para cada uma delas em volta da mesa. O rosto de Helen estava tranquilo, distante. Natalie parecia estar vibrando de empolgação e Mary Alice tinha o maxilar cerrado. Akiko e Minka assentiram, e até Kevin parecia decidido, embora pudesse ser efeito do Valium para gatos que Akiko o fizera engolir.

Fiz um sinal para Minka. — Já que vamos viajar separadas, Minka arrumou telefones para todas. Já estão com os contatos de cada uma de nós salvos para podermos nos comunicar.

Mary Alice foi a primeira a ligar o telefone. Clicou na lista de contatos e franziu a testa. — A lista de contatos está vazia.

— Aí, não — disse Minka, rolando os aplicativos até chegar ao desenho cafona de uma gatinha cor-de-rosa com um grande laço amarelo e uma patinha levantada.

Helen olhou para a tela. — Esse é um daqueles gatos da sorte japoneses?

— Um *manekineko*! — disse Natalie, encontrando o mesmo ícone no próprio telefone. Olhou duas vezes para a legenda. — Você só pode estar de brincadeira.

Embaixo da gatinha que acenava, estava escrito "Miaunopausa!" em uma fonte que parecia manuscrita. Natalie tocou na gata, e ela miou e mexeu as orelhas.

— Que diabos de piadinha hormonal é essa? — perguntou Mary Alice. Ela abriu o aplicativo e deu uma olhada nos recursos. "Monitor de fogacho? Último ciclo menstrual? *Registro de secura vaginal*?"

Helen soltou um gemido de protesto e Minka se retraiu como se tivesse levado um tapa. — Trabalhei muitas horas nisso!

— Dá pra ver — disse Helen, esforçando-se para sorrir.

— Tem uma tabela de sexo — disse Natalie. Apertou o botão para abrir a página, e a gatinha jogou a cabeça para trás e lançou um uivo, fazendo Kevin pular para debaixo da mesa. Logo os telefones de todas estavam miando, ronronando, sibilando e fazendo mais barulho do que um bando de bugios.

— É horrível — gritou Helen, as mãos tapando os ouvidos. Peguei o telefone dela e fechei o aplicativo, interrompendo pela metade o berro da gatinha.

— É perfeito — discordou Mary Alice, demonstrando o recurso de mensagens diretas. — Vejam aqui, podemos nos comunicar sem enviar mensagens de texto nem e-mails. Minka criou um perfil para cada uma de nós e já estamos conectadas.

Ela mostrou a tela em que a gatinha cor-de-rosa passava caminhando por uma caixa de correio azul, seu rabo balançando enquanto apontava para as cartas na caixa.

— Ah, muito inteligente — disse Natalie. — Olhem, deixei a minha gatinha listrada. Agora ela parece uma minijaguatirica.

— Acrescentei o recurso de personalização — disse Minka emburrada. — Vocês podem mudar o visual da gata.

— É muito inteligente, Minka — disse Akiko. Sua gatinha agora era branca com um par de óculos.

— É exatamente o que precisávamos — completou Mary Alice, fechando a tela com sua gatinha malhada e sua minúscula cartola.

— E você? — perguntou-me Helen enquanto adicionava um colar brilhante à sua siamesa.

Suspirei e apertei um botão. Minha gatinha ficou preta como breu e com olhos verdes. — Pronto. Só uma gata preta. Muito bem, é assim que vamos nos comunicar, nosso *único* canal de comunicação — informei, olhando para Akiko e Mary Alice. — Se vocês precisarem falar, comprem um celular descartável e mandem o número pelas mensagens instantâneas do aplicativo, mas só em caso de emergência. Entenderam?

Todas concordaram emitindo ruídos com diversos graus de entusiasmo.

— Como, diabos, você desenvolveu algo tão complicado em apenas dois dias? — perguntou Mary Alice.

— Minka é uma desenvolvedora de aplicativos — expliquei. — Ela está trabalhando nisso há meses, e pedi pra ela nos liberar o protótipo com algumas modificações.

— Mas funciona, não é? — perguntou Helen, uma ruga de ansiedade sulcando o espaço entre as sobrancelhas.

— Ah, sim — garantiu Minka. — Mas o aviso de DST está com defeito e trava tudo, portanto, não abram.

— Por que um aplicativo de menopausa? — perguntou Akiko.

— Porque são homens que trabalham no setor de segurança — respondeu Minka tranquilamente.

— Na maioria das vezes — concordei. — E a maioria dos homens tem pavor de menstruação. — Eu nem conseguia contar o número de vezes que havíamos escondido armas em absorventes, duchas higiênicas ou cremes para prurido vaginal. — Nós todas vamos viajar com documentos falsos, e sempre há a possibilidade de uma de nós ser parada. Se isso acontecer, certifiquem-se de que o aplicativo estará aberto, de preferência na página da quantidade de fluxo ou na do número de dias desde a sua última menstruação.

— A cada dia sem menstruar, a gata fica maior — acrescentou Minka.

Natalie olhou para a pele limpa e sem rugas e para os peitos empinados de Minka. — Ninguém vai acreditar que você precisa de um aplicativo de monitoramento de menopausa.

Minka sorriu e acendeu o telefone. — O meu é o Poodle da Menstruação. — Um poodle francês de boininha atravessou a tela trotando. "*Bonjour!* Você está no décimo quarto dia. *Bienvenue* à ovulação!"

— Ai, meu Deus — disse Helen baixinho.

— Vou pôr na App Store quando terminar — disse Minka para ela. — Vai ser um grande sucesso. Você vai ver.

Antes de sairmos em pares, nos despedimos dentro de casa. Havíamos aprendido por experiência que mais de duas mulheres viajando juntas chamavam atenção, e parecia mais fácil nos dividir do que arrumar um disfarce de grupo para nós seis. Akiko e Minka foram as primeiras a partir e tomaram um táxi até o aeroporto com Kevin, para pegarem o voo até Toronto, fazendo conexão para Londres via Gatwick, onde retirariam um carro alugado e seguiriam as instruções de Helen até Benscombe. Helen e Natalie partiram em seguida, voando para Newark e depois para Londres via Heathrow. Mary Alice e eu ficamos sentadas em lados opostos da sala de embarque antes de pegarmos nosso voo para Boston a caminho de Londres via Heathrow. Desembarcamos às sete da manhã, fingindo que estávamos viajando sozinhas, até Mary Alice retirar o carro alugado e eu a encontrar na calçada. Helen e Nat pegaram um trem até Basingstoke, onde nos distanciamos o suficiente da M3 para recolhê-las. Estávamos com os olhos cansados depois de passar a noite emboladas em assentos da classe econômica, e o tempo, como era de se esperar, estava horrível em janeiro na Inglaterra: frio, cinzento e chuvoso.

Mas, apesar do cansaço e do clima, estávamos quase exultantes de empolgação. Mary Alice verificou suas mensagens, e Akiko havia confirmado que elas tinham chegado em Gatwick. Digitou uma mensagem de resposta e ligou o rádio via satélite, apertando botões até encontrar uma estação de música da década de 1970 que estava tocando ABBA. Ela fez de conta que tocava a parte do piano de "Waterloo" no volante enquanto cantávamos o refrão aos berros. Helen fez um mapa da rota, embora já tivéssemos estado lá. Fazia muito tempo, percebi, e muita coisa havia mudado — principalmente nós. Não éramos as mesmas garotas que haviam percorrido aquela rodovia em 1979.

Não havia áreas de serviço na autoestrada naquela direção, mas encontramos lugares onde pudemos parar duas vezes para fazer xixi, tomar chá e comer sanduíches de bacon com muito *brown sauce*. Mantivemos o carro apontado para o sudoeste, acabamos contornando Southampton e passamos da grande autoestrada para rodovias menores e, enfim, para estradinhas campestres. Estávamos nas profundezas de Dorset, seguindo as indicações para Swanage e a costa de Purbeck. Finalmente pegamos uma saída perto de Worth Matravers, um vilarejo cujo nome parecia o lugar perfeito para que Miss Marple encontrasse um vigário assassino.

— Vira aqui! — berrou Natalie de repente, e Mary Alice pisou no freio, girando o volante para a esquerda. O portão estava aberto, cada lado preso a um alto pilar de tijolos com um ornamento de pedra no topo. Espessos galhos de hera se entrelaçavam nas barras dos portões, mantendo-os no lugar. Um pilar ainda tinha uma placa de bronze com uma escrita discreta. BENSCOMBE HOUSE. O acesso à casa quase não tinha mais pedriscos, deixando um largo caminho cheio de lama e poças para Mary Alice navegar enquanto aproximava o carro lentamente da casa.

O estilo era vitoriano tardio, inspirado, como nos haviam dito, em Max Gate, a casa de Thomas Hardy. Os tijolos vermelhos já tinham sido acolhedores e aconchegantes. Agora eram apenas austeros e sombrios. O telhado era um pouco inclinado demais; as chaminés, lúgubres.

Mary Alice parou o carro na frente da casa e nós saltamos, fazendo vários ruídos enquanto esticávamos nossas costas doloridas e esfregávamos as pernas adormecidas.

— Não precisamos de uma chave? — perguntou Mary Alice.

Helen estava na frente da porta, olhando em volta com ar desamparado. — Não pensei nisso.

Tentei não lembrar como Helen era detalhista nos velhos tempos. Uma pequena questão como o que faríamos para entrar na casa nunca teria fugido à sua atenção naquela época. Mas a idade e a tristeza eram armas contundentes e a haviam afetado muito. Virei-me para Natalie. — Você quer cuidar da tranca?

— Claro. — Ela pegou uma pedra do acesso à casa e a atirou em uma janela.

— Não era exatamente o que eu queria dizer, mas tudo bem — falei. Ela sorriu enquanto enrolava a mão na manga da roupa e a enfiava pelo vidro quebrado, tateando em busca da tranca. Destravou-a e abriu a janela. — Vou dar a volta e abrir a porta — disse ela, desaparecendo dentro da casa escura.

Quando ela abriu a porta, as dobradiças fizeram um barulho que afugentou os pássaros dos loureiros incultos em volta da escada de entrada. Helen respirou fundo e entrou atrás de Natalie, mas Mary Alice ficou para trás, segurando a minha manga. Ela apontou para as janelas escuras, a tinta dos acabamentos descascando em longas tiras. Através do vidro sujo, eu mal conseguia ver as silhuetas dos móveis cobertos por panos brancos.

— Não parece mal-assombrada? — perguntou.

Respirei fundo e senti o cheiro úmido de degradação e abandono dentro da casa. E mais alguma coisa, muito mais suave, mas ainda presente: o aroma conhecido de cera de abelha e lavanda.

Encolhi os ombros. — Bem, se for mal-assombrada, pelo menos conhecemos o fantasma.

CAPÍTULO 21

ABRIL DE 1980

É uma manhã ensolarada em Roma, e o apartamento em Trastevere está com as janelas escancaradas para a brisa primaveril que sopra do Tibre. Faz um pouco de frio na pequena cozinha, mas o ar fresco é necessário, e Mary Alice está usando luvas enquanto examina seu trabalho manual.

— O que você acha? — pergunta a Billie.

Billie examina as formas de bolos de frutas, tomando cuidado para não tocá-las. — Acho que parecem bolos de frutas.

Mary Alice assou-os, como se fossem bolinhos para chá, em quatro formas, e agora coloca as miniaturas sobre uma grade de resfriamento. Os bolos são escuros por causa do melado e estão cheios de cerejas e damascos secos, cobertos por lascas de amêndoas. Enquanto Billie observa, Mary Alice abre uma garrafa lacrada de uísque do Tennessee e despeja uma quantidade generosa em uma tigela. Perto do seu cotovelo, está um vidrinho com um pó branco. Antes de abri-lo, ela coloca uma máscara sobre a boca e o nariz, gesticulando para que Billie faça o mesmo. A porta que dá para o resto do apartamento está fechada, e as outras sabem que não devem perturbá-las.

O pó branco parece açúcar granulado. Entrou no país em um frasco florido, com uma etiqueta que dizia *Pó Refrescante Íntimo para Senhoras*, no meio do nécessaire de Billie. No aeroporto, ela está preparada para flertar com o fiscal alfandegário, mas ele não abre a sua mala. A ideia de que as quatro deveriam viajar como comissárias de bordo foi de Constance Halliday, e Billie está usando o *tailleur* azul da Pan Am, um pouco justo demais. O fiscal está prestes a convidá-la para sair durante seu pernoite, quando Günther Paar, usando um elegante uniforme de piloto, põe casualmente o braço em volta da cintura dela. O fiscal faz cara de enterro e a manda passar com o veneno.

Eles vão direto para os apartamentos alugados, uma pequena quitinete para Günther e um outro maior para as mulheres. Durante dois dias, dão uma de turistas, indo obedientemente do Coliseu ao Fórum Romano, jogando moedas na Fontana di Trevi e pagando caro demais por macarrão em um café barulhento na Piazza Navona. Tiram fotos iguais às de todos os turistas, posando com a mão dentro da Boca da Verdade ou em ordem de altura nos degraus floridos da Piazza di Spagna. Compram cartões-postais e panos de prato com estampas dos pontos turísticos, e bebem vinho barato de garrafas envoltas em palha trançada.

Mas, na terceira manhã, Mary Alice vai para a cozinha para pôr o plano em ação. Assa os bolos de acordo com as receitas que recebeu e praticou uma dúzia de vezes em preparação para aquele momento. A despensa do apartamento foi abastecida com tudo o que ela precisava — até os ingredientes americanos que tornarão os bolos únicos. Através da máscara, ela não consegue mais sentir o cheiro deles, mas o aroma de especiarias e laranja flutua janela afora e se espalha pela cidade.

Pegando o frasco das mãos de Billie, Mary Alice mistura cuidadosamente o pó na tigela de uísque. Quando os grãos se dissolvem totalmente, ela enche uma seringa e injeta nos bolos o uísque misturado com veneno. Foi ideia de Mary Alice usar tálio, e ela fica satisfeita com a maneira como a substância desaparece tão bem nos bolos. Trata-se de um metal pesado, inodoro e insípido, mas letal se inalado ou absorvido pela pele.

Quando termina de injetar os quatro bolos, ela os embrulha cuidadosamente em papel-manteiga e os deposita em uma caixa de papelão com a logomarca dourada de um convento com uma aparência levemente gótica. Billie liga um ventilador para soprar qualquer exalação residual janela afora, e elas descartam as luvas, embrulhando-as junto com o frasco vazio, a seringa, as formas e as máscaras. O resto do uísque é jogado na pia e a garrafa é acrescentada ao restante do lixo. Tudo cabe direitinho em um só saco de lixo, e não podem restar vestígios de ingredientes americanos naquela pequena cozinha romana.

Com os bolos bem embalados, elas chamam as outras. As quatro estão vestidas de maneira idêntica, com os hábitos simples de uma ordem de freiras que não existe. As roupas são austeras e de um tom cinza-escuro, cobrindo-as das panturrilhas até o pescoço, os pulsos e os colarinhos são brancos. Elas removeram toda a maquiagem, e seus cabelos estão escondidos sob véus cinza-claros. Estão usando meias grossas e escuras e sapatos baixos. Tiraram todas as joias, exceto finos anéis e relógios de pulso com mecanismos caros escondidos em caixas baratas Timex. Não se parecem nem um pouco com o glamouroso quarteto de comissárias de bordo que chegou três dias antes, mas a mudança não é apenas superficial, nas vestimentas e na maquiagem. Elas foram rigidamente instruídas para se apresentarem como humildes Noivas de Cristo. Caminham devagar, os quadris rígidos, os olhos baixos, após terem aprendido a controlar o olhar. Quando Günther chega, vestindo um terno preto com um colarinho clerical branco e uma pequena cruz em uma correntinha, elas estão esperando, de boca fechada e recatadas.

— Vocês quatro estão me matando de medo — diz ele enquanto elas pegam a caixa com os bolos e o seguem porta afora.

Ele está de bom humor, sobretudo porque não tem nada para fazer naquela missão. Está só fazendo número, algo necessário, pois um grupo de freiras em Roma não chama nenhuma atenção, mas um grupo de freiras sob a supervisão de um padre é totalmente invisível. Depois do sucesso da missão francesa, elas ganharam permissão para planejar e levar a cabo aquele trabalho, que exigia uma boa dose de engenhosidade. Cada passo foi revisado e aprovado pelo Conselho Diretor. A única interferência deles foi a adição de Günther, um pequeno incômodo para o quarteto, que esperava completar a missão do início ao fim sem a ajuda de ninguém. Mas o sorriso dele é contagiante e, durante a breve caminhada até a Cidade do Vaticano, ele conta o que vai fazer com o bônus considerável que vai ganhar quando o trabalho estiver terminado.

— Vou tomar as águas de Courtempierre-les-Bains — diz, traçando com as mãos um mapa da Suíça enquanto anda. — Vou depois das férias de Natal, para me desintoxicar completamente para o Ano-Novo. Sempre vou para lá após cada missão. Sou suíço-alemão, então vocês poderiam imaginar que eu iria para Berna, mas não. Sou um devoto de Courtempierre-les-Bains. Nos banhos termais, podemos esquecer os problemas e curar o fígado — diz, listando os vários outros tratamentos com que pretende se regalar. — Massagem, sauna, compressas terapêuticas. Essas missões são muito desgastantes, e o corpo precisa se recuperar.

Günther é bastante educado e razoavelmente bonito, mas sofre de um caso leve de hipocondria, e seu tópico de conversa favorito é o estado do seu sistema digestivo.

— De que tipo de terapia você gosta, Günther? — pergunta Natalie com os olhos arregalados. — Por favor, conte mais sobre as lavagens intestinais.

Helen dá-lhe uma cotovelada nas costelas com força, mas, com o incentivo de Natalie, Günther continua a falar dos próprios intestinos até chegarem na entrada da Praça de São Pedro. Aquela sala de estar a céu aberto projetada por Bernini é impressionante. As longas colunatas se estendem e circundam a praça, cercando os visitantes de uma maneira que deveria fazer com que eles se sentissem acolhidos, mas não é o que acontece. Tudo é amplo demais, grandioso demais, criado para causar admiração. Na entrada, há detectores de metal, mas os guardas mal prestam atenção, acenando para que passem. O pequeno quinteto atravessa a vastidão oval, passa pelo obelisco, rumo à fachada da basílica, que parece um bolo de noiva.

Envolvidos pelas sombras da igreja de mármore, seus olhos demoram um instante para se adaptarem à penumbra. Partículas de poeira nadam nos feixes de luz do sol que filtram pelas janelas da cúpula, e um faxineiro cansado está em pé, de meias, em cima de um altar, empurrando um esfregão apaticamente. Embaixo da bancada de mármore do altar, o corpo de um papa se encontra em um caixão de vidro, as mãos e o rosto de um verde brilhante. Eles param para olhar enquanto o faxineiro limpa o vidro, removendo as impressões digitais dos fiéis. O grupo segue em frente, fazendo uma visita guiada à igreja em sentido horário, observados, mas não lembrados, pela Polícia Vaticana e pelos Guardas Suíços. Misturam-se perfeitamente com todos os outros grupos, as crianças de escola, os turistas, os fiéis em busca de milagres. Não são ninguém em meio à grandiosidade barroca da basílica.

Quando terminam a visita guiada, são onze e quarenta e cinco. Toda terça-feira, exatamente às doze horas, o bispo Timothy Sullivan, da arquidiocese de Boston, passa em frente ao Escritório de Informações Turísticas no lado oeste da Praça de São Pedro. As quatro recatadas freiras e o padre estão reunidos em um pequeno grupo a pouca distância, mas o Guarda Suíço mais próximo não consegue vê-los, pois estão encobertos por um expositor de cartões-postais com um papa sorrindo em Technicolor e cordões de rosários de madeira à venda.

Quando o relógio marca a hora cheia, tocando doze vezes, o bispo surge, seus ralos cabelos penteados sobre o crânio, a batina esvoaçando atrás das suas costas enquanto ele caminha ligeiro. É alto e esbelto, um pouco curvado, e poderia ser facilmente confundido com um acadêmico da Ivy League se não fosse a sua expressão. Exibe um leve sorriso, sua tentativa de ocultar a raiva que fervilha dentro de si o tempo todo. Mas o sorriso nunca alcança os olhos, e ele tem dificuldade em esconder a impaciência quando Mary Alice chama seu nome.

— Sim? — pergunta ele vigorosamente. Seu tom beira a inimizade, mas até uma freira pode ser útil às vezes e, ao se aproximar, ele percebe que aquelas irmãs são jovens e admiravelmente bonitas. Seu sangue esquenta e ele estampa um sorriso nos lábios. Para e espera, as sobrancelhas erguidas em um questionamento cordial.

— Bispo Sullivan! Ah, Vossa Excelência, por favor perdoe a interrupção. Somos da Ordem das Irmãs da Paz, nossa casa capitular localiza-se em Knoxville, Tennessee. Talvez já tenha ouvido falar de nós?

Ele nem se esforça para fingir, mas seu rosto relaxa ainda mais ao ouvir o sotaque sulista nas vogais. — Receio que não — diz gentilmente.

— Estamos aqui em peregrinação — continua ela. — Nossa madre superiora foi colega de escola da sua irmã — apressa-se Mary Alice. — E ela nos deu instruções precisas para que o encontrássemos e lhe déssemos este presente.

O bispo nem se dá ao trabalho de perguntar qual irmã. Ele tem seis, todas católicas devotas, espalhadas desde Boston até Denver. Mary Alice levanta a caixa e ele a pega, seu sorriso cada vez mais profundo.

— Quanta gentileza! — diz ele.

— São bolos de frutas, Vossa Excelência — acrescenta avidamente Natalie. — Nós os fazemos para angariar fundos para a ordem. E todos são aromatizados com uísque do Tennessee.

— Bolos de frutas? — Sua expressão se alegra. — São molhadinhos? Adoro bolos de frutas umedecidos, e aí está uma coisa que os italianos não conseguem acertar.

— Eu prometo — diz Mary Alice com serenidade — que são muito saborosos e molhadinhos.

Àquela altura, sua expressão é quase jovial, e ele olha para Günther por cima das cabeças daquele pequeno rebanho de freiras. — Padre, por que o senhor está viajando com as irmãs?

Günther sorri vagamente. — A Madre Superiora estava preocupada com o fato de as irmãs estarem viajando sozinhas, Vossa Excelência. Elas nunca haviam saído dos Estados Unidos, então me voluntariei para ser seu pastor.

— Bom homem — diz o bispo. Olha para as freiras e vê como elas estão ansiosas, como parecem brilhantes e jovens. Estão pateticamente aflitas, mas ele gosta de sua deferência. É um bálsamo para um ego que foi violentamente ferido nas reuniões matutinas sobre finanças. Os hábitos são umas atrocidades, simples e pesados, mas ele tem olhos treinados e pode perceber que, por baixo daqueles panos, a freira que chamou seu nome tem um corpo exuberante. Então, diz impulsivamente:

— Vocês gostariam de visitar os jardins? Eu poderia mostrar a minha fonte favorita e vocês não teriam de entrar em uma daquelas maçantes visitas guiadas.

Os cinco ficam imóveis por um instante, o que é interpretado pelo bispo como reverência. Na verdade, estão relutantes porque não querem ficar em sua companhia mais do que o necessário. Quando ele morrer, perguntas serão feitas. As câmeras de vídeo serão vasculhadas em busca de imagens. Testemunhas serão interrogadas. E eles não querem nada que os conecte de alguma maneira à sua morte.

— Ah, não queremos causar incômodo! — intervém Helen com uma expressão tão pasma que o bispo não tem como se sentir ofendido.

— Mas — diz Billie hesitante, sua voz quase inaudível em sua humildade —, Vossa Excelência, adoraríamos que o senhor experimentasse o bolo e nos dissesse o que achou. A Madre Superiora vai querer saber.

O bispo abre um sorriso zombeteiro. — Bem, se tem uma pessoa que me amedronta é uma madre superiora — diz ele, abrindo a caixa. Inspeciona o conteúdo com evidente prazer. — Parecem deliciosos. — Pega um dos bolinhos e abre o papel encerado, cheirando-o a fundo. — Posso sentir o aroma de canela… e será que tem cravo também?

Mary Alice assente. — Tem, Vossa Excelência. O senhor tem um ótimo olfato.

Ele fica todo cheio de si e dá uma grande mordida no bolo. Mastiga atentamente antes de dar outra, e termina o bolo antes de falar.

— Podem dizer à Madre Superiora que este é o melhor bolo de frutas que eu já comi. Excepcional, irmãs.

Elas trocam olhares contentes enquanto ele começa a comer o segundo. — Sei que é gula comer todos sozinho — diz ele com a boca cheia de bolo —, mas vou me preocupar com isso na confissão.

Natalie olha para ele com uma expressão de choque. — Ah, não, Vossa Excelência! Foram feitos especialmente para o senhor. A Madre Superiora ficaria muito chateada se achasse que o senhor os deu para alguém.

Ele termina o segundo bolo e fecha a caixa. — Podem dizer à Madre Superiora que isso está fora de cogitação. Estes bolos aqui são meus e vou escondê-los de todo mundo. Na verdade, não vou ter tempo de almoçar hoje, então tenho certeza de que, daqui a uma hora, não vão existir mais.

Todos trocam sorrisos felizes novamente e Günther olha em volta. — Irmãs, estão prontas para irmos embora? Acho que provavelmente roubamos tempo demais de Sua Excelência.

— Claro — diz Mary Alice, baixando os olhos. Elas se alternam murmurando agradecimentos ao bispo, que levanta a mão em uma bênção apressada enquanto elas vão embora.

O bispo abre a caixa e dá uma mordida no terceiro bolo. Três horas vão se passar até seu estômago começar a apresentar cólicas insuportáveis, dando início ao vômito e à diarreia. Quando estiver completamente desidratado e variando, ele dará entrada em um hospital de Roma sob os cuidados de um médico que jamais pensará em fazer um exame para tálio. Se o fizesse, receitaria doses de carvão ativado e azul da Prússia para interromper as cólicas e a perda de cabelos. Mas, como isso não acontece, o bispo vai ficar cada vez mais doente até o coração falhar e ele morrer. O comunicado à imprensa, transmitido por telefone por uma fonte que não é o Vaticano, vai apontar como *causa mortis* câncer de pâncreas. O médico que o trata entende o significado do misterioso depósito em sua conta bancária. Simplesmente assina o atestado de óbito e não faz perguntas. O comunicado à imprensa nunca é corrigido, nem por ele nem pelo Vaticano. Dois anos se passarão até que o colapso de um banco italiano revele a extensão da corrupção nas finanças da Santa Sé, e boatos de lavagem de dinheiro continuarão a correr por décadas. Mas o esquema de um certo bispo para vender para um regime brutal do Sudeste Asiático armas disfarçadas de suprimentos para missionários acabará e uma impetuosa rebelião conseguirá estabelecer uma jovem democracia pela primeira vez.

CAPÍTULO 22

Demoramos a maior parte do primeiro dia para tornar Benscombe habitável. Era desanimador ver o que aquele lugar havia se tornado. Os jardins eram emaranhados confusos, a casa estava tão úmida que folhas do papel de parede se descolavam, e era melhor nem falar do encanamento. Guardamos nossa bagagem na casa, dividindo os quartos menores no andar superior. Ninguém sequer cogitou ocupar o quarto de Constance Halliday. Os frascos de comprimidos da sua última doença ainda se encontravam sobre a mesinha de cabeceira, além do livro que ela estava lendo ao falecer — *103 contos de fadas*, de Angela Carter. Ocupamos duas a duas os quartos menores, retirando as piores teias de aranha e abrindo as janelas para o frio ar invernal.

Após a chegada de Minka e Akiko, fizemos uma viagem a Poole, e fomos à Marks & Spencer, à Boots e a meia dúzia de outras lojas comprar suprimentos para tornar a casa habitável. Comida, lenha, vinho, material de escritório, mais suéteres e meias — empilhamos tudo na traseira dos carros. Varremos os besouros mortos e os ratos mumificados para fora da cozinha e passamos pano no chão até que parasse de ficar grudento. Helen havia descoberto alguns rolos de papel de presente natalino nos fundos de uma loja que vendia tudo por uma libra e prendemos longas tiras com tachinhas sobre o papel de parede descolado, criando uma superfície limpa sobre a qual escrever. Natalie esquentou os empadões de frango e alho-poró enquanto Mary Alice preparava uma salada; depois, nós seis comemos, mais por necessidade de repor as energias do que por prazer. Depois que Minka saiu para jogar videogame e Akiko subiu com Kevin — ainda atordoado pelos tranquilizantes tomados para a viagem —, Helen abriu um conjunto de marcadores também comprados na loja que vendia tudo por uma libra. Eram imitações de produtos da Barbie, com tons fortes e brilhantes das cores do arco-íris. Ela fez listas bem organizadas sob o nome de cada uma de nós, detalhando o que deveríamos pesquisar ou obter, lendo em voz alta enquanto escrevia.

— Akiko e Minka, manter a base de operações e as comunicações — disse, riscando BASE DE OPERAÇÕES E COMUNICAÇÕES da lista. Nat e Mary Alice serviram sorvete de sobremesa.

— Você está escrevendo os itens só para depois riscá-los? — perguntei.

Ela encolheu os ombros. — Não podemos deixar nada ao acaso. Além do mais, sinto-me produtiva riscando os itens. Depois que Kenneth morreu, havia dias em que eu escrevia *SAIR DA CAMA* na minha agenda só para poder ter a sensação de ter feito alguma coisa.

Ela recuou e nós inspecionamos o trabalho dela. Mary Alice e Nat deixaram o sorvete e se juntaram a nós. Todo o plano estava lá, em tinta rosa-choque e brilhante.

— Parece a trama de assassinato do Meu Querido Pônei — disse Mary Alice. — Meu Deus, isso é *glitter*?

— Eu gosto — disse Natalie lealmente.

— Acho difícil nos levar a sério como agentes vingadoras quando o nosso plano parece um projeto de trabalhos manuais do jardim de infância.

Helen tampou o marcador e esticou o braço. — Se você quiser assumir o comando, Mary Alice, fique à vontade — disse ela.

— Estamos cansadas e com *jet lag* — interrompi, pegando o marcador da mão de Helen. — Vamos nos sentar, tomar sorvete, beber vinho e ver se conseguimos encontrar alguma falha nisso — falei, apontando para as anotações embaixo do nome de Günther Paar. Havia muitos detalhes, ao passo que a lista sob o nome THIERRY CARAPAZ era menos abrangente. Sob o nome de Vance Gilchrist, havia um grande espaço em branco.

— O que é isso? — perguntou Mary Alice, olhando para aquele espaço vazio.

— Isso representa o que ainda não sabemos. Vamos chegar lá.

O sorvete ajudou a acalmar os ânimos de todas, mas o trabalho pesado ficou por conta do vinho. Após terminar duas garrafas de um Rioja muito ruim, estávamos nos sentindo bem mais amistosas.

— Nossa, este vinho é horrível — disse Helen, servindo o que restava, e virou a garrafa de cabeça para baixo, procurando alguma gota perdida.

— Está funcionando — concluí.

Natalie pegou a garrafa e olhou o rótulo. — *Monos Muertos*. O que significa?

— Macacos Mortos — respondi, empurrando a minha taça para longe. — Estamos bebendo vinho de macacos mortos.

Natalie deu um grito e soltou a garrafa.

— Não é *feito* de macacos mortos — disse Mary Alice. — É um truque de marketing.

— É nojento — respondeu Natalie.

— Não tão nojento quanto o banheiro lá em cima — declarei. — Vamos precisar dar um jeito naquilo para podermos, pelo menos, tomar um banho sem ter de nos preocupar com tétano, doença de Lyme ou raiva.

— Nada disso existe nas Ilhas Britânicas — disse Helen, suspirando. — Sei que a casa está caindo aos pedaços e é gelada, e tenho noventa por cento de certeza de que há um rato morto embaixo da minha cama lá em cima, mas, mesmo assim, estou feliz por termos voltado. Senti falta deste lugar.

Demos uma olhada na cozinha à nossa volta. Quando estava procurando pratos, Natalie encontrou uma pilha de potes de geleia e prendeu velas em uma dúzia deles. Agrupou-os sobre a lareira, perto de um relógio-cuco agressivamente feio, uma pastora de porcelana com a maioria dos dedos quebrados, o que a deixava fazendo um gesto obsceno com o dedo médio, e uma cesta de novelos de lã encardidos com duas agulhas de crochê de aparência horrorosa. Mas a luz das velas amenizou as paredes rachadas e as janelas sujas, e o fogo que Mary Alice acendeu na lareira aqueceu o cômodo e o tornou quase aconchegante.

Bebendo o resto do vinho, Helen pegou um novo marcador do pacote — verde-limão, com cheiro de melancia — e voltou para a parede. *PROBLEMAS*, escreveu com uma bela caligrafia.

Trabalhamos a noite toda, revisando o plano várias vezes. Günther, graças a Deus, era uma criatura metódica. Sempre fazia uma sessão de desintoxicação em seu spa preferido após as festas. Alguns cliques no website dele e tínhamos todas as informações de que precisávamos, inclusive um mapa da propriedade e uma foto sorridente dos funcionários do spa em aventais pretos — austeros e profissionais.

Quando a alvorada insinuou sua luz acinzentada pelas janelas da cozinha, havíamos terminado. Os detalhes foram traçados na "parede do assassinato", como Natalie a havia apelidado. Recuamos um passo e a inspecionamos, preenchendo várias lacunas e repercorrendo o plano minuciosamente até que tudo fluísse como azeite.

— Caramba — disse Mary Alice, os olhos vasculhando a parede. — Acho que vai funcionar.

— Concordo plenamente. — Sorri para ela.

— Só precisamos decidir quem será a líder — disse Natalie.

Mary Alice levantou a mão. — Eu.

Ela estava com sua expressão de teimosia e entendi por quê. Se ela conseguisse sair e *fazer* algo sobre a situação em que nos encontrávamos, aquilo a ajudaria muito a sentir que estava recuperando a própria vida.

Todas nós assentimos e ela prosseguiu: — Helen, vamos precisar de um outro par de mãos...

— Eu faço — interrompi Mary Alice rapidamente.

Natalie deu sua opinião. — Acho que é a Helen que deve decidir.

— Eu acho que não. Já disse que eu faço — retorqui.

— Meu Deus, o que você tomou no café da manhã? Mingau com fel? — resmungou Natalie.

Helen pôs a mão no braço dela. — Tudo bem. Se Billie quer, pode fazer.

— Eu quero. — Ninguém discutiu. Eu não queria dedurar Helen por ter fraquejado na Jackson Square, mas também não estava disposta a pôr em jogo o sucesso da missão. Ela podia ficar de molho até provar novamente seu valor.

Nosso plano significava que precisávamos sair novamente e fazer muitos preparativos. Comecei com o recipiente que eu havia achado no depósito do jardim — um velho garrafão que alguém devia guardar para fazer sidra ou armazenar vinho. Limpei-o com uma escova de cabo comprido e coloquei um par de luvas de vinil. Enchi o garrafão com água da bica que ficava na parte externa e abri um novo maço de cigarros, partindo os filtros. Usei uma faca para cortar cada um dos cigarros, jogando cuidadosamente o tabaco no garrafão, vendo os flocos marrons esvoaçar até atingir a água. Esvaziar cada cigarro e jogar seu conteúdo no garrafão era estranhamente relaxante. Alguns pássaros mais resistentes cantavam, e o sol invernal tinha a cor de um limão-siciliano pálido. Talvez eu até tenha assobiado alguns acordes de "American Pie" enquanto dava uma boa sacudida naquele lodo dentro do garrafão e o cobria. Coloquei-o sobre o degrau, em uma parte exposta à luz, como se estivesse fazendo chá preparado ao sol. Eu o levaria para dentro da casa ao anoitecer e o colocaria atrás do forno para mantê-lo aquecido, infusionando-o cuidadosamente como chá Earl Grey da melhor qualidade.

Voltei para a cozinha, batendo os pés e soprando os dedos, e encontrei Helen dando uma série de telefonemas.

— O que você está fazendo? — sussurrei.

— Tentamos fazer uma reserva on-line, mas o spa está lotado — murmurou.

Abri a boca, mas ela gesticulou para que eu me calasse, pois aparentemente alguém havia atendido do outro lado da linha. — Sim, é o spa de Courtempierre-les-Bains? — Helen havia adotado um forte sotaque inglês, propositalmente pronunciando errado as palavras francesas como só os aristocratas britânicos conseguem fazer sem ter problemas. — É Lady Henrietta Ridley quem está falando e estou ligando para saber por que não recebi um e-mail de confirmação da minha reserva. Ridley. Riddddddley — disse ela, esticando a sílaba para demonstrar sua insatisfação. — O quê? É claro que tenho certeza. Minha assistente, Cassandra, fez a reserva na semana passada. Pelo que me consta, você é a pessoa com quem ela falou. Por favor, confirme a reserva.

O telefone transmitiu uma série de interjeições rápidas, e Helen atalhou bruscamente. — Meu caro, não invente desculpas. A reserva é para quatro senhoras, eu e três companheiras. Gostaríamos de tomar as águas e talvez fazer um pouco de massagem, só isso. Vamos para *descansar.* Suponho que você consiga providenciar isso? — Mais interjeições. — Sei que é um período do ano movimentado, mas não tenho culpa se você perdeu a reserva. Claro, pois não. Ponha-me em espera — terminou com tom ácido.

— Vamos conseguir quartos ou não? — sibilei. Ela olhou para mim com o cenho franzido e ergueu os ombros. Todo o plano dependia do nosso acesso ao spa. Minka estava sentada na nossa frente com o laptop que compramos para ela em Poole. Gesticulei para que ela puxasse o feed do spa nas mídias sociais. A última postagem era a imagem de uma paisagem nevada com uma piscina termal soltando vapor suavemente sob o céu perfeitamente azul.

Fui passando os comentários — corações, mãos unidas em prece, pequenos emojis com turbantes de toalha — até encontrar o que precisava. *Mal posso esperar para ver vocês na minha despedida de solteira!*, era o que havia escrito Debbi Williams, seguido de um emoji de galinha e outro com olhos em forma de coração. Fui até o perfil dela e encontrei sua localização listada como Cardiff. Mais alguns cliques e vi a foto do noivado, Debbi radiante nos braços de um homem de aparência agradável enquanto mostrava um pequeno e resplandecente diamante para a câmera. Algumas postagens depois, havia uma foto de grupo de Debbi com cinco outras garotas e a legenda *Minhas melhores amigas e damas de honra!* Seis garotas no total, o que significava, pelo menos, dois quartos, provavelmente três. Seria perfeito.

Voltei ao perfil do spa e cliquei no link da bio para ir para o site. Naquele instante, Helen voltou a falar. — Sim, ainda estou aqui e pretendo ficar aqui até você encontrar a minha reserva. — Gesticulei freneticamente para que ela continuasse a ganhar tempo, e ela começou uma educada reclamação enquanto eu continuava a apertar botões até encontrar o link para o número de telefone e ligar.

Gesticulei para ela dizendo que estava tocando, e ela resmungou. — Vá atender a outra linha imediatamente. Não consigo ouvir nem os meus pensamentos. Sim, eu aguardo.

O recepcionista atendeu minha ligação em francês e alemão, mas mudou para inglês imediatamente com voz atribulada.

— Sim, aqui é Debbi Williams, de Cardiff. Tenho uma reserva de alguns quartos para este fim de semana, para uma despedida de solteira. Infelizmente vou precisar cancelar. Não, não tenho o número de confirmação comigo, mas suponho que você possa procurar. Talvez demore alguns minutos... — disse em tom vacilante, mas o recepcionista me interrompeu.

— Nossa política exige o uso do número de confirmação para cancelar uma reserva — começou. Os suíços e suas regras. Revirei os olhos para Helen.

— A culpa não é minha se ele cancelou o casamento — expliquei, deixando que a minha voz se tornasse um soluço. — Tive que avisar todos os nossos amigos, foi muito humilhante, e agora você vai me cobrar uma reserva que eu nem tenho mais condições de pagar porque ele foi embora com todo o dinheiro do nosso casamento...

O recepcionista talvez fosse suíço, mas também era um homem, e nunca conheci um homem que conseguisse lidar com uma mulher em prantos — especialmente com uma cliente irritada na outra linha e alguém lhe entregando de bandeja quartos disponíveis. Ainda gaguejei um pouco e acrescentei mais alguns soluços. — Ele me traiu, sabe? Com a minha irmã. — Funguei. O coitado do recepcionista não tinha nenhuma chance.

— Acho que posso abrir uma exceção desta vez, srta. Williams — disse ele apressadamente.

Comecei a murmurar agradecimentos, mas ele interveio. — Cancelamos a sua reserva. Obrigado e esperamos poder recebê-la no spa de Courtempierre-les-Bains em outra ocasião. — Desligou e voltou imediatamente para Helen. Mesmo abafado, seu tom parecia aliviado, e Helen praticamente ronronou.

— Bem, fico feliz que tudo tenha sido esclarecido. Sim. Vamos nos ver este fim de semana. Dois quartos. E como cortesia uma massagem capilar pelo transtorno causado? Quanta gentileza!

Ela desligou e se virou para mim. — Quem diabos é Debbi Williams?

CAPÍTULO 23

Dois dias depois, meu chá de tabaco estava terminado. Filtrei os sólidos e os enterrei no jardim. O líquido restante era veneno puro. Reunimo-nos em volta da mesa da cozinha, de luvas e com Kevin trancado na despensa para evitar que se matasse. Nós seis trabalhamos lentamente, usando funis de cozinha para verter o líquido turvo em vários frascos de cosméticos. Sabonete para o rosto, tônico, loção adstringente, enxaguante bucal — todos foram enchidos e depois fechados, as tampas lacradas com cera de vela derretida para torná-los à prova de vazamento. Algumas miniaturas de uísque irlandês receberam o mesmo tratamento. Viajaríamos de trem em vez de voar, mas não queríamos correr o risco de chamar atenção na alfândega. Juntas, tínhamos mais do que o suficiente para realizar o trabalho.

Quando terminamos, limpamos a cozinha e despejamos o resto do veneno na pia. Natalie jogou água fervendo no ralo e fez o mesmo com o garrafão, eliminando qualquer rastro do que havíamos feito. Estávamos de malas feitas e prontas, com documentos novos, disfarces e tudo o mais que precisávamos dobrado em uma só mala de mão para cada uma. Enquanto Mary Alice e Akiko se despediam de maneira pomposa, nós desviamos o olhar. Akiko mal havia dito duas palavras desde a nossa chegada na Inglaterra, mas eu esperava que passar um tempinho afastada a ajudaria a aceitar o fato de que aquele era o seu novo normal — pelo menos por um tempo.

Minka nos levou de carro até a estação de trem, onde viajamos em vagões separados até Londres. Fomos para Zurique usando rotas ligeiramente diferentes e nos encontramos na estação ferroviária antes de nos amontoarmos em um carro alugado — Lady Henrietta Ridley jamais pegaria um Uber. Helen assumiu a dianteira, caminhando decidida, enquanto corríamos atrás. Havíamos vasculhado os brechós para encontrar roupas inglesas de tweed, e um conjunto de perucas da empresa que era a fornecedora da Beyoncé deu um jeito nos nossos cabelos. Natalie encontrou um sutiã grande demais que ela encheu com balões de água aninhados em um par de meias e eu coloquei enchimentos em volta dos quadris para sugerir gordura que se acumulara com a idade. Parecíamos uma gangue de garotas que tinha a Rainha como líder, todas usando saltos baixos e ondas discretas nos cabelos. Mary Alice até pôs balas de caramelo na bolsa, que entregava aos carregadores no lugar de gorjetas.

Fizemos o check-in no spa sem nenhum incidente. O recepcionista que Helen havia gentilmente aterrorizado como "Lady Henrietta" não estava em lugar algum. Preenchemos nossas fichas e recebemos as chaves de uma jovem esbelta cujo crachá dizia que se chamava Ji-Woo. Ela nos deu como cortesia copos de água alcalina, e Natalie tropeçou de propósito, derrubando o conteúdo do seu copo no tailleur de Ji-Woo.

— Ah, *sinto* muito — disse Natalie.

Ji-Woo deu um sorrisinho amarelo. — Não tem problema, madame. Se me derem licença, vou trocar a minha blusa.

Nós a dispensamos, dizendo que subiríamos sozinhas. Assim que ela passou pela porta atrás da recepção e desapareceu, Natalie foi rapidamente para o outro lado do balcão e se ajoelhou diante do computador enquanto estudávamos os folhetos dos tratamentos do spa, vigiando o elevador, a entrada principal e a porta do escritório.

— Depressa — murmurou Mary Alice. Natalie se levantou, seus joelhos protestando com um estalo, enquanto eu pegava alguns cartões de visita de Ji-Woo.

— Consegui — disse Natalie. — Ele está no quarto 217.

Pegamos as chaves e os folhetos e nos encaminhamos para os nossos quartos no terceiro andar. Mary Alice e eu ficaríamos em um quarto, Helen e Nat, em outro. Havia uma prática porta de comunicação, que deixamos aberta, e, em uma questão de minutos, estávamos prontas. Cada quarto tinha uma escrivaninha com um robusto portfólio de couro que continha papel timbrado do spa para correspondência. Rabisquei um bilhete endereçado a Günther, explicando que a água seria fechada durante um breve intervalo no dia seguinte e que, como compensação pelo transtorno, eu estava agendando para ele, como cortesia, um banho de argila em seu quarto às dezessete horas naquela tarde. Assinei com o nome de Ji-Woo e coloquei no envelope com um dos cartões de visita dela. Escrevi o nome do destinatário no envelope, tomando cuidado para cortar o sete no número do quarto, como faria uma europeia. Entreguei-o a Natalie, que desceu rapidamente e o deslizou por debaixo da porta antes de voltar às pressas.

Estávamos sentadas na beirada da cama de Helen, esperando, quando ela voltou.

— Ele estava lá? — perguntei.

— Estava, sim. Eu o ouvi roncando como um trem de carga — disse Nat.

— E se ele não acordar em tempo para ver o bilhete? — perguntou Helen. Ela parecia uma criança ansiosa, e Nat a tranquilizou.

— Pensei nisso. Bati à porta para acordá-lo, eu estava escondida na escada quando ouvi a porta se abrir — disse ela, virando-se para mim. — Billie, agora é com você.

Peguei o telefone e digitei o número do quarto dele. Quando ele atendeu, falei rápida e animadamente, usando um sotaque suficientemente vago no meu inglês para que pudesse ser desde sul-africano até letão.

— Sr. Paar? Aqui fala Elsa dos Serviços do Spa. Estou ligando para confirmar seu horário hoje às dezessete horas com Annike para um banho de argila. Sim, é cortesia, foi solicitado por Ji-Woo, da recepção. O banho de argila é um dos nossos serviços mais exclusivos, tem um custo de duzentos e setenta e cinco euros. Não, Annike vai levar tudo. Obrigada, senhor. Seu horário está confirmado.

Olhei para Mary Alice. — É hora do show começar.

CAPÍTULO 24

O relógio marcava cinco para as cinco da tarde quando Mary Alice e eu saímos. Estávamos usando os uniformes pretos simples dos funcionários do spa. A peruca de Mary Alice era branca como gelo e tinha um corte Chanel severamente geométrico; seu rosto havia sido cuidadosamente contornado e o sombreamento deixava suas maçãs do rosto altas e angulosas. Os seios tinham sido achatados, e ela usava óculos com armação de aço. O efeito era austero, com um toque escandinavo e chique. Optei por um coque castanho-escuro com fios grisalhos e enchimentos para as bochechas, tornando meu rosto mais volumoso. Uma fina camada de pó de arroz me dava uma aparência abatida, cansada. O fato de eu estar carregando uma mesa de tratamento dobrável ajudava a passar a impressão de que eu era uma idosa cansada esperando o fim do turno. Mary Alice carregava uma bolsa com os nossos apetrechos. Paramos diante da porta do quarto de Günther e batemos suavemente.

Ele abriu a porta de imediato e eu abaixei a cabeça para esconder a minha surpresa. Eu não o teria reconhecido se ele tivesse aparecido na minha frente na rua e me dado um tapa na cara. Fazia mais de quinze anos desde o nosso último encontro, e, apesar da sua obsessão por saúde, sua aparência era péssima. Ele estava acima do peso, o que talvez caísse bem em alguém mais alegre, mas, no seu caso, parecia apenas inchaço. Sua pele tinha manchas e seu rosto, olheiras profundas. Estava usando um dos roupões do spa um pouco aberto, mostrando um peito cheio de pelos brancos. Os pés descalços mostravam unhas grossas e amareladas, e, quando sorriu, vi que seus dentes estavam da mesma cor.

— Boa tarde, sou Annike — disse Mary Alice com voz entrecortada. — Está pronto para o tratamento?

— Sim, sim — respondeu, recuando um passo e acenando para que entrássemos. — É cortesia, certo?

— A não ser pela gorjeta — completei. Mary Alice teria me chutado se estivesse mais perto, mas simplesmente gesticulou para que eu montasse a mesa. — Minha assistente vai me ajudar a preparar tudo. O senhor está nu? — perguntou ela, apontando para a parte central do seu corpo.

— Estou — respondeu, segurando o cinto do roupão.

— Quando a mesa estiver pronta, o senhor vai se deitar de bruços embaixo do lençol — orientou ela. — Vamos preparar a argila no banheiro.

Ele assentiu e travei rapidamente as pernas da mesa de tratamento, cobrindo-a com uma manta dobrada e um lençol. Depois, estiquei camadas de película plástica, do tipo que os serviços de banquete usam para os alimentos. Entrei no banheiro após Mary Alice e tiramos um balde da bolsa. Estava cheio de argila verde-escura em pó, pronta para ser misturada. Abri a torneira para que ele ouvisse a água jorrando enquanto calçávamos as luvas e púnhamos protetores de nariz como os usados por nadadores. Não eram tão bons quanto respiradores, mas evitariam que inalássemos a pior parte da nicotina. Despejei lentamente o veneno, deixando que Mary Alice o misturasse com uma colher de madeira até formar uma pasta grossa e macia. Despejei meia garrafa de óleo de lavanda para mascarar o cheiro, e estávamos prontas.

Tiramos os protetores de nariz e carregamos o balde para o quarto, onde Günther relaxava embaixo do lençol. Dava para ver sua nuca e, quando Mary Alice puxou o lençol, lá estava ele em todo o seu esplendor, encaroçado e manchado. Alguns homens envelhecem bem, mas Günther não era um deles. Começamos a retirar a argila do balde e espalhá-la pelas suas costas, lambuzando-o como se estivéssemos temperando um assado de domingo.

— Que cheiro estranho — disse ele, sua voz abafada pela mesa de tratamento.

— Uma nova mistura — informou suavemente Mary Alice.

— Só para VIPs. Talvez ponhamos na lista de tratamentos do spa, ou não — acrescentei.

Trabalhamos rápido, colocando cada vez mais argila até a parte posterior do seu corpo estar coberta do pescoço aos pés. — Vire-se — instruiu Mary Alice. Ele teve dificuldade para se virar, mas Mary Alice o ajudou. Prendeu o lençol discretamente em volta da sua virilha enquanto trabalhávamos, enlameando suas pernas e tronco, e terminando nos braços. Quando acabamos de aplicar a argila, dobramos a película plástica e a colocamos em cima dos seus pés, enrolando-a por baixo do seu corpo de maneira que ficasse bem apertada, como se fosse um *burrito*.

Ele abriu os olhos. — Quanto tempo dura o tratamento?

Mary Alice consultou o relógio.

— Trinta minutos. Voltaremos então para ver como o senhor está.

Mas não fizemos menção de ir embora, e ele virou a cabeça, seus olhos piscando confusos.

— Esperem, não estou me sentindo bem. Meu coração — disse ele. — Está batendo muito depressa.

— Isso é a nicotina — disse Mary Alice com a própria voz.

Ele piscou várias vezes novamente. — O quê...? — Sua voz estava grossa e arrastada. Com um brilho passageiro nos olhos ao nos reconhecer, ele gemeu, finalmente entendendo o que se passava.

— A nicotina — comecei. — Está na argila, e nós lambuzamos todo o seu corpo com ela. É um dos venenos transdérmicos, como você sabe. Quer dizer, a melhor maneira para administrá-la é através da mucosa bucal ou do reto, mas pra que tanto trabalho se um adulto tem em média quase dois metros quadrados de pele e cada poro está bem ali, pronto pra ser usado? Você provavelmente já está ficando tonto. Não se preocupe. Isso só quer dizer que está funcionando.

Ele abriu a boca — para gritar, acho eu —, mas tudo o que conseguiu produzir foi um gemido gutural. Fui até a escrivaninha, onde havia uma tigela de maçãs, e tirei a luva para escolher uma. Esfreguei-a no uniforme e dei uma mordida. Fresca e crocante como neve recente. Comi até chegar ao caroço enquanto Günther continuava a se esforçar para respirar.

— Por quê? — Ele conseguiu arquejar uma vez.

— Você sabe por quê — respondeu Mary Alice. — Você ordenou a nossa eliminação.

— Fui obrigado — arfou. — Vance...

— Não se preocupe — informei alegremente. — Também vamos cuidar dele.

Mary Alice consultou novamente o relógio. — Está demorando demais. O veneno que você preparou está suficientemente forte? — perguntou, franzindo a testa.

— Sim, Mary Alice. Pelo menos, acho que sim. Eu não tinha um laboratório à disposição, lembra? Estamos fazendo tudo à moda antiga, correto? Baixo e sujo. Fiz o melhor que podia. — Não mencionei o fato de que ela geralmente era a nossa expert em venenos, mas por ora estava preocupada demais com seus problemas conjugais para ajudar.

— Bem, talvez tenhamos que apressar um pouco as coisas — sugeriu. — Temos que pegar o trem e ainda precisamos limpá-lo.

Günther emitiu um gemido, seguido de um pio, mas continuava a respirar, então coloquei o caroço da maçã no meu bolso. — Tudo bem. Vamos tirar no par ou ímpar.

Ela suspirou e cada uma cerrou o punho. — Um, dois, três, já.

Esticamos as mãos e Mary Alice sorriu. — Par. Você perdeu. Acabe com ele.

Ele se sacudiu um pouco nesse momento, embora eu achasse que já não conseguisse mais escutar. Peguei mais um pedaço de película plástica e o segurei com força em cima do seu rosto. Não demorou muito. Quando acabou, retirei o plástico e coloquei-o no bolso com o caroço da maçã. Juntas nós o desenrolamos e carregamos até o chuveiro, usando buchas para retirar a argila. Seu rosto tinha algumas manchas avermelhadas — petéquias, clássico sintoma de asfixia.

— Isso não faz parte do plano — apontou Mary Alice amargamente.

— Deixa comigo — respondi. Nós o secamos e o pusemos na cama antes de limpar o banheiro e remover todos os vestígios de argila. Tudo — lençóis, buchas, película plástica, luvas, recipientes para argila e veneno — foi colocado em um saco de lixo. Encontrei o bilhete de Ji-Woo e acrescentei ao resto antes de amarrar bem o saco.

Como toque final, peguei outra maçã com a bainha da blusa. Pus na mão dele, apertando com força para marcá-la bem com as suas digitais. Depois levei-a até sua boca, manipulando sua mandíbula para que desse uma mordida forte, deixando as marcas dos dentes. Foram necessárias algumas manobras para empurrar o pedaço goela abaixo, mas foi um belo toque final. À primeira vista, qualquer um pensaria que ele havia morrido de um ataque cardíaco, mas, olhando com mais atenção, presumiria que ele havia se engasgado — o que condizia com a pequena quantidade de petéquias.

— Pronto — comuniquei a Mary Alice. Ela revirou os olhos e deu uma última examinada no quarto.

— São 18h04. Nada mau para duas velhotas — concluí com um sorriso. Deixamos a mesa de tratamento na escada — algum pobre funcionário do spa provavelmente levaria uma bronca por causa disso, mas era melhor do que carregá-la. De volta aos nossos quartos, trocamos de roupa e guardamos nossos uniformes pretos e perucas. Vestimos novamente as roupas com as quais havíamos viajado e descemos com as nossas bagagens.

Uma garota com uma franja pesada discutia chorosa com Ji-Woo. — Mas eu não cancelei, é a minha despedida de solteira! Como assim vocês não têm mais nenhum quarto vago?

Com o maxilar tensionado, Ji-Woo tentava acalmar a garota, que estava cercada de um grupo de damas de honra que pareciam chateadas.

Helen passou no meio delas e jogou as chaves na recepção. — Receio que os quartos não tenham nos agradado — disse ela pomposamente. — Por favor, providencie um táxi. Nós vamos embora.

Ji-Woo estalou os dedos para que um carregador chamasse um táxi e se virou para a noiva em prantos. — Boas novas, srta. Williams. Dois quartos vagaram repentinamente.

As damas de honra comemoraram, e partimos enquanto anoitecia. Natalie carregava o saco de lixo na mala, então o jogamos no primeiro latão que vimos na estação. Pegamos o primeiro trem para Genebra, onde havíamos reservado quartos em um hotel pequeno e discreto e uma mesa na Taverne du Valais, para jantar *charbonnade* e tomar vinho tinto. Brindamos nosso sucesso com uma taça para cada uma e nos recolhemos à meia-noite. Às sete da manhã seguinte, estávamos em um trem para a Inglaterra via Amsterdã.

Um já solucionado. Dois por resolver.

CAPÍTULO 25

JULHO DE 1981

— Zanzibar — diz Mary Alice, deixando a respiração suspensa na última sílaba. — Já pensou? Nunca ouvi nada mais romântico na minha vida.

— Romântico? Nós vamos matar uma idosa — lembra Billie a Mary Alice, mas ela está sorrindo. É a primeira vez que vão trabalhar juntas desde o assassinato do bispo em Roma quinze meses atrás, e essa reunião delas está causando uma sensação agradável, mesmo relegadas a funções de apoio. Vão dar suporte a Vance Gilchrist e Thierry Carapaz, um francês que conheceram no aeroporto em Londres. Carapaz carregava os documentos que as identificavam como um grupo de estudantes de pós-graduação em arqueologia, que estavam escavando ruínas de uma antiga plantação de cravo-da-índia em Zanzibar. A plantação fica ao lado da casa do alvo — a baronesa Elisabeth von Waldenheim, uma proeminente nazista cujo paradeiro ficou desconhecido por quase quarenta anos.

Mas o Departamento de Proveniência trabalhou bem, identificando sem sombra de dúvida a baronesa reclusa por meio da cabeleireira que vai lavar e arrumar seus cabelos uma vez por semana. A baronesa vive com a sua coleção de arte e dois empregados que a servem desde a época em que fazia parte do círculo íntimo do Führer. A coleção de arte — peças roubadas com a ajuda de Hermann Göring — deve ser salva; os empregados, não. O dossiê preparado pelo Departamento de Proveniência é minucioso, e a culpa dos Volkmar nunca é questionada. Seus crimes, e os da baronesa, são extensamente detalhados. Incluídos no dossiê estão mapas da casa e do terreno e fotografias dos alvos e da coleção de arte.

Uma fotografia em especial chamou a atenção de Billie. É de má qualidade, em preto e branco e borrada — sem dúvida, foi fotocopiada quatro ou cinco vezes — e, à sua volta, está escrito *O Despertar da Rainha de Sabá, de Sofonisba Anguissola.*

As anotações dizem que a fotografia foi tirada em 1931, a última imagem conhecida do quadro. O tema era comum na arte renascentista e barroca. Claude Lorrain, Tintoretto, Lavinia Fontana — todos pintaram a Rainha de Sabá trajando roupas elaboradas da própria época, ricos brocados e veludos pesados testemunhando sua lendária riqueza enquanto ela faz sua primeira aparição na corte do rei Salomão.

Mas Anguissola fez uma escolha diferente. Billie percebe que, para começo de conversa, ela pintou uma mulher de pele escura. Se os outros artistas optaram por pintar a rainha com as elegantes tranças louras do ideal renascentista, Anguissola a retrata como ela havia sido: uma rainha africana. E, enquanto os outros a pintaram sendo recebida com fanfarra e cerimônias luxuosas na corte de Salomão, Anguissola optou por retratá-la levantando-se da cama após sua tempestuosa noite com o rei, segurando um lençol branco que contrasta com a sua pele. Suas mãos e pulsos estão cobertos de joias maravilhosas, rubis e esmeraldas, Billie imagina, embora seja impossível saber a partir da reprodução em preto e branco. Uma enorme pérola pende de uma minúscula corrente entrelaçada em seus cachos, voluptuosamente apoiada em sua testa. Há uma sabedoria em seus olhos que diz que ela entende e sabe que você também entende. Atrás dela está uma cama majestosa, dourada e coberta de veludos drapeados. E, em meio às roupas de cama desarrumadas, é possível entrever a coxa nua de um homem adormecido; espalhados pelo chão estão seus exuberantes mantos e pedaços da sua armadura tirada apressadamente. As pálpebras semicerradas da rainha dizem tudo. Ela não dormiu porque estava ocupada demais conquistando o rei. O quadro é sensual e, ao mesmo tempo, doméstico, um momento íntimo de pessoas importantes, e Billie está feliz por seu trabalho ajudar a devolver o quadro aos legítimos donos.

Ela não pensa na baronesa nem nos Volkmar durante os preparativos. Eles vão acampar na plantação de cravo-da-índia, nas ruínas da casa do feitor, planejando usar as celas de punição subterrâneas para acessar um túnel que vai da casa-grande até a área onde uma vez ficava a senzala dos escravizados que trabalhavam na fazenda. Vance explicou que o proprietário original, não querendo que seus jardins fossem estragados pelo vaivém dos trabalhadores, ordenou que o túnel fosse escavado para mantê-los fora de vista. Faz décadas que o túnel não é usado, mas eles terão uma semana para reforçá-lo e vigiar a baronesa. Carapaz vai se ocupar da eliminação dos Volkmar enquanto Vance reservou a baronesa para si. Ela é a primeira nazista na mira do Museu depois de mais de uma década, e sua eliminação vai garantir que ele seja promovido. Dinheiro, status — isso é importante para Vance, mas nada se compara a entrar para a história do Museu como um matador de nazistas. Esse é o motivo para a existência do Museu, e o fato de ele ter sido escolhido para liderar a missão é uma demonstração de confiança do Conselho. As mulheres estão ali para dar credibilidade ao disfarce de uma expedição de estudantes e para recuperar os quadros, nada mais.

Suas bolsas e mochilas estão cheias de roupas insignificantes de lojas de caridade, maçantes textos de referência de editoras universitárias — comprados novos, mas cuidadosamente envelhecidos — e ferramentas de escavação. Nada de armas, bebidas alcoólicas ou comprimidos. Até o exemplar de *Luxúria*, de Judith Kranz, foi entregue. Zanzibar é um país muçulmano, e eles não querem chamar a atenção das autoridades.

Estão viajando de forma econômica, como faria um grupo acadêmico com verba limitada. As passagens foram compradas em agências barateiras, e o itinerário os levou até Nápoles, onde fizeram conexão para o Cairo e, depois, Mombasa, antes de tomarem um ônibus até Dar es Salaam e uma balsa até Zanzibar. Quando chegaram, pareciam estudantes universitários, amarrotados, empoeirados e malcheirosos. Mas o ar marinho é fresco e eles têm uma reserva para uma noite em um albergue em Stone Town antes de irem acampar. Em sua dupla função de líder da missão e supervisor das escavações, Vance concede aos outros algumas horas para bancarem turistas. Exploram os mercados de Zanzibar e admiram as portas guzerates espalhadas pela cidade, esculpidas em teca e muito enfeitadas com ornamentos de latão. Tiram fotos da Casa das Maravilhas e pechincham mal o preço dos suvenires, voltando com sandálias de couro e sarongues. Mary Alice compra um punhado de pulseiras com contas coloridas, uma para cada um deles, e ajuda Vance a encontrar um presente para sua noiva — uma minúscula safira em forma de estrela em uma correntinha.

Na manhã seguinte, eles se levantam e fazem as malas antes do primeiro chamado para as orações. O percurso até a ex-plantação de cravo-da-índia onde ficarão baseados demora duas horas, a última meia hora em estradas sacolejantes e esburacadas que serpenteiam rumo ao norte e ao leste, afastando-se do litoral e adentrando o interior da ilha. Montam o acampamento com a facilidade de quem tem experiência, erguendo três barracas — deles, delas e da bagunça. Armam um equipamento de vigilância e escavam alguns fossos de teste, demarcando-os cuidadosamente com fita, caso alguém apareça por acaso.

Os dias se arrastam, longos e impiedosamente quentes. Estão cansados por causa da espera, da atividade intermitente e dos animais. Carapaz leu a respeito, tendo grande prazer em detalhar todas as coisas que uma aranha-corredora-noturna ou um escorpião-de-pinças-vermelhas pode fazer.

— Dá pra calar a boca? — pergunta Natalie durante o jantar na terceira noite.

— Deixa disso — diz ele, cutucando suas costelas com o cotovelo. — Você não quer saber da aranha-babuíno? E do marimbondo-tapa-goela? Sabia que é a picada mais dolorosa de todos os insetos, com exceção da picada da formiga-cabo--verde?

Natalie joga o resto da comida na fogueira e sai batendo pé. Estão ficando irritados um com o outro, cansados do banheiro nas moitas e das noites de sono intermitente. E o pior de tudo é a espera infinita, as horas futucando desinteressadamente os fossos, fingindo que estão escavando. Observam como quem não quer nada os Volkmar circulando pela propriedade, o velho podando sem muita vontade um tufo de lírio-do-brejo, a mulher pendurando roupa em um varal arqueado.

Uma noite, Billie sai da barraca da bagunça e respira fundo. O ar em Zanzibar tem um cheiro diferente de qualquer outro lugar. A pungente fragrância vegetal das especiarias ainda verdes, a maresia… E sobretudo outra coisa, o leve aroma de cigarro. Ela segue o cheiro até um grupo de bananeiras e abre as folhas. Não está distante da varanda da baronesa, uns vinte metros talvez. E consegue enxergar a velha sentada na penumbra, encolhida em uma cadeira de rodas. Alguém a levou para fora para assistir ao pôr do sol ou talvez para manter o fedor dos seus cigarros fora da casa.

Enquanto ela observa, a mulher do cuidador sai da casa. Frau Volkmar abana a mão e diz algo em alemão. Não é o alemão do norte que Billie conhece, mas um dialeto austríaco, e soa irritado. Ela empurra a velha para a frente, afofando um travesseiro antes de colocá-lo de volta no lugar e sair disparando algumas outras palavras por cima do ombro.

A baronesa não reage. Simplesmente permanece sentada, fumando, as cinzas caindo em sua camisola. Ela já foi bonita um dia. O dossiê tem uma foto de estúdio dela, cabelos louros penteados para trás e presos por uma presilha de diamantes no formato da águia do partido. Sua expressão é de pura satisfação. Ela sabe exatamente quem é e o que quer. A foto foi tirada no auge do seu poder, embora ela não saiba disso.

É difícil reconciliar aquela mulher com a figura diminuta encolhida na cadeira de rodas. Nem sempre ela se lembra de tirar o cigarro da boca para bater a cinza, mas, quando isso acontece, um pequeno fio de baba prateado se estende em seu lábio, e Billie quase sente pena.

Quase. Ela vê a falta de dignidade da velhice, como a vida vai se tornando muito pequena até não restar mais traço algum de independência, poder, beleza e liberdade, apenas uma carcaça que depende dos outros para tudo. É terrível testemunhar aquilo, mas é a vida *dela*, Billie reflete. Seja como for, aquela vida foi vivida. E foi algo que a baronesa tirou dos outros quando teve oportunidade.

A baronesa levanta lentamente seus velhos olhos de lagarta para Billie, e os olhares das duas se cruzam sobre aquele trecho de gramado. Ela pode gritar ou ficar agitada, e a respiração de Billie para no peito.

Mas a baronesa nada faz. Simplesmente fica sentada e joga cinza no próprio colo, olhando para a figura que ela deduz ser um fantasma no meio do tufo de bananeiras. Os fantasmas são muitos agora, vão e vêm, fazendo-a lembrar-se do que deveria ser esquecido. Ela nem sequer reconhece aquele ali. É uma garota dos campos de concentração? Uma daquelas que entrou em um vagão de carga e nunca mais voltou?

A baronesa não sabe e mal se importa. Para ela, passado e presente são a mesma coisa. Odeia pessoas que estão mortas há sessenta anos e se esquece da garota que corta seus cabelos. Talvez seja ela em pé entre as bananeiras, a garota que vem uma vez por mês com suas tesouras afiadas e brilhantes e apara as finas mechas na sua cabeça. Ela acha que não está na hora do corte de cabelo, mas talvez esteja enganada. Vira-se e fuma novamente, e quando volta a olhar, a garota sumiu.

Billie recua, encoberta pelas folhas das bananeiras, e vai embora, sua ansiedade aumentando.

A baronesa vai morrer naquela noite.

Em algum momento depois da meia-noite, Thierry Carapaz, que saiu à tarde, volta com um furgão enferrujado e remendado, com uma logomarca desbotada de uma marca de café da Tanzânia. Alugou-o com um pequeno bolo de cédulas gastas de três moedas diferentes. Sua barba cresceu, grossa e escura, e ele poderia ser facilmente confundido com um local. Há uma lenda em Zanzibar de um príncipe persa que se casou com uma princesa suaíle, e dessa união nasceu o povo shirazi, mercadores que habitam as ilhas do Oceano Índico. As praias são de fina areia branca, macia como talco sob os pés, e a água é de um azul-turquesa radiante. Em alguns meses, quando a notícia do que ele está prestes a fazer tiver desvanecido e se tornado uma lembrança, ele voltará para fazer mergulho com snorkel no litoral oriental e passar as noites com jovens turistas. As mulheres locais são mais bonitas, mas ele já teve de fugir de vários pais e irmãos irados. Em vez disso, ele vai tentar a sorte com as modelos que irão até lá para fotografar catálogos nas praias. Elas vão desamarrar os biquínis e abrir os frascos de cocaína para ele, que vai ficar muito feliz até ser convocado para novo trabalho. Carapaz não é como Vance Gilchrist ou as quatro mulheres. Ele não mata porque tem talento para isso; ele mata porque se paga bem e porque tem um plano que lhe permitirá subir na organização e viver em meio a um luxo que seus pais só poderiam ter alcançado em sonho.

Ele freia o furgão perto do tufo de bananeiras, certificando-se de que não é possível vê-lo da casa da baronesa, caso alguém resolva olhar naquela direção. Mas a casa está envolta pela escuridão, e ele imagina que pode ouvir o sono irregular e agitado dos velhos lá dentro.

Quando Billie se aproxima, ele está em pé ao lado do furgão, segurando um cigarro apagado. Gesticula pedindo um isqueiro, mas Billie simplesmente encolhe os ombros e ele guarda o cigarro no bolso. Ela se encosta no furgão, as mãos dentro dos bolsos.

— Se você veio atrás de uma trepada, vai ter que esperar até que a missão esteja encerrada. — Sua voz é um sussurro, tão baixa que não ultrapassa as bananeiras. A risada que ela solta como resposta poderia ser confundida com o canto de um pássaro que acordou assustado.

— Caramba, você tem uma opinião muito alta de si mesmo.

Ele encosta no furgão perto dela. Billie não está totalmente relaxada, nunca aprendeu a baixar completamente a guarda, mas ele não se mexe para tocá-la.

— Tenho um bom histórico — diz ele.

— Aposto que sim. Vance me mandou ver se havia algum problema.

— Diga para o Vance que ele não é minha babá. Se houvesse algum problema, eu teria dado conta.

— Se você quer competir com Vance para ver quem tem o pau maior, vai ter que falar diretamente com ele. Eu é que não vou dizer a ele nada do gênero.

É a vez dele de rir. — Você é uma mulher durona, Billie.

— A gentileza é superestimada.

— Não no lugar de onde eu venho.

Ela faz uma pausa, e eles ficam ouvindo por um instante os sons da noite — pássaros, vento nas bananeiras e, ao longe, o pequeno e leve gemido de um motor sobre o oceano. Um pescador partindo para a sua pescaria noturna.

— De onde você é?

Ele encolhe os ombros. — Daqui e dali.

Ela não reage, e ele sente o peso do seu silêncio até não aguentar mais. — França. Borgonha, para ser preciso. Minha mãe era argelina e meu pai, espanhol, das Baleares. Por isso eu gosto de ilhas — diz ele. — Está no meu sangue.

— "Era"? Seus pais morreram?

— Sim. Antes de eu entrar para o Museu.

— Então você cresceu na Borgonha?

Ele faz um gesto impaciente. — Você faz muitas perguntas.

— Tenho curiosidade sobre as pessoas.

— Sim, cresci na Borgonha. Em uma vinícola. Não comece a fantasiar, não era da minha família. Meus pais trabalhavam para os donos. *Maman* esfregava o chão e lavava a roupa. Meu pai trabalhava no vinhedo, borrifando nas parreiras alguma porcaria tóxica que acabou por matá-lo. Foi uma morte lenta e feia. O câncer de *maman* foi rápido. — Ele fez uma pausa e olhou atentamente para Billie. — Você não parece ter ficado triste por mim. Geralmente, quando conto a minha história trágica, a esta altura, as garotas já estão desabotoando a blusa.

— Eu tenho as minhas próprias histórias tristes — diz ela.

— Conte pra mim e talvez eu desabotoe a minha camisa — oferece ele.

Ela sorri. — Você me agrada mais do que eu gostaria, mas nem de longe tanto quanto você acredita.

— Está certo. — Ele faz uma pausa e inclina a cabeça, estudando o rosto dela na fraca luz das estrelas. — Então, o que você quer deste trabalho, garota americana?

— Bem, eu gosto de viajar e a grana é boa.

Ele assente e ela devolve a pergunta. — O que você quer deste trabalho, garoto francês?

— Dinheiro. Garotas. Um carro legal. E uma casa, um sobrado em Paris. Até já sei qual. — Billie ergue a sobrancelha e ele prossegue. — A família da Borgonha, aquela para a qual meus pais trabalhavam, era dona desse tal sobrado. Tipo trezentos anos com os mesmos babacas morando lá, dando ordens pra todo mundo. Agora está abandonado. Mas, um dia, vou ter dinheiro suficiente para comprá-lo. — Ele para e inclina a cabeça. — Então, como eles acharam você?

Ela conta, revelando apenas o mínimo sobre sua prisão por agressão, e ele sorri novamente. — O mesmo aqui. Só que eu tinha dezoito anos e foi por incêndio criminoso. Foi por isso que o Museu decidiu que eu deveria me especializar em incêndios.

— O que você queimou?

— O vinhedo onde meu pai trabalhava.

— Meu Deus!

— E a casa. Com a família dentro. Por isso o sobrado em Paris está abandonado.

— Eles morreram?

— Todos. Inclusive o cachorro.

Ele olha o relógio e se afasta do furgão. — Vamos. Está na hora.

CAPÍTULO 26

— Tudo bem, tivemos sorte em encontrar Günther. Alguma sugestão sobre como encontrar Carapaz? — Helen lançou a pergunta para a mesa.

Akiko estava lutando com o fogão em Benscombe, preparando o jantar enquanto Minka, sentada em um banco, fingia ajudar. Nós outras estávamos lançando ideias, mas nenhuma parecia muito boa. Carapaz gostava de mulheres e vinho, mas isso não ajudava muito. Os endereços dos membros do Conselho do Museu não eram publicados na lista telefônica.

— Vamos começar pelo que sabemos — disse Mary Alice sensatamente. — Ele mora em Paris.

— Três milhões de pessoas em cem quilômetros quadrados. Isso já reduz as possibilidades — disse Natalie.

Mary Alice abriu um sorrisinho. — Trate de ser construtiva, senão vou grampear seus lábios. Pra mim, tanto faz.

Natalie pôs a língua para fora, mas falei antes que ela pudesse piorar as coisas.

— Ele sempre quis comprar uma casa em Paris, uma casa específica, quero dizer. Pertencia aos donos da propriedade em que seus pais trabalhavam.

Helen se animou. — Isso pode ajudar. Qual era o nome deles?

Levantei os ombros e olhei em volta da mesa. Ninguém sabia, então apontei para o laptop. — Os pais dele morreram na Borgonha. Não acho que o nome Carapaz seja comum por lá. Acho que é de origem espanhola.

Mary Alice suspirou e pegou o laptop. Deu alguns cliques por um tempo, murmurando para si mesma, até Minka ficar com pena dela. Ouvimos os sons de algumas teclas sendo pressionadas e, de repente, a impressora barata no canto da sala começou a cuspir páginas. Estavam um pouco borradas, e o francês era provinciano, mas consegui traduzir facilmente.

— É um aviso de falecimento do pai. Indica como endereço Château d'Archambeau, na Borgonha — apontei para Minka. — Agora encontre uma propriedade em Paris pertencente à mesma família. Comece pelo 7º *arrondissement*.

Ela trabalhava com uma das mãos e comia *shepherd's pie* com a outra. Quando demos fim à última migalha do *crumble* de maçã, ela a encontrou. Não abriu a boca, simplesmente imprimiu as informações com um mapa dos bairros de Paris e jogou no meu prato vazio.

— Na verdade, fica no 15º — disse com um sorriso. Apontou onde o 15º *arrondissement* se abria em forma de U, com o 7º de um lado, o 6º do outro e o 14º no último. — Perto do cemitério de Montparnasse. Propriedade da família Archambeau até 2008. Depois foi vendida para uma holding privada com sede no Panamá.

— Carapaz — deduziu Mary Alice.

— Muito provavelmente — concordou Natalie. — Ele se tornou diretor naquele ano, o que foi acompanhado de um bônus polpudo. Àquela altura, pôde bancar a propriedade.

— E nenhum diretor teria comprado no próprio nome — acrescentou Helen. — Uma holding é bastante convincente.

Virei-me para Minka. — Veja se você consegue encontrar mais alguma coisa sobre esse endereço em algum banco de dados. Estamos procurando uma ligação com o nome de Carapaz.

Ela assentiu e curvou-se novamente sobre o laptop. Tiramos a mesa e fomos cuidar da própria vida. Eu sabia que não deveria pressioná-la enquanto ela trabalhava. Minka demorou três horas, mas, quando estávamos prontas para irmos nos deitar, ela conseguiu.

Entregou-me uma página impressa e analisei as linhas densas com Nat lendo por cima do meu ombro. — O que é isso? Parece uma sala de bate-papo.

Apontei para o mapa que Minka havia me fornecido, com a casa d'Archambeau marcada com um círculo vermelho. — É um fórum de mensagens para pessoas que moram no bairro, mas parece ser voltado para estrangeiros. Todos estão reclamando dos vizinhos franceses. — Varri o texto até encontrar a linha relevante. — Aqui está, uma mulher reclamando do vizinho de porta, um tal *Monsieur* Carapaz, que põe comida para os gatos de rua. Eles entram no jardim, e ela culpa Carapaz.

Natalie tocou na linha de assinatura da mulher. — Ela mora no número vinte. Qual é o número da casa d'Archambeau?

Sorri. — Vinte e dois. Nós o achamos.

CAPÍTULO 27

Passamos o resto da noite examinando vários impressos. Encontramos mapas detalhados da área, baixamos de um livro fora de catálogo sobre a arquitetura parisiense uma breve história da casa, e demos um passeio via Google Maps pela Rue d'Archambeau, um minúsculo beco sem saída com entrada pela Avenue du Maine. Foi Mary Alice a primeira a notar o problema.

— A entrada da rua sem saída fica ao lado da estação de trem — disse ela.

Helen ergueu as sobrancelhas. — E daí?

— Daí que essa é uma estação de TGV, trens de alta velocidade de última geração. Vai estar repleta de câmeras de tv de circuito fechado.

Helen estava cética. — Você realmente acha que Carapaz fez alguém penetrar no sistema de câmeras de segurança pública para ele?

— Ele não precisa — disse Mary Alice. Ela estava revisando o percurso no Google Earth e parou, apontando para um pequeno ponto preto acima da porta dele. — Ele tem suas próprias câmeras. — Ela deu um giro em volta da casa, olhando-a de todos os ângulos, depois passou para o outro lado da rua para ver a casa do vizinho. — Dezessete câmeras. Pelo menos dezessete é o que consigo ver. Bem, algumas podem ser fictícias, colocadas ali só para assustar, mas pelo menos um punhado delas estará funcionando e sendo monitorada, especialmente agora que Günther morreu.

Natalie tinha ficado calada, examinando o velho mapa de Paris que havia encontrado no estúdio de Constance Halliday. — O que você está fazendo com isso? — perguntei. — Não está atualizado. Não tem nenhum Starbucks.

Ela sorriu. — Não, mas tem exatamente o que eu precisava. Sei como entrar.

Mary Alice olhou para ela. — Criando asas e voando?

— Não, sabichona — disse Natalie, insolente. — Exatamente o contrário. Vamos para o subterrâneo.

As reações não foram positivas.

— O que você quer dizer com "vamos para o subterrâneo"? — perguntou Helen.

Natalie empurrou seu mapa e traçou uma rota com o dedo. — A casa fica aqui, na Rue d'Archambeau, que começa na Avenue du Maine. A Avenue du Maine cruza com a Rue Froidevaux. E vejam onde a Rue Froidevaux termina.

Ela bateu com o dedo sobre o mapa, triunfante. Mary Alice girou o pescoço, lendo de cabeça para baixo. — *Les Catacombes de Paris.* Ah, essa não.

Ela cruzou os braços, mas Natalie estava irredutível. — É uma ideia brilhante.

— É uma ideia grotesca. Você já esteve naquele lugar? — perguntou Mary Alice. — São quilômetros de túneis cheios de ossos. Ossos empilhados em cima de ossos empilhados em cima de... Adivinhou? Mais ossos.

— A parte importante da frase é "quilômetros de túneis" — respondeu Natalie. — Além disso, o que você tem contra ossos?

— Simplesmente não gosto deles — disse Mary Alice, teimosa. — Caveiras me dão pânico. Parece que estão olhando pra você, mas não têm olhos. Não é natural.

— É completamente natural — argumentou Natalie. — Na verdade, é a própria definição de natural. É o que acontece quando morremos.

— Comigo, não — disse Mary Alice. — Vou ser cremada, e Akiko vai colocar as minhas cinzas em uma linda urna. Talvez alguma coisa da Pottery Barn. Posso ficar sobre a lareira e ela pode me decorar nas festas de fim de ano.

Estudei o mapa. — Não é uma ideia terrível — concluí lentamente.

Natalie ficou cheia de si. — Obrigada.

— O que fez você pensar nisso? — perguntei.

— Da última vez que estive em Paris, saí com um *cataphile.*

— Um o quê? — perguntou Mary Alice. — Achei que isso fosse um leão-da-montanha.

Natalie revirou os olhos. — *Cataphiles* são exploradores urbanos de Paris.

Mary Alice piscou. — Então, o que eu estou pensando?

— Você está confundindo com um puma, que em inglês também se chama *catamount* — disse Helen, prestativa.

— E não confundir com catamita — disse Natalie, virando-se novamente para o mapa. — Existem mais de cem quilômetros de túneis sob a cidade. Algumas pessoas fazem visitas guiadas, mas o cara com quem eu saí era um dos clandestinos, que descem para os túneis para explorar por conta própria. Ele encontrou uma tampa de bueiro bem legal no Marais.

— Parece muito romântico — falei.

Ela assentiu, e sua expressão de repente se tornou sonhadora. — Foi mesmo. Andamos por algumas horas, depois fizemos um piquenique na hora do jantar e passamos um tempinho nus. Não voltei a sair com ele. Não circuncidado — disse ela, fazendo uma cara triste e puxando a manga para cima do punho para ilustrar.

— Informação demais — disse Mary Alice austera.

— Vamos voltar ao plano — ordenei. — Nat, o que você acha dos túneis nessa área? Aonde vão dar? Entram nas casas?

— Ah, sim. Muitos deles vão dar direto nos porões. Eram usados por muitas pessoas para transportar tonéis de vinho, madeira, carvão, qualquer coisa que causasse sujeira demais ao passar por dentro de casa. Algumas usaram-nos como rotas de fuga ou esconderijos durante revoluções ou na Segunda Guerra Mundial. E um monte de gente os usava para guardar objetos de valor. Essa é a parte da atração para os exploradores: a ideia de que pode existir um tesouro escondido lá embaixo.

— E muitas pessoas sabem disso? — perguntou Helen.

— Muitas — tranquilizou-a Natalie. — Até acontecem festas. Ilegais, mas as multas são bastante baixas, então as pessoas se arriscam.

Helen balançou a cabeça. — Parece perigoso.

— Ora, claro que é perigoso — disse Natalie. — Lá embaixo há serviços públicos. Algumas rotas estão inundadas ou desmoronaram. E nem me faça falar dos ratos.

Helen ficou pálida. — Eu odeio ratos.

Natalie afagou a mão dela. — Tudo bem, querida. De qualquer maneira, você não pode descer até lá.

— Por que não?

— Você teve um caso grave de pneumonia no ano passado — relembrou Nat. — Existem, pelo menos, cinco tipos de mofo lá embaixo que não são encontrados em nenhum outro lugar do mundo. O ar é ruim demais, a não ser que você tenha pulmões fortes.

— Ah, que pena! — disse Helen. Mas, na verdade, parecia aliviada.

— Tudo bem — concluí, cruzando os braços e olhando para Natalie. — Então sobramos nós duas. Primeiro, vamos ter que fazer um reconhecimento para ver se conseguimos chegar até a casa dele através dos túneis. Depois, vamos ver se existe alguma maneira de entrar.

Natalie deu de ombros.

— Quando você estiver pronta, é só me avisar. E vai rolar a festa.

CAPÍTULO 28

A festa começou para valer dois dias depois. Precisamos de tempo para fazer os preparativos e arrumar as malas. Akiko não se mostrava nada feliz por estarmos partindo mais uma vez, e Minka ficou emburrada.

— Por que vocês não me deixam ir junto? Sou muito forte.

— Você é forte — concordei enquanto terminava de jogar algumas coisas em uma bolsa. — Tão forte que é melhor ficar aqui e proteger Akiko. Ela não é tão durona quanto você — expliquei, mentindo só um pouquinho. — E tomamos todas as precauções para nos certificar de que este lugar é seguro; porém, por desencargo de consciência, talvez ela precise de ajuda. Você consegue fazer isso, não é?

Minka fechou a cara, mas por dentro estava exultante porque eu a havia colocado no comando.

— Vou ensiná-la a fazer duetos — disse Minka, abrindo *Frozen* no laptop. — Ela vai ser a Anna. Eu sou a Elsa.

Akiko ainda parecia um pouco atordoada, então a ideia de ficar em casa cantando músicas da Disney talvez não fosse das piores. Além disso, alguém tinha de tomar conta do Kevin.

Usamos novos documentos para embarcar na balsa de Dover para Calais, depois pegamos um ônibus para Paris, chegando em uma noite fria, com nevisco caindo. Paris é uma linda cidade quando quer e, naquela noite, ela estava de mau humor. Usávamos abrigos esportivos com grandes tênis brancos e pochetes, um grupo de turistas alemãs atrás das liquidações de inverno. Encontramos um hotel com um preço moderado no limite do 14º *arrondissement*, a algumas quadras da entrada das catacumbas. Na manhã seguinte à nossa chegada, Natalie e eu pusemos as nossas perucas grisalhas cacheadas e fomos com as nossas pochetes até a entrada principal, na Place Denfert-Rochereau. Tivemos de esperar enquanto todo mundo passava os próprios pertences pela segurança, e um único guarda de paletó preto supervisionava a longa fila.

— Aquele homem parece Tom Hardy, e eu estou vestida como Jessica Tandy — sibilou Natalie.

— Você também está trabalhando — relembrei. Dei um empurrãozinho para ela avançar um pouco na fila.

— Há boatos de que Tom será o próximo James Bond. Ele pode agitar meu martíni quando quiser — disse ela, movendo as sobrancelhas. Ela as havia coberto de pó branco, mas ainda estavam funcionando.

— Dê um descanso para a sua libido — recomendei. — E você deveria estar falando alemão. — O guia de Paris que eu levava comigo tinha uma bandeira alemã estampada na frente, e o encostei nela.

— *Ja, meine herrische Dame* — disse ela, batendo continência.

Empurrei-a novamente e, em alguns minutos, havíamos chegado à frente da fila do controle de segurança. Um funcionário entediado estava sentado em uma banqueta, registrando o número de entradas com um contador mecânico prateado enquanto afivelávamos novamente as nossas pochetes. Dentro delas não havia nada mais interessante do que carteiras repletas de cupons e cartões de crédito, alguns produtos de higiene pessoal e projetos de artesanato. Eu também estava carregando um par de capas de plástico com a torre Eiffel estampada, compradas por uma ninharia de um camelô na saída da Pont des Arts. Havíamos parado em uma loja de material esportivo para comprar mais alguns itens suplementares, inclusive joelheiras, bem escondidas embaixo das nossas calças de jogging. As visitas às catacumbas não tinham guias, então começamos a descer a grande escada circular, 131 degraus até pisarmos em um chão de pedra. O ar era úmido e frio, e o cheiro não se parecia com nada que eu já tivesse sentido antes.

— Que diabos é aquilo? — sussurrei no ouvido de Natalie.

— A morte, querida — respondeu.

Mas aquela não era a morte com que eu estava acostumada. Nós a distribuíamos de maneira rápida e limpa. O cheiro podia variar, dependendo do fato de o alvo ter sido alvejado, esfaqueado ou envenenado. O cheiro de sangue era forte e metálico; já o de veneno podia ser agradável — eu tinha uma queda por substâncias vegetais. Se você demorasse tempo demais, sentiria cheiros diferentes e mais desagradáveis enquanto o corpo relaxava após a morte. Mas os primeiros minutos podiam ser perfeitamente toleráveis se você não tivesse muito problema com cheiro de sangue.

Sangue, eu conseguia aguentar. Mas Mary Alice tinha razão em relação aos ossos. Havia uma pequena exposição sobre a história das catacumbas, explicando que os cemitérios lotados haviam se tornado vetores de doenças na época da Revolução Francesa, quando foi criado um plano para exumar os mortos e transferi-los para um ossário. Aproximadamente seis milhões de cadáveres haviam sido levados para aquela necrópole. Então viramos uma esquina, e BUM! Ossos para todo lado. As catacumbas eram uma série de câmaras baixas e largas com ossos empilhados formando padrões nas paredes, talvez com uma profundidade de um metro e oitenta. Cada câmara dava para, pelo menos, uma outra, com montes de ossos trancados atrás de grades. Algumas das câmaras eram temáticas — nada além de pilhas de caveiras sorrindo para os visitantes. Ao lado delas, uma placa dizia: PARE — ESTE É O IMPÉRIO DA MORTE. Eu esperava que houvesse réplicas na loja de suvenires porque queria comprar uma para que Mary Alice pendurasse na sua cozinha.

— Esta deve ser a câmara dos fêmures — deduzi, enquanto dobrávamos uma esquina e nos deparávamos com um monte de ossos pesados e compridos com pontas nodosas.

Paramos, olhando espalhafatosamente, com ar de interesse, para alguns ossos enquanto um grupo de turistas canadenses passava por nós, tirando fotos. Uma garota ficou um pouco para trás, postando uma selfie ("#ossoduroderoer"), e eu contive a minha vontade de fazê-la tropeçar.

Quando passaram para a câmara seguinte, Natalie olhou para o caminho que havíamos percorrido e fez um sinal rápido. Deu a volta em um pilar rendilhado de vértebras até um pequeno portão na parede de pedra. Tirei um par de agulhas de tricô da pochete. A peça que estava sendo tricotada era uma echarpe infinita de lã com um tom cinza sem graça. Mary Alice a havia preparado e explicado para mim como desfazê-la, soltando os pontos até as agulhas ficarem nuas. Com uma rápida torcida, as pontas das agulhas se desatarraxavam. Dentro de cada uma estava escondido um fino pedaço de arame resistente, que entreguei a Natalie enquanto ela tirava um cartão de crédito da carteira. Apertei o canto do cartão e ele se acendeu, uma lanterna em miniatura que encontramos na loja de ferramentas onde compramos o arame. Natalie se curvou para trabalhar, torcendo os arames dentro da fechadura do portão. Fechou os olhos, guiando-se pelo tato, enquanto eu mantinha a luz imóvel.

Da câmara mais à frente, eu ouvia os sons fracos de um guia de turismo recitando fatos em japonês. Não apressei Nat; só mantive a luz apontada para onde ela estava trabalhando e fiquei ouvindo os ruídos do grupo de turistas tornando-se mais altos. Dava para ouvir os cliques das câmeras de seus telefones, o farfalhar dos seus impermeáveis.

Natalie xingou baixinho.

— Você tem uns quatro segundos — informei finalmente.

Ela fechou de novo os olhos e respirou fundo, mexendo o pulso. A fechadura girou e ela abriu o portão com um empurrão. O metal fez um horrível som de arranhão, mas já tínhamos ido longe demais. Pulamos lá para dentro, fechando o portão atrás de nós, e nos deitamos no chão. Havia um pequeno declive ali, e o portão estava no escuro. Se ninguém se aproximasse para investigar, poderíamos esperar até o grupo de turistas passar e, depois, seguir o nosso caminho.

Estávamos deitadas lado a lado, os olhos bem fechados, mal ousando respirar. De repente, percebi que não estávamos sozinhas. Um rangido de passos começou a se aproximar e, quando espiei por entre os cílios, vi um par de tênis pequenos com luzes piscando em volta das solas.

Um rostinho se curvou para espiar por entre as barras do portão. Era um menino de sete ou oito anos, talvez. — Quem é você? — perguntou em japonês.

— Uma demônia. E vou devorar a sua alma — declarei, sorrindo. Fechei a mão como se fosse uma garra e ele saiu correndo, gritando pela mãe.

Puxou o casaco dela, apontando na nossa direção enquanto nos escondíamos na sombra, mas a mãe lhe deu uma bronca por estar contando mentiras e o empurrou para a câmara seguinte.

Natalie se levantou, limpando as roupas com a mão. — Aquilo era realmente necessário?

— Eu me livrei dele — disse, amarrando a ponta do fio ao portão. Joguei uma das capas de plástico para ela. — Agora vamos tratar de explorar.

CAPÍTULO 29

Depois de quatro horas e umas cinquenta curvas erradas, paramos. Natalie revirou a pochete procurando uma garrafa d'água e alguns géis energéticos que compramos na loja de artigos esportivos. Tinham um gosto horrível, mas serviram para recarregar as nossas forças enquanto nos familiarizávamos com o entorno.

Natalie estava comparando uma dezena de mapas e gráficos impressos com a ajuda do contador de passos que havíamos comprado e uma bússola minúscula que ela carregava em uma correntinha pendurada no pescoço.

— É ali — disse ela, apontando para um pequeno lance de degraus entalhados na pedra. Subimos, evitando alguns quebrados, até chegarmos a uma porta antiga escavada na pedra. Um batente havia sido instalado, e a própria porta era resistente, de carvalho antigo. O cadeado estava enferrujado e as dobradiças se esfarelando, formando pilhas de ferrugem avermelhada. Natalie queria abrir o cadeado com uma gazua, mas eu estava cansada àquela altura e peguei um pedaço de pedra quebrada. Dois bons golpes e o cadeado caiu.

— Sutil — disse ela.

— Natalie, estou cansada, coberta por uma lama que é, pelo menos, setenta por cento de pessoas mortas, e estou com fome. Não teste a minha paciência.

As dobradiças estavam tão bambas que nós duas juntas tivemos de abrir a porta o suficiente para conseguir passar. Não a abrimos totalmente — não fazia sentido alardear a nossa presença caso mais alguém aparecesse. Não vimos ninguém durante o nosso reconhecimento, e eu queria que continuasse assim. Saímos em uma cave, abandonada havia muito tempo, os tonéis vazios e com teias de aranha. Acendi a lanterna, iluminando o nome escrito nos tonéis, e quase gritei. D'Archambeau. Natalie apontou e abriu um sorriso presunçoso.

— Natalie, você é inconsistente como uma gelatina, mas tem um excelente senso de direção — disse para ela. Ignorei diplomaticamente as horas que passamos fazendo curvas erradas e dando em caminhos sem saída. Havíamos achado a casa, e era o que importava.

Atravessamos a cave e subimos um lance de escada até a adega em si. Estava cheia de garrafeiras quebradas, garrafões vazios e pilhas de exemplares embolorados da *Paris Match* e de jornais antigos. Havia sons de patinhas correndo — ratos, sem dúvida, mas nenhum outro sinal de vida. Escolhemos cuidadosamente o nosso caminho, contornando as pilhas rumo à porta na parede oposta. Estava tudo começando a parecer um pouco fácil demais, e fiquei aliviada quando encontramos um obstáculo. Não sou pessimista, mas todos os trabalhos têm complicações e é melhor se livrar delas logo no início. Nossa complicação era uma fechadura biométrica resplandecente instalada em uma porta de aço reforçado.

Natalie se virou para mim e praguejou. — Não posso abrir isso e, mesmo que pudesse, não tenho as ferramentas.

Olhei em volta, procurando outra maneira de entrar. Às vezes, quando uma fechadura é impossível, os deuses sorriem e a dobradiça fica do seu lado da porta. Arrancar uma dobradiça a marteladas é um trabalho pesado, e não tínhamos marretas, mas não importava. Marcas no alizar mostravam onde a porta havia sido reposicionada, as dobradiças seguras do lado de dentro da casa.

Balancei a cabeça. — Está mais trancada do que um cinto de castidade. Vamos.

Ficamos um tempo circulando na adega, procurando o sinal de alguma outra via de entrada. Havíamos desistido e estávamos prestes a ir embora quando Nat viu algo. Ela se ajoelhou, gemendo só um pouquinho, e empurrou para o lado uma pilha de revistas. Alguns ossos de roedores saíram voando, e eu os afastei com as mãos.

— Não quero ver outro osso tão cedo — declarei, ajoelhando-me ao lado dela. — O que você encontrou?

Ela estava passando as pontas dos dedos sobre um painel encaixado na parede de pedra. Não tinha mais do que um metro quadrado, madeira frágil que cedeu assim que ela empurrou. Ar, viciado e úmido, soprou da cavidade escura do outro lado.

— Natalie, se você acabou de abrir o sétimo selo e desencadeou o Fim dos Tempos, por favor, me avise — pedi.

Ela iluminou o outro lado da abertura, sua cabeça e ombros desaparecendo. Quando tornou a aparecer, estava sorrindo.

— É um duto de serviço. Encanamento — informou, apontando para onde o emaranhado de canos serpenteava em meio à escuridão. — Vou segui-lo. Fique aqui e, se eu não voltar em quinze minutos, vá buscar ajuda.

— Buscar ajuda? Eu não deveria entrar aí e pegar você?

— Não — disse ela, esgueirando-se pela abertura. — Se eu não voltar, significa que estou entalada e, se eu ficar entalada, você *certamente* não vai conseguir passar.

— Você acabou de me chamar de gorda? — perguntei para a bunda dela enquanto ela desaparecia. O pequeno brilho da sua lanterna desapareceu, e me recostei, verificando a tela luminosa do meu relógio. Apaguei minha luz e fiquei sentada na escuridão. Não fazia sentido desperdiçar as baterias. A única ameaça lá embaixo poderia ser um rato entusiasmado demais ou uma aranha que achasse que a minha peruca era um lugar útil para ficar.

Eu verificava meu relógio a cada cinco minutos, testando a exatidão da minha noção de tempo. É fácil se embananar quando você não está se baseando em dicas visuais. Os minutos passavam, e nada de Natalie. Eu já havia decidido ignorar suas instruções para ir buscar ajuda — exatamente como eu poderia explicar aquela situação para as autoridades? E nem Mary Alice nem Helen se sentiam bem em lugares apertados. Eu também não estava muito preocupada com elas, mas nunca havia me afastado de uma missão que exigisse que eu me esforçasse, testando aquela pequena tendência ao desconforto quando eu não podia me mexer livremente. Era uma maneira de me fortalecer, e eu já estava quase me decidindo a ir atrás de Nat quando vi o brilho voltando. Ela estava toda suja — a capa esfarrapada e os tênis cobertos de teias de aranha —, mas sorria.

— Conseguiu? — perguntei, esticando a mão para puxá-la de volta pelo orifício na parede.

— Consegui — respondeu, abrindo ainda mais o sorriso. — E ele vai levar um susto.

Saímos da adega, passando pela cave, e novamente pelas catacumbas, seguindo o fio xexelento que eu havia deixado, até chegarmos ao portão. A viagem de volta foi muito mais rápida, talvez vinte minutos agora que já sabíamos o caminho. Tiramos nossas capas esfarrapadas, enrolando-as cuidadosamente e enfiando-as no bolso. Pusemos novas capas sobre as roupas, escondendo as piores manchas, e tiramos a poeira das nossas perucas, limpando as marcas de sujeira no rosto com lenços umedecidos. Estávamos coradas e só um pouco abatidas quando saímos das catacumbas e entramos na loja de suvenires, conversando em alemão sobre a atmosfera. Um funcionário sonolento clicou duas vezes no contador, e demos um sorrisinho e um aceno.

Ao percorrer o caminho mais longo até o hotel, andando tranquilamente pelo Boulevard Raspail, Natalie traçou o plano. Eu procurava encontrar falhas sempre que possível, mas ela tinha uma resposta para tudo.

— É uma excelente ideia — finalmente admiti. — Mas vai ser difícil.

Natalie sorriu. — Igualzinho aos velhos tempos.

CAPÍTULO 30

Dormimos a maior parte do dia seguinte antes de nós quatro partirmos à tarde para as catacumbas. Estávamos usando conjuntos de jogging novos cheios de suprimentos enfurnados em diversos bolsos. Água, comida e novas capas da torre Eiffel do nosso camelô preferido. Mary Alice e Helen foram conosco para formar um grupo de quatro. Já havíamos explicado a elas a necessidade de um par de corpos a mais quando nos reunimos para jantar e realizar um conselho de guerra no quarto de hotel de Helen e Natalie. Nat e eu tomamos dois banhos cada, e nossos cabelos ainda estavam molhados quando começamos a comer.

— Os funcionários das catacumbas monitoram as entradas e saídas com pequenos contadores de metal prateado — disse Natalie por cima das embalagens para viagem de comida vietnamita.

Mary Alice franziu a testa enquanto comia seu *bún bò Huê*.

— Como eles fazem no Carrossel Maluco do parque de diversões?

— Exatamente — disse Natalie. — É pouco tecnológico. Eles têm câmeras, mas não há motivo para examinarem as imagens se os números batem.

Helen estava se servindo de *gòi cuôn* sem muito ânimo.

— Mary Alice e eu devemos cuidar disso. É o mínimo que podemos fazer já que não podemos participar da morte em si.

— Eu dei conta da última — frisou Mary Alice enquanto pegava um dos rolinhos primavera de Helen para molhar em seu caldo de carne. Esticou o olho para a minha comida e coloquei minha mão protetora em cima do recipiente.

— Se você chegar perto do meu *bún cha*, vai ficar sem mão — adverti enquanto pegava mais porco.

Ela resmungou, mas se recostou na cadeira.

— Por que você — e apontou para mim com um rolinho primavera — e você — o rolinho primavera virou para Natalie — não podem simplesmente fazer o que fizeram esta noite e sair pelas catacumbas? Aí o contador vai ficar correto.

— Porque as catacumbas fecham às 20h30, e só vamos conseguir começar a trabalhar depois da meia-noite — expliquei. — Para que o plano funcione, Carapaz deve estar dormindo.

Natalie recapitulou o resto do plano e acertamos os detalhes enquanto comíamos pequenas gelatinas de coco com formato de carinhas sorridentes. Mary Alice fez uma longa lista de suprimentos que teríamos de comprar novamente e de lojas onde podíamos encontrar o que precisávamos. Mas Helen não falou muito. A maior parte da sua gelatina de coco ficou no prato, e Mary Alice me lançou um olhar quando voltamos para o quarto.

— O que foi? — Eu estava exausta e percebi que havia um leve cheiro desagradável no quarto do hotel.

— Estou preocupada com Helen. Ela ainda não está comendo quase nada. É como se a sua luz tivesse se apagado.

— Ela está vivenciando o luto. — Respirei fundo novamente. Com certeza havia alguma coisa estranha no ar. Fui até as cortinas e farejei. Nada.

— É mais do que isso — disse Mary Alice, vestindo pela cabeça uma camiseta que usava para dormir. Ela havia perdido a do Snoopy no *Amphitrite*, mas a substituiu por uma de futebol que chegava até os joelhos. — Só que não sei qual é o problema.

— Ela está zicada — expliquei.

— Zicada?

— É uma gíria esportiva. Às vezes, um jogador erra um lance. Talvez ele sempre tenha conseguido fazer aquele lance sem problema. Mas um dia ele acorda e simplesmente... erra. Por mais que tente, não consegue acertar. Ele tá zicado. Helen tá zicada.

— Você acha que tem a ver com o trabalho?

Fui até a cama e comecei a cheirar os lençóis.

— Tenho certeza.

Levantei a cabeça, e Mary Alice estava me olhando com ar questionador por cima dos óculos de leitura. Então me sentei na cama.

— Tudo bem. Eu não disse nada quando aconteceu, mas, na Jackson Square, eu dei o sinal pra Helen matar o Sweeney.

Mary Alice piscou. — Sério?

— Sim. E ela refugou. Congelou. Foi por isso que o eliminei.

Ela soltou um assobio baixo. — Caramba. Mas nós acusamos você de ter se precipitado e matado um alvo que não era seu. Por que você não disse nada?

Encolhi os ombros. — Repreender Helen não vai ajudá-la. A zica requer cuidados. A zica é *delicada*.

Peguei o travesseiro e cheirei. Nada além de detergente.

— Então como os esportistas se livram da zica?

— Eles não se livram. Simplesmente esperam e torcem para que um dia ela vá embora.

— E se ela nunca for?

— Então são rebaixados ou vão para o banco de reserva até o final da carreira e acabam virando treinadores de pentelhos de seis anos de idade.

— Crianças de seis anos não podem ser pentelhos — diz Mary Alice. — O fato de você achar que podem é muito revelador.

— Sim, revela que você nunca conheceu uma criança de seis anos. — Estiquei-me até o canto da colcha e cheirei.

— Billie, eu gosto de você, mas tenho que ser sincera. Esse cheiro está vindo de você. Vá tomar outro banho.

CAPÍTULO 31

No dia seguinte, seguimos a rotina que Mary Alice havia planejado. Comemos bem e fomos realizando metodicamente as compras que estavam na lista e os preparativos. Natalie e eu abarrotamos os bolsos de todos os suprimentos de que precisávamos e usamos pochetes duplas, escondendo o volume extra embaixo das jaquetas corta-vento. O tempo tinha ficado frio e úmido, e nos aglomeramos na fila, cada uma usando uma capa de chuva colorida. Colocamos novamente nossas perucas cinza-aço, e alguns minutos com um estojo de maquiagem nos envelheceram uma década. Um grupo de adolescentes italianos furou a fila na nossa frente, e encarei o líder do bando enquanto ele pisava no meu tênis para chegar até os amigos. Eu estava prestes a pegar as minhas agulhas de tricô quando Mary Alice agarrou o meu braço.

— Seja gentil — murmurou.

— Eu não ia matá-lo — sussurrei em resposta. — Mas, com uma cutucadinha, talvez ele aprendesse a ter bons modos.

— Concentre-se no trabalho. Vou fazê-lo tropeçar quando entrarmos — prometeu ela.

— Isso é que é amizade de verdade — elogiei.

Passamos pelo procedimento de segurança e seguimos pela exposição até as câmaras com os ossos. Helen estava pálida, seu fôlego curto, e dei uma cutucada em Mary Alice. — Leve-a depressa para o final. O ar aqui é péssimo e ela não parece estar bem.

Helen ouviu e conseguiu abrir um sorrisinho. — Estou bem, Billie. Só é um pouco malcheiroso.

— Ossos mofados — disse Nat animada e olhou em volta. — Prontas?

— Prontas — respondemos.

Mary Alice e Helen nos olharam mais uma vez e se afastaram, contornando lentamente as pilhas de ossos. Demoraram a encontrar as marcas certas, mas, cerca de meia hora depois, duas mulheres mais jovens, usando agasalhos da Disneylândia Paris, entraram em cena. Elas reclamavam da sujeira do lugar, e eu podia praticamente sentir Mary Alice sorrindo do outro lado da câmara. Elas eram *perfeitas.* Mary Alice se aproximou com as capas suplementares e ficou alguns minutos conversando animadamente. No início, as mulheres ficaram ressabiadas, provavelmente esperando que ela fosse pedir dinheiro, mas, depois de um tempinho, aceitaram as capas e as vestiram. O plano previa que Mary Alice e Helen derrubassem o contador da mão do funcionário na saída. Seria sopa no mel pegar o contador e acrescentar rapidamente dois cliques enquanto o devolviam, mas, se isso falhasse e eles percebessem que duas visitantes ainda estavam nas catacumbas, acessariam o vídeo. E o vídeo mostraria quatro mulheres vestidas com capas da torre Eiffel entrando e quatro capas da torre Eiffel saindo. Àquela altura, fariam uma busca e, quando não achassem ninguém, provavelmente dariam de ombros e fechariam tudo.

Esperamos um pouco, deixando que o último fluxo intenso de visitantes passasse antes do marasmo da hora do jantar. Haveria um outro fluxo intenso de visitas guiadas noturnas, mas, àquela altura, já estaríamos longe, usando o intervalo entre os grupos para nos esgueirar novamente pelo portão. Foi muito mais difícil fechá-lo de novo do que abri-lo, mas era fundamental não deixar rastro algum de que alguém havia passado por ali.

Seguimos o nosso caminho pelos túneis, para cima, para baixo, contornando, sempre rumo ao noroeste. Paramos em um cantinho aconchegante para nos encolher sob uma manta térmica de emergência — fazia *frio* lá embaixo — e nos alimentar. Fizemos alguns jogos de palavras e nos revezamos dormindo até chegar a hora de partir. Quando alcançamos a cave d'Archambeau, paramos e verificamos nosso equipamento pela última vez, e então entramos na adega. Uma olhada rápida em volta mostrou que nada havia sido deslocado desde o dia anterior. As teias de aranha estavam intactas, as pilhas de *Paris Match* continuavam oscilantes. Natalie arrancou o painel de madeira e paramos tempo suficiente para colocarmos as lanternas de cabeça. Depois entramos no duto de serviço, Natalie na frente mostrando o caminho.

Não havia muito espaço, e tínhamos de nos movimentar de lado, as costas contra as paredes de pedra e a parte da frente do corpo roçando nos canos. Após aproximadamente sete metros, eles começaram a se inclinar na vertical, e o duto também. Estava claro que aquela parte havia sido, um dia, uma chaminé, forrada de tijolos velhos, o rejunte entre eles esfarelando. Peguei um saco de gesso e mergulhei meus dedos antes de passá-lo para Nat. Estávamos usando sapatos de escalada, com solas finas e aderentes, e, enquanto subíamos, encontrando apoios para as mãos e os pés entre os tijolos, eu quase conseguia imaginar que estava na parede de escalada da academia. Não faltava muito — cerca de quatro metros e meio — antes que Nat parasse, encaixando o pé em um ressalto. Os canos faziam uma curva de noventa graus; estávamos na altura do banheiro. Na frente de Natalie, havia um recorte mais ou menos do mesmo tamanho da abertura na parede da adega, fechado com um pedaço de metal preso por uma série de grampos.

Nat pegou o canivete suíço, abrindo o acessório de chave de fenda de ponta chata. Ela acabara de levantar a mão para introduzi-lo embaixo do primeiro grampo quando ouvimos o assobio. Nat congelou com a ferramenta na mão e arregalou os olhos para mim. No início, foi só uma nota grave, depois passou para uma melodia solta. Demorei um minuto para identificá-la, mas, quando a reconheci, quase ri alto.

— "Uptown Funk" — articulei com os lábios para Natalie.

Esperamos até as notas irem sumindo. Houve uma pausa, algo metálico chacoalhando e depois o barulho da descarga. A água suja correu pelo cano ao nosso lado, e Natalie teve ânsia de vômito. — Caramba, espero que tenha sido só xixi — murmurei. Ela me deu um tapinha e fez o gesto universal para que eu fechasse os lábios. Apontou para o relógio, e assenti. Era pouco mais de 1h e esperávamos que aquela visita ao banheiro no meio da noite significasse que Carapaz logo estaria apagado de novo.

Por segurança, esperamos meia hora até que Natalie voltasse a trabalhar. Ela demorou séculos, arrancando uma pequena presilha de metal por vez. Foi alternando os lados, depois abriu a parte de cima. Quando terminou, gesticulou para mim, e eu me espremi do lado dela. O painel de metal não era apenas uma folha, mas uma caixa — o armário de remédios do banheiro de Carapaz. Juntas, nós o empurramos para fora lentamente, soltando-o. A parte mais difícil do trabalho foi retirar o armário de remédios e colocá-lo sobre a bancada da pia em absoluto silêncio. A abertura onde o armário de remédios ficava havia se tornado um retângulo vazio, e Natalie passou a cabeça por ele, examinando o banheiro. Sinalizou com o polegar que estava tudo ok e passamos para a segunda fase. Entrelacei as mãos para criar um apoio para o pé de Nat, dando impulso para ela alcançar a borda da abertura. Ela passou para o outro lado rastejando e, depois de um minuto, sua mão apareceu de volta, fazendo novamente sinal com o polegar de que estava tudo certo.

Um pouco mais alta do que Nat, tive mais facilidade para alcançar e atravessar o orifício. A bancada da pia era uma moderna placa de concreto cravejada de pequenos fósseis e sem nenhum artigo de higiene pessoal. Em cima, ficava uma elegante cuba de vidro fumê, que transpus enquanto me apoiava na bancada. Nat esticou a mão para me ajudar a descer e eu saltei sobre o tapete felpudo. Ficamos em silêncio, tentando ouvir algum som de movimento. Ouvimos um pequeno farfalhar quando Carapaz se virou na cama e um longo e estalado peido seguido por um ronco.

Meu Deus, amo os homens, mas eles são nojentos. Esperamos mais alguns minutos para ter certeza de que ele estava acomodado novamente antes de sairmos de fininho do banheiro. A luminária da mesinha de cabeceira ainda estava acesa, iluminando suavemente. Paramos na soleira, absorvendo a cena. Ele devia ter pegado no sono lendo. Uma pasta de arquivo estava aberta sobre a cama, os óculos de leitura ainda na ponta do seu nariz. Natalie entrou primeiro, deslocando-se pelo chão de tábuas sem fazer barulho. Depois da atrocidade moderna do banheiro, fiquei com medo de ele ter reformado e destruído o charme da antiga casa, mas fiquei feliz em ver que ele havia mantido os pisos originais. A distância a ser percorrida era longa até chegarmos na extremidade do quarto onde ficava a cama — larga, baixa, king size, o que parecia excessivo em Paris. O quarto estava quente; obviamente, a certa altura, ele gastou para instalar aquecimento central e acabou enroscando o edredom nas pernas, provavelmente quando tentava chutá-lo para longe. Fiquei me perguntando se ele andava dormindo mal.

Peso na consciência, filho da mãe? Fui avançando atrás de Natalie até chegarmos ao pé da cama, onde nos dividimos. Ela foi para a direita; eu, para a esquerda. Ele estava deitado de costas, roncos borbulhando suavemente da sua boca aberta. Uma das mãos estava enfiada embaixo do travesseiro, e fiz um gesto rápido com a cabeça para Nat. Não era preciso ser um gênio para perceber que havia uma arma escondida ali embaixo, e ele a estava segurando, mesmo dormindo. Uma pessoa bem treinada e alerta poderia reagir em um segundo e meio, talvez. Acrescente mais alguns segundos para Carapaz acordar, talvez um ou dois mais por causa da idade. Eu não estava gostando daquilo. Cinco segundos não era muito tempo para desarmá-lo, especialmente na nossa idade. Eu havia me saído bem durante a escalada, mas meus braços e pernas estavam tremendo por causa do esforço, e acho que Nat não estava melhor do que eu.

Nat olhou para o braço dele e assentiu. A mão com a arma estava do meu lado, ou seja, cabia a mim neutralizá-lo enquanto Nat o eliminava. Ela pegou novamente seu fiel canivete suíço, escolhendo a lâmina mais comprida daquela vez. Eram apenas cinco centímetros de comprimento, mas ela a havia afiado como uma navalha. Enquanto fazíamos hora nos túneis, discutimos bastante onde ela deveria golpeá-lo. Eu era a favor da artéria subclávia, mas Natalie preferia as carótidas.

Olhamos uma para a outra por cima da cama e contamos, articulando os números com os lábios.

Um. Dois. Três.

Provavelmente deveríamos ter discutido se agiríamos ao dizer três ou depois de dizer três. Presumi que seria *um, dois, três, já!*, mas Natalie entrou em ação no três e eu fiquei uma fração de segundo atrasada. Ela pulou em cima da cama, enfiando a lâmina embaixo da mandíbula de Carapaz e fazendo um rasgo enviesado. Seus olhos se abriram rapidamente e ele soltou um rugido enquanto eu o atacava. Sua mão ainda estava sob o travesseiro, mas ele deve ter apertado o gatilho por reflexo porque o projétil foi disparado, furando o travesseiro e mandando plumas pelo ar. Seu pescoço sangrava como uma bomba de gasolina, e sua mão livre tentou agarrar o pescoço de Nat enquanto ela cortava seu braço, rasgando a manga do pijama. Ela teve sorte, acertou a artéria ulnar e o sangue esguichou em arco.

Tudo isso aconteceu em segundos, mas foi o suficiente para causar um pandemônio. Ele sangrava, sentado em uma poça de sangue, mas conseguiu apertar um botão na mesa de cabeceira. Um alarme soou, penetrante e estridente, e ouvi um cão de guarda uivando no andar de baixo, como o Cão dos Baskerville. Passos ressoaram na escada, e saímos rapidamente da cama. Por motivos que eu não saberia explicar, peguei a pasta. Carapaz estava morrendo, mas não ia desistir facilmente. Ele ainda estava com a arma e atirou duas vezes; um dos tiros passou de raspão em cima do meu ombro enquanto chegávamos ao banheiro em disparada. Natalie bateu a porta e a trancou enquanto eu corri para a janela, abrindo-a.

Nat havia se atirado pela abertura do duto de serviço e estava sibilando para mim. — Que diabos você está fazendo? *Depressa!*

Enfiei a pasta dentro da camisa, usando meu sutiã para mantê-la no lugar. Depois saltei para o duto de serviço no momento em que ouvimos os primeiros golpes na porta do banheiro. Pusemos o armário de remédios de volta no lugar.

Não dava tempo de prendê-lo e nada podíamos fazer além de cruzar os dedos na esperança de que não caísse.

Descemos o duto em disparada, levando alguns tombos na nossa pressa para chegar ao fundo. Natalie havia se esgueirado para fora, voltando para a adega no momento em que o armário de remédios saiu voando com uma rajada de tiros. Os estilhaços do espelho foram bater nos tijolos e caíram sobre mim enquanto eu abaixava a cabeça. Eu estava quase no fundo, mas os guarda-costas de Carapaz já estavam se debruçando lá em cima. Eram homens grandes, largos como jogadores de futebol americano e não tinham como passar pelo duto. Mas eles possuíam armas e começaram a atirar imediatamente. Disparavam no escuro, e as balas ricocheteavam nos tijolos, arrancando lascas que entraram nos meus cabelos. Era só uma questão de tempo até algum deles pensar em ir pegar uma lanterna, mas, antes que isso acontecesse, mãos agarraram meus tornozelos e me puxaram com força. Natalie me arrastou para a adega e nos levantamos aos trambolhões, arfando. Não ousávamos parar, pois algum daqueles seguranças podia perceber como o duto estava inserido no desenho da casa.

Atravessamos a adega correndo, derrubando pilhas de *Paris Match* no caminho. Enquanto as revistas caíam, tive uma iluminação e abri meu isqueiro. O papel estava úmido e mofado, mas o fogo pegou. A cave começou a se encher de fumaça quando saímos, fechando a porta atrás de nós. Continuamos correndo, dando voltas e mais voltas por passagens estreitas demais para que eles nos seguissem, mesmo que tentassem. O ar foi ficando mais frio e úmido, carregado de cheiros que eu nem queria tentar identificar.

Paramos quando Natalie precisou tomar fôlego. Sua cor não estava boa, e ela segurava a lateral do corpo como se tivesse uma sutura. Minha camiseta estava encharcada de sangue por causa da ferida no meu ombro, Nat apontou e, arfando, disse: — Você... está bem?

— De raspão — respondi rapidamente. Olhei em volta, mas nada parecia familiar. — Você sabe onde estamos?

Ela balançou a cabeça, e eu teria soltado um palavrão, mas não tinha energia. Em vez disso, enfiei um gel energético na sua boca e recomeçamos. Entramos em um túnel que era suficientemente largo para um pequeno caminho com muitas portas. Empurrei a primeira delas e descobri um lance de escada. Arrastei Natalie para cima até encontrarmos uma porta trancada. Ela estava quase desfalecida, mas recobrou as forças, esfregando as mãos para esquentá-las até ser capaz de manusear os arames guardados na pochete para abrir a fechadura.

A porta dava para um cômodo de pedra, pequeno e sem janela, com algumas ferramentas manuais enferrujadas e vasos de plantas no canto.

— Parece o depósito de um jardineiro — exclamei.

Na parede oposta, havia uma porta que não estava trancada. Não fiquei surpresa; não havia nada ali dentro que valesse a pena roubar. Abrimos a porta, e o ar que entrou era gelado, mas não viciado. Saímos em uma paisagem do outro mundo, um mar de cruzes de pedra claras até onde a vista alcançava. No centro, um pouco elevada, uma torre circular.

Sorri.

— Bem-vinda ao Cemitério de Montparnasse — comemorei, abraçando os ombros de Natalie. — Conseguimos.

CAPÍTULO 32

JULHO DE 1981

Usando suas roupas mais escuras e sapatos com sola de borracha, eles saem das barracas e entram no poço de escavação. A entrada para o túnel foi escorada com madeira, e eles vão lá para dentro. Thierry Carapaz está carregando uma mochilinha; os outros têm lanternas e umas poucas ferramentas suficientemente pequenas para caber no bolso. O ar no túnel é abafado e úmido, e todos estão encharcados de suor ao chegar ao porão. Avançam em silêncio, em fila indiana, à luz de uma lanterna de mineiro que Vance Gilchrist prendeu na cabeça. Ele só a apaga quando entram no porão da casa principal e aguardam vários minutos, agachados na escuridão fresca, deixando que seus olhos se acostumem. É a terceira vez que estão fazendo reconhecimento no porão. Fora uma pilha de latas vazias de azeite e um monte de moscas mortas, não há nada no cômodo de paredes de pedra. O fio do telefone serpenteia por uma das paredes, e Mary Alice o corta. Agora a mansão da baronesa está isolada do mundo.

Um pequeno lance de escada vai dar na porta de entrada da casa, e Natalie é despachada com algumas ferramentas para azeitar delicadamente as dobradiças e abrir a fechadura com uma gazua. Ela trabalha tateando, e quando termina, assobia baixinho. Eles se juntam a ela nos degraus e esperam Vance dar o sinal, outro assobio que imita os pássaros no jardim. Ao sinal de Vance, eles entram sorrateiramente, um a um, na cozinha, onde uma luz fraca está acesa. A cozinha é pequena e encardida, separada da sala de jantar por uma fina parede divisória. O fogão é minúsculo, ligado por uma mangueira a um botijão de gás, e Carapaz se ajoelha ao seu lado. Ele começa a desembrulhar silenciosamente suas ferramentas, enquanto Vance e as mulheres se separam. Mary Alice deve dar cobertura a Carapaz, caso necessário, e Helen e Natalie esperam o sinal para começar a recolher as obras de arte.

Três meses antes, um agente do Departamento de Proveniência, passando-se por encanador, obteve acesso à casa e traçou mentalmente um mapa, que todos decoraram. Billie já percorreu aqueles quartos escuros mil vezes em sua mente e conta os passos enquanto, atrás de Vance, atravessa a sala de jantar e um salão amplo e baixo até o quarto da baronesa. Vance para, a mão na maçaneta, esperando até eles ouvirem o rangido das molas da cama e uma respiração fraca, entrecortada.

Ele abre lentamente a porta e ultrapassa a soleira. A luz de cabeceira instantaneamente se acende. A baronesa está acordada, segurando um revólver com uma das mãos e o telefone com a outra.

Vance levanta as mãos, sorrindo. — Boa noite.

Ele não a tranquiliza com mentiras nem finge que tudo vai ficar bem, e Billie o admira por isso. A baronesa dispara uma litania em alemão, cuspindo as consoantes enquanto berra ao telefone para os cuidadores. Mas ninguém está a caminho, e no último momento parece que ela se dá conta.

Solta o telefone, colocando a mão livre sob o revólver para estabilizá-lo. Aponta direto para Vance, e Billie entra no quarto. É o procedimento padrão em situações desse tipo, e foi assim que foram treinados a reagir. Dois possíveis alvos causam confusão, e eles ganham tempo.

— Tudo bem — diz Vance confiante. — Se ela não atirou até agora, não vai atirar mais.

Ele quase termina a última palavra quando a baronesa atira, roçando seu colarinho. — Puta merda — murmura, passando a mão onde a bala resvalou na sua pele, queimando-a antes de se alojar em um quadro na parede logo atrás dele.

Antes que ela consiga puxar o gatilho novamente, Billie cobre a mão da baronesa com a sua. Parece uma coleção de ossos de aves na palma da mão de Billie, a pele fria e sem vida, a carne murcha até sobrar apenas a estrutura frágil.

Ela fita Billie com olhos negros e brilhantes de ódio. Diz algo que Billie mal consegue escutar, seus ouvidos ainda zumbindo por causa do barulho do tiro no quarto pequeno. No intervalo que demorou para chegar até o lado da baronesa, Billie correu os olhos pela mesa de cabeceira e viu a cesta de tricô, novelos de lã empalados por duas longas agulhas de aço.

Billie ergue a mão e a baronesa não sente nada, somente uma pequena picada descendo por trás da clavícula. Depois Billie remove o punho e o calor emerge, molhado. A artéria subclávia, que bombeia uma enorme quantidade de líquido, é cortada com precisão. Uma pessoa jovem e saudável vai dessangrar em não mais do que dois minutos por causa de um ferimento desse tipo, mas a baronesa já está afundando. Sua boca se abre várias vezes, mas ela não diz mais nada. Não fecha os olhos, mas observa Billie enquanto a vida vai embora; a última coisa que ela vê é uma garota loura sorrindo satisfeita por um trabalho bem-feito.

A mão de Vance está sobre o próprio pescoço, líquido vermelho escorrendo entre os dedos; seu rosto é uma máscara de fúria, e Billie percebe tarde demais o que fez. Há mais de uma década, o Museu não acha nenhum nazista para executar, e Vance é que deveria tê-la matado.

— Ela era minha — diz com voz rouca.

— Ela atirou em você…

Vance paira sobre ela, aproxima tanto o rosto que ela consegue ver o próprio reflexo, invertido e minúsculo, nas pupilas dele.

— Ela. Era. Minha.

Por um instante, Billie acha que ele vai golpeá-la e agarra com mais força as agulhas de tricô que ainda estão em sua mão. Ela não vai atacar primeiro, mas também não vai cair sem lutar, caso ele encoste nela.

Vance olha para a agulha de tricô, e seu sorriso é sério e frio. — Garotinha, se eu quisesse puni-la por causa disto, você estaria morta antes de perceber o meu bote. Você não está à minha altura, e nunca cometa o erro de pensar que está. Eu já esqueci mais coisas sobre como matar pessoas do que você jamais aprenderá, então, finalize o trabalho e saia do meu caminho — ordena e aponta para o quadro na parede. — Pegue-o. Ele está no manifesto.

Billie tira o quadro da parede e sai correndo para a sala de jantar, onde Natalie está embrulhando o último quadro. Eles formam uma corrente, carregando as obras de arte para o porão, abrigados pela escuridão até a casa estar vazia. Atravessam o túnel com as pinturas e obstruem o porão com pilhas de destroços enquanto avançam. Empilham as obras de arte cuidadosamente e constroem outra pilha de destroços para protegê-las do lado da escavação.

Imundos e cansados, vão para o aglomerado de bananeiras e esperam. Carapaz calculou o tempo com perfeição, e exatamente quando se acomodam embaixo das grandes folhas verdes, o botijão de gás explode. Carapaz deixou um rastro de combustível pela casa, e o fogo se alastra rapidamente, subindo pelas paredes e iluminando o telhado. Ouve-se um estrondo abafado quando o fogo chega ao quarto da baronesa. As janelas explodem por causa do calor, que eles sentem nos próprios rostos enquanto observam tudo.

— Puta merda — exclama Natalie.

As paredes da casa parecem estar respirando, estufando-se à medida que nuvens de fumaça sobem pelo céu noturno. Billie avança ligeiramente, mas o telhado despenca criando uma chuva de fagulhas. As vigas caem com um rugido e a noite entra em erupção.

Mas a plantação fica isolada, o vizinho mais próximo está a quilômetros de distância, e ninguém aparece. Quando o fogo se torna cinzas flamejantes, eles se voltam para os quadros. Vance Gilchrist está com o manifesto e, enquanto identificam cada uma das obras resgatadas, vai riscando-as da lista.

— Van Gogh. *A Mulher no Bosque.* Caravaggio. *A Erínia Tisífone.* Bruegel. *O Médico da Peste.*

Para enviar as pinturas, eles compraram um conjunto de portas guzerates ricamente entalhadas, mas não particularmente valiosas. Cada porta é composta de um painel frontal e outro traseiro, com faixas pregadas em toda a circunferência. O grupo passou as noites removendo cuidadosamente os pregos que fixavam as faixas inferiores, a parte que os fiscais alfandegários têm menor probabilidade de examinar. Os mesmos pés de cabra pequenos são usados para remover a pesada moldura de cada quadro e soltar as tachinhas que prendem as telas aos chassis. Uma vez soltas, as telas são colocadas dentro das aberturas nas portas, que serão colocadas em caixotes e enviadas para uma empresa de importação de móveis em Milão, de propriedade do Museu. Lá, os quadros serão limpos, remontados e silenciosamente devolvidos às famílias das quais foram roubados. O Departamento de Proveniência se orgulha de encontrar os donos perdidos, pesquisando em arquivos de imigração e catálogos de galerias até conseguirem montar um histórico legítimo. As peças de arte que eles não conseguem devolver aos donos são mantidas em um armazém climatizado na Suíça, na esperança de que possam ser um dia restituídas.

O último quadro a ser embalado é o que foi atingido pelo projétil da baronesa.

— Sofonisba Anguissola. *O Despertar da Rainha de Sabá* — diz Vance. Ele não menciona o furo de bala no canto, Billie também não, mas observa enquanto o rosto pintado desaparece em seu esconderijo.

Quase quarenta anos vão se passar até que ela o veja novamente.

CAPÍTULO 33

Dois solucionados, um por resolver, repeti para mim mesma enquanto preparava chá. Aquilo martelava na minha cabeça, implacável como a chuva que caía dia após dia. Tínhamos voltado havia apenas três dias, mas a Inglaterra estava me dando nos nervos. Para começo de conversa, eu estava sentindo todo o peso dos meus sessenta anos depois da morte de Carapaz. Músculos que eu havia esquecido estavam endurecidos e doloridos, e os nós dos meus dedos e meus joelhos, muito contundidos. Mary Alice havia suturado meu ombro — ordenadamente, com pontos minúsculos, precisos. Mas coçavam como fogo e, quanto mais coçavam, mais rabugenta eu ficava.

O fato de os dias estarem passando sem nenhum plano para encontrarmos Vance Gilchrist também era uma baita chateação. Começamos a implicar umas com as outras, mas isso não ajudou. Logo a casa estava preenchida por sons de portas batendo e música a todo volume para encobrir por pirraça a das outras. No telefone de Natalie, Lizzo se esgoelava enquanto o laptop de Minka tocava Babymetal. Helen desenterrou do sótão um toca-discos portátil que ainda funcionava e até achou um álbum meio empenado da Carole King para tocar. Não era páreo para a ópera barroca na BBC que Mary Alice ouvia no rádio da cozinha. Dido estava soltando seus últimos gritos quando caí fora, levando para o depósito do jardim um maço de cigarros, um caderno e o dossiê que havíamos surrupiado da casa de Carapaz. Empilhei alguns sacos mofados de substrato para fazer uma espécie de sofá e me sentei, ouvindo Creedence Clearwater Revival e fumando enquanto meus dedos ficavam dormentes. Se fosse verão, um coelho curioso ou um camundongo amistoso talvez me fizessem companhia, mas aquele depósito não tinha nada que lembrasse Beatrix Potter. Era cheio de correntes de ar e úmido, e a ponta do meu nariz ardia por causa do frio.

Toda vez que um assassinato era ordenado, recebíamos um pacote com as informações preliminares reunidas pelo Departamento de Proveniência. O pacote sempre parecia algo que a sua tia-avó teria mandado, uma carta informal em papel personalizado e vários recortes de jornais e revistas, cartões de receitas, moldes de crochê. O tema de cada equipe de recrutas do Museu era escolhido durante o treinamento. Toda a comunicação conosco chegava em papel de carta com a ilustração de uma garota supervisionando um rebanho de ovelhas na parte superior. Tratava-se de uma brincadeira com o codinome Pastoras escolhido por Constance, e as cartas eram sempre assinadas pela "Tia Constance", embora fossem, na verdade, escritas por um burocrata do Departamento de Proveniência. Ignorávamos o texto da carta e prestávamos atenção na imagem. Ela variava sutilmente dependendo da informação que deveria transmitir. O número de ovelhas nos dizia quantas semanas tínhamos até o assassinato; a direção do olhar da pastora, a cor da fita no seu cajado — tudo isso nos revelava outra peça do quebra-cabeça. E cada página do pacote acrescentava mais detalhes até que soubéssemos exatamente quem deveríamos matar, com sugestões e locações, o padrão de comportamento do alvo, seus interesses pessoais e suas vulnerabilidades evidentes.

Uma vez que o pacote era decodificado, cabia a nós arquitetar o plano em si. Entrávamos em contato com o Departamento de Aquisições para determinar os suprimentos e a logística para a realização da tarefa, e uma equipe daquele departamento estava sempre encarregada de obter qualquer coisa que precisássemos, além de monitorar novos desdobramentos. No início, nossos planos precisavam ser aprovados pelo chefe do Departamento de Exposições, mas, depois de termos provado o nosso valor, o desenvolvimento dos planos ficava por nossa conta. E eu tinha uma rotina própria.

No dia em que um pacote chegava, eu limpava a minha agenda. Cancelava compromissos, reagendava prazos para os meus trabalhos como tradutora autônoma. Depois me acomodava com um maço de Eves e o isqueiro de prata que minha mãe deixara acidentalmente para trás no dia em que foi embora. Ao lado do isqueiro e dos cigarros, eu colocava um caderno novo e um lápis Ticonderoga com a ponta fina como uma agulha. Depois pegava uma garrafa de vidro de Big Red, servia a bebida com gelo e me acomodava. As ideias só apareciam depois de um tempo que eu já estava sentada, fumando e ouvindo o estalar do gelo, o ar cheirando a tabaco queimado e a algodão-doce, por causa do refrigerante. Eu revirava o isqueiro entre os dedos enquanto pensava, desgastando os pedaços de turquesa como se fossem um rosário.

Quando o primeiro copo estava pela metade e algumas guimbas já tinham sido amassadas no pires de baquelite usado como cinzeiro, eu começava a rascunhar ideias. De início, palavras aleatórias, perguntas, possibilidades. Eu não censurava essa parte, apenas escrevia o que me vinha à cabeça. Eu persistia, fumando e escrevendo e bebendo, até ficar com dor de cabeça por causa dos cigarros e dor na barriga por causa do refrigerante. E o plano estava lá, um esboço, mas com todas as partes principais funcionando. Geralmente eram necessários muitos outros dias para finalizá-lo, aparar as arestas até ter um pequeno esquema bem ordenado. Esse havia sido o meu método por quarenta anos e nunca me deixara na mão.

Mas, naquele momento, eu não tinha um Ticonderoga nem um maço de Eves, e certamente não queria beber Big Red. Eu tinha um caderno da loja de tudo por uma libra com a foto de uma cesta de filhotes na capa e um marcador que cheirava a goma de mascar. E eu tinha o meu isqueiro. Tirei-o do bolso e acendi um dos terríveis cigarros que sobraram da infusão que havíamos feito para Günther. Era vagabundo e forte, e tossi até lacrimejar antes de apagá-lo na sola da minha bota. Esfreguei o polegar no isqueiro, sentindo todas as protuberâncias das turquesas suavizadas por anos de manuseio. Era pesado e não particularmente bonito, e eu tinha certeza de que minha mãe o roubara de um dos homens que ela chamava de “namorados”. Houve muitos deles, todos vagamente iguais, com carros chamativos e esposas ingênuas. Ela ficava com eles por uma semana ou um ano, o tempo que eles conseguissem convencê-la de que, daquela vez, ela havia encontrado um homem bom que realmente cuidaria dela. Minha mãe nunca percebia, ou talvez simplesmente não quisesse perceber, as pistas. Sacudia os cabelos louros, passava mais uma camada de batom cintilante e entrava em mais um Camaro, pensando que, daquela vez, seria diferente.

Mas nunca era. Ela ficou mais velha, mas nunca mais esperta, e, com a idade, veio o desespero. Só queria muito ser amada, mas o amor de uma criança não era suficiente, não era o tipo certo de amor. Então aprendi a me conter, a não importuná-la com isso. O momento em que ela mais me amava era quando eu não lhe pedia nada, então carreguei aquele amor sozinha até o dia em que ela foi embora para sempre. Partiu com um homem, é claro, rumo à Califórnia. Ele tinha uma barriga protuberante e a camisa aberta até o umbigo, mas dirigia um Cadillac e tinha um plano para ganhar dinheiro. O fato de uma filha ser um entrave não a deteve, provavelmente nem a refreou. Ela pegou tudo o que conseguia carregar e que pudesse ser penhorado facilmente, por isso sei que esqueceu o isqueiro. Teria rendido uns trocados para a gasolina ou para uma torta de nozes-pecã.

No início, eu esperava que ela mandasse alguém me buscar. Usei o isqueiro em uma vela de aniversário. Eu não tinha bolo — o orçamento da vovó não chegava a tanto e ela sequer se lembrou do meu aniversário. Mas encontrei uma vela quebrada em uma caixa desbotada na despensa e a acendi com o isqueiro da minha mãe, fazendo o mesmo pedido que havia feito quando roubei o chaveiro de pé de coelho da loja de traquitanas baratas só para poder esfregá-lo.

O desejo nunca se realizou. Usei o isqueiro para queimar o cartão-postal que ela me mandou de Venice Beach, dizendo que o lugar era maravilhoso, mas que ela não tinha dinheiro para a passagem de ônibus para que eu fosse visitá-la. Depois disso, parei de verificar a caixa de correio e pensar no passado. Mas guardei o isqueiro. Eu o usava quando queria deixar algo para trás, queimar boletins e bilhetes por mau comportamento, cartas de recusa e de demissão. Colei as turquesas quando caíram, reabasteci de fluido e o mantive polido. Fiz muitas mudanças durante o meu primeiro ano no Museu. Eu preferia alugar imóveis mobiliados e tinha poucos pertences — só uma caixa de objetos que eu podia despachar facilmente de um lugar para outro. Ao longo dos anos, os objetos na caixa mudaram, mas o isqueiro era uma constante, o único item que eu sempre carregava no bolso. Eu o usava para queimar informações sigilosas e acender sinalizadores ou drinques flambados quando a ocasião pedia. Ele ficou na mesa de cabeceira na primeira vez que passei a noite com Taverner e o usei para acender um cigarro da última vez que me despedi dele, minha mão tremendo tanto que eu mal conseguia acendê-lo. Era uma espécie de talismã e nunca me deixou na mão.

Até agora. Revirei-o na minha mão, mas era apenas algo pesado e frio. Não havia inspiração para como encontrar Vance, só o frio mordaz do depósito e o peso daquele objeto de prata na minha mão. Acendi-o, protegendo a pequena chama, passei minha mão sobre ela, aquecendo-a um pouco, mas, sobretudo, matando tempo, aproximando minha mão cada vez mais a cada passagem.

Abri o dossiê da casa de Carapaz e o folheei. Não importa qual foi o instinto que me fez pegá-lo enquanto saíamos, mas valeu a pena. Era o nosso dossiê, o que havia sido preparado para o Conselho, alegando que estávamos ganhando dinheiro por fora. Como todo material preparado para o Conselho, tinha um tom quase clínico, apresentando as provas como uma trilha de migalhas de pão a ser seguida pelos diretores. Havia uma seção para cada uma de nós com assassinatos que supostamente havíamos cometido por dinheiro. Folheei as minhas páginas novamente, relendo os detalhes sórdidos. Eram risíveis — alvos dos quais eu nunca tinha ouvido falar, métodos que eu raramente usava. Tudo me parecia grosseiro, como se tivesse sido reunido com pressa ou por alguém sem tempo à disposição.

Acendi outro cigarro — talvez fosse horrível, mas eu precisava da nicotina — e exalei lentamente um bocado de fumaça, formando círculos. Fumaça e espelhos, o dossiê não passava disso, um adereço para manter à mão caso alguém fizesse perguntas a nosso respeito. Era uma ficha à moda antiga, uma capa de papelão com um longo suporte metálico de um lado. As hastes do suporte metálico atravessavam orifícios perfurados nas páginas internas, mantendo tudo organizado e limpo, com presilhas para manter as hastes dobradas, formando uma encadernação temporária. Assim as páginas podiam ser viradas como em um livro, com uma confortável margem na parte interna. Retirei as presilhas e abri as hastes do suporte metálico antes de retirar a capa da frente. Soltei cada página até ver um minúsculo grupo de caracteres codificados dispostos verticalmente ao longo de uma das margens internas. Cada dossiê vinha com um código daqueles, uma série de letras e números que podiam ser interpretados se você soubesse para o que estava olhando. Cada pessoa que participou da redação do dossiê acrescentava suas iniciais e a data ao código. Quando chegava a um agente operacional, o código podia se estender por todo o comprimento da página. Aquele era curto — um só grupo de iniciais e uma data. Uma só pessoa havia redigido o dossiê.

Passei os dedos sobre as iniciais, lembrando da minha conversa com Naomi Ndiaye, procurando algo que eu poderia ter deixado escapar. Depois de um tempo, remontei o dossiê e coloquei a capa de volta no lugar. Eu tinha algumas respostas, mas não podia fazer muita coisa sem mais informações.

Peguei o telefone que Minka havia configurado para mim e teclei o número de Naomi. Houve um longo momento de silêncio, depois uma voz automatizada.

— Este número não está mais em serviço. Se você acha que está ouvindo esta mensagem por engano, por favor, desligue e ligue novamente.

Apertei o botão “desligar” e praguejei. A vadia tinha trocado de número, sem dúvida para evitar que eu ligasse novamente.

Imaginei que as chances fossem pequenas, mas eu estava ficando sem opções. Digitei o número do serviço de recados que eu havia dado a Martin. Quando atendeu, digitei a senha, esperando ouvir a gravação impertinente de sempre. “Você não tem *nenhuma* nova mensagem”. Em vez disso, a voz me disse animadamente que eu tinha uma nova mensagem e perguntou se eu gostaria de ouvi-la.

— Sim, sua vadia burra — murmurei.

A gravação não gostou. "Não reconheci essa resposta", disse, soando tão ofendida quanto possível.

— Sim, por favor e obrigada, com açúcar em cima e creme de leite aos domingos — corrigi.

"Um instante, por favor."

Alguns longos segundos de silêncio com estática antes que a voz de Martin surgisse, parecendo mais jovem do que eu lembrava e abafada, como se ele estivesse com medo de que alguém ouvisse.

— Billie, é Martin. Acho que ouvi algo, ou talvez não. Sei lá. Mas tive que levar alguns documentos para Vance e fui ao banheiro e, quando voltei, ele estava ao telefone. Ele não me ouviu, então eu... merda, eu escutei escondido, pronto, falei. Não sei o que significa, mas ele disse a mesma coisa duas vezes. *Tolo macho.* Sei que parece bobagem, e provavelmente vou me odiar por achar que isso pode ajudar, mas estou me sentindo mal. Quer dizer, você sempre foi legal comigo, Billie. Eu... eu preciso ir. *Tolo macho.* Espero que ajude.

Apertei "encerrar ligação" e fiquei olhando para o telefone, pensando na tal expressão. *Tolo macho.* Eu não fazia a menor ideia do que pudesse significar. Parecia apenas uma constatação óbvia.

— *Tolo macho* — tentei falar em voz alta, o que não ajudou muito. Fechei os olhos e visualizei as letras, mas não pareciam certas. Em vez de *TOLO MACHO*, eu continuava visualizando algo diferente.

TOLLEMACHE.

O nome era vagamente familiar, mas eu não me lembrava por quê. Bati as mãos para aquecê-las e, depois, digitei a palavra na barra de pesquisa do meu telefone. Havia 775 mil resultados, mas o primeiro era o que eu queria. Leilões e Vendas Particulares Tollemache's. Com Christie's e Sotheby's, era uma das três grandes casas de leilões em Londres, especializada em pinturas e joias. Cliquei no site deles, e a página inicial exibia uma linda mulher de Boldini em cetim rosa e tule. A Tollemache's era tradicional, até empolada. Para não vender arte contemporânea, seriam capazes de atear fogo em tudo. No mundo deles, nada de tubarões empalhados por taxidermia nem telas manchadas com sangue menstrual. Eles eram da velha guarda.

E não significavam nada para nós. Eu nunca havia colocado os pés por lá e, pelo que sabia, nenhuma das outras tampouco. A Tollemache's era "dinheiro velho", instalada em um antigo edifício de estilo Tudor que fazia a Liberty's parecer pós-moderna. Naveguei pelo site por uns quinze minutos antes de encontrar o que procurava.

Eu estava na página de Eventos, um anúncio de sua liquidação anual de janeiro. Naquele ano, o tema eram pintoras e o título, *Uma Celebração de Cinco Séculos de Mulheres nas Artes, 1500-1950.* Naveguei pelo catálogo on-line, convertendo as avaliações em libras esterlinas para dólares enquanto lia. Previa-se que um exuberante quadro de Georgia O'Keefe chegasse a cinquenta milhões, e obras de Gentilleschi, Cassatt e Vigée Le Brun deveriam ser arrematadas por pouco mais de cinco milhões de dólares cada. A projeção para um Vallayer-Coster era de novecentos mil dólares, com um Fontana chegando a um belo meio milhão.

No final da lista, havia uma linha em negrito. *Adição recente ao leilão.* Cliquei e fiquei olhando. Tirei meus óculos de leitura, limpei-os cuidadosamente na ponta da minha camisa, depois fiquei olhando mais um pouco. E, de repente, eu sabia exatamente como encontraríamos Vance Gilchrist.

CAPÍTULO 34

As outras estavam na cozinha quando entrei, balançando meu telefone e fazendo uma dancinha de vitória.

— Por que diabos você está tão empolgada? — perguntou Mary Alice. Seu humor estava ficando mais azedo a cada dia que Akiko mantinha distância.

— Sei como vamos encontrar Vance — revelei, virando meu telefone. As outras se reuniram à minha volta, e ouvi três mulheres prenderem a respiração juntas.

Só Akiko e Minka não entenderam. — E daí? — disse Minka, devolvendo o telefone.

Akiko olhou para a telinha. — Belo quadro, mas o que isso tem a ver com Gilchrist?

Sorri. — Esse não é um belo quadro. Esse é *O Despertar da Rainha de Sabá*, de Sofonisba Anguissola — pigarreei e comecei a ler a descrição do catálogo. — "Encomendado por Isabel de Valois, rainha da Espanha, *O Despertar da Rainha de Sabá* foi pintado por Anguissola durante sua estadia em Madri como pintora da corte. Após a morte da rainha, Anguissola retornou à sua casa em Cremona, onde o quadro ficou até a morte da pintora em 1625. Foi herdado por seu enteado, Guido Lomellino, e passado de um membro a outro da família Lomellino, permanecendo em mãos privadas."

Helen olhou para a telinha. — Você tem certeza de que é a nossa *Rainha* de *Sabá*?

— É ela, sim — respondi. Passei para a aba que descrevia as condições do quadro. Li rapidamente a menção às pequenas rachaduras e à ausência da moldura original — o que era de se esperar de uma obra do Renascimento. Destaquei o trecho relevante e o passei para que Natalie lesse em voz alta.

— "No geral, o quadro está em boas condições, somente com pequenas avarias devido à sua idade. Um pequeno restauro parece ter sido feito no canto inferior esquerdo da tela, um círculo de aproximadamente 0,75 centímetro de diâmetro, onde, em algum momento, a tela foi totalmente perfurada. Apenas os drapeados da composição parecem ter sido danificados, sem afetar as figuras ou a assinatura do artista. O restauro só pode ser detectado em condições de laboratório e não deve afetar o valor."

— O tiro — disse Mary Alice. — Puta merda. É a nossa *Rainha de Sabá*.

Assenti enquanto Akiko parecia perplexa. — Por que vocês continuam a chamar esse quadro de sua *Rainha de Sabá*?

Contamos brevemente a nossa missão em Zanzibar e o dano que foi causado ao quadro quando a baronesa errou o tiro.

— A maioria das outras obras de arte recuperadas foi repatriada para os devidos donos, os herdeiros das famílias cujas coleções foram saqueadas durante a Segunda Guerra Mundial — explicou Helen. — Mas não a *Rainha de Sabá*. Todos os membros da família que era dona do quadro foram mortos durante a guerra. O Departamento de Proveniência investigou durante anos, mas nunca encontrou alguém que pudesse reivindicá-lo.

— Então por onde ele andou? — perguntou Akiko. — Acredito que não ficou pendurado na parede da sala de alguém.

— Existe um local na Suíça — disse Natalie. — Um porto franco.

— O que é isso? — perguntou Minka.

Nat explicou. — Um porto franco é um lugar onde negócios são fechados e dinheiro troca de mãos sem que impostos devam ser pagos.

— Espera aí, um lugar assim realmente existe? — perguntou Akiko.

— Há centenas deles — disse Helen. — Não são nenhuma novidade. Existem desde a Antiguidade.

— Mas todos os governos adoram impostos — interveio Minka.

— Sim — disse Helen —, mas gostam ainda mais de comércio. Então permitem que zonas francas sejam criadas para impulsionar o comércio.

— Uma das maiores do mundo fica em Genebra — explicou Natalie. — Começou como um grande e feio armazém de grãos onde as pessoas podiam estocar bens comuns, como alimentos e carvão, mas, na Segunda Guerra Mundial, as pessoas começaram a armazenar coisas mais interessantes: lingotes de ouro, joias, vinhos de safras especiais.

— Arte — acrescentou Mary Alice.

— Arte — concordou Natalie. — E é um ótimo lugar para guardar seus bens. O depósito tem temperatura e umidade controladas, então é seguro para manter seus quadros, manuscritos ou dinheiro em espécie. E é conveniente porque todo mundo adora suas contas bancárias secretas na Suíça. Se você já está na área, fazendo suas modestas movimentações bancárias de algumas centenas de milhões de dólares, é fácil dar um pulinho até lá e visitar seus Van Goghs ou suas pérolas dos mares do sul.

— E também é muito seguro — acrescentou Helen. — Arame farpado, portas blindadas, vigilância pesada. Impossível roubar.

— E o quadro de vocês está lá? — perguntou Akiko. — A *Rainha de Sabá*?

— Estava — respondi. — O Museu aluga espaço lá porque manter um depósito desse calibre é caro e poderia chamar atenção. Armazenando coisas no depósito do porto franco, o Museu é apenas mais um cliente. E o Museu não tem muitas peças para armazenar. Ao longo das décadas, centenas de quadros foram recuperados, mas só cerca de uma dúzia deles não foi devolvida aos devidos donos. O da *Rainha de Sabá* é um deles. Depois que o recuperamos em 1981, ele foi mandado direto para Genebra e ficou lá desde então.

— Até agora — corrigiu Mary Alice.

— Até agora — concordei.

Akiko franziu o cenho. — Mas como vocês sabem que Vance Gilchrist o tirou de lá? Talvez os donos tenham sido encontrados e tudo isso não passe de uma coincidência.

Fui contando as respostas em meus dedos. — Primeiro, Vance teve de remover o quadro pessoalmente porque a segurança é biométrica e só os diretores do Museu têm acesso ao acervo armazenado. Dois diretores estão mortos, e aquele quadro foi adicionado à lista da Tollemache's no último minuto. Segundo, quando obras de arte são devolvidas aos donos, recebemos uma atualização se foi uma peça que nós recuperamos. Ninguém aqui teve notícias da *Rainha de Sabá* por quase quarenta anos. — Levantei o terceiro dedo.

— Terceiro? — perguntou Akiko.

— Terceiro: não acredito em coincidências. Não no que diz respeito a Vance. Ele fez isso de propósito para nos atrair. Os leiloeiros não gostam muito de falar de avarias em obras de arte. Mas a descrição do quadro é bastante específica. Foi um buraco de bala naquele canto, e Vance fez questão de que essa informação fosse incluída no catálogo. Ele queria que a encontrássemos.

— Por quê? Eu achei que ele estaria se escondendo de vocês. Ele não teme pela própria vida? — protestou Akiko.

Mary Alice mexeu a mão para tocar em Akiko, mas depois pensou melhor.

— Ele sabe que estamos atrás dele. Já eliminamos Paar e Carapaz. Não quer ficar olhando por cima do ombro. Está começando uma briga com suas próprias regras.

Minka lançou um olhar desconfiado. — Isso não é seguro.

— Não. — Sorri. — Não é nem um pouco seguro. — Fiz uma pausa. — Tem mais uma coisa que vocês precisam saber. — Então contei o que havia descoberto na pasta, a identidade codificada da pessoa que havia preparado o dossiê.

Mary Alice foi a primeira a falar. — O que vamos fazer a respeito?

— Acrescentar mais um nome à lista de assassinatos — respondi, pegando um marcador que cheirava a algodão-doce.

Escrevi o nome em caixa alta, em rosa. Depois me virei. — Alguém tem alguma objeção?

CAPÍTULO 35

Ainda faltava uma semana para o leilão, e fiquei feliz pela oportunidade de acertar os detalhes. Começamos pelo que tínhamos certeza: a ambientação.

— Essa será uma venda grande — ponderou Mary Alice enquanto nos reuníamos, uma noite após o jantar, no estúdio de Constance. Akiko e Minka estavam na cozinha, pondo tudo em ordem e trabalhando em um dueto de *Enrolados*. Helen passava os olhos pelo site da Tollemache's, procurando algo que podíamos ter deixado escapar, enquanto Mary Alice folheava os impressos que havíamos compilado. Eu estava sentada atrás da escrivaninha de Constance, folheando ociosamente um livro de arte que havia encontrado na estante. *A arte das pintoras*. O título era sexista pra caramba, mas eu esperava encontrar alguma inspiração.

— Vai ter muita gente no leilão: colecionadores, jornalistas — prosseguiu Mary Alice.

— E um monte de segurança — disse Natalie. — Controles, circuito fechado de tv, o diabo a quatro, e tudo de última geração.

— E será transmitido ao vivo — disse Helen, apontando para um link no site. — Para quem quiser assistir ou fazer lances de casa.

Pensei por um instante. — São muitas testemunhas, um número exagerado para uma organização que se orgulha da própria discrição. Eles vão ter de nos tirar de lá e nos matar em outro lugar.

— Você acha que ele vai aparecer pessoalmente? Será um grande risco — disse Helen.

— Vance é um FDP arrogante. E está irritado comigo desde que matei a sua nazista em Zanzibar. É claro que vai comparecer pessoalmente. Vai nos subestimar, e essa é a nossa maior vantagem.

— Então — disse Mary Alice — precisamos de um plano para entrar na Tollemache's sem alertar o pessoal de Vance. Depois vamos precisar de uma maneira de matar Vance sem que ninguém perceba.

— Certamente será melhor raptá-lo e matá-lo em outro lugar — disse Helen. — Muito mais discreto.

— Muito mais perigoso — corrigiu Nat. — Se o tirarmos de lá, sempre haverá a chance de sermos seguidas ou de ele escapar. Eu diria que devemos matá-lo na casa de leilões.

— Com o mundo inteiro assistindo? — Levantei a sobrancelha para ela. — Não é exatamente sutil. E não podemos correr o risco de ferir um inocente.

O rosto de Natalie estava com uma expressão de teimosia, mas ela não discutiu. A primeira regra do trabalho do Museu era nunca tocar em inocentes. Era uma perturbação — não existe nada mais fácil do que lançar uma bomba no meio de uma multidão —, mas aquilo nos forçava a ser cuidadosas e criativas em nossas missões.

Virei a página e congelei. Era uma reprodução em cores de um quadro que eu só tinha visto uma vez. Eu estava em Veneza, tirando alguns dias de folga depois de matar na surdina o chefe de uma organização criminosa armênia que estava lá em lua de mel. Eu havia planejado visitar os pontos turísticos, mas começou a chover e passei a maior parte do tempo andando pelos museus para me manter seca. Uma tarde, lá estava eu no Guggenheim, circulando entre as galerias, quando o vi.

A legenda o identificava como *A Pastora das Esfinges*, de Leonor Fini.

Havia sido pintado em 1941, mas a pastora tinha exuberantes cabelos da década de 1980, alaranjados e bem penteados. Estava usando uma espécie de armadura sobre os genitais, um maiô metálico, se você apertasse os olhos enquanto o analisava. Entre suas pernas, um cajado de pastor, como uma bruxa se preparando para montar em sua vassoura, e ela olhava para o seu pequeno rebanho com um olhar calmo e vigilante. Nada aconteceria a suas garotas enquanto ela estivesse por perto, embora parecesse que o rebanho de esfinges fosse capaz de tomar conta de si mesmo. Elas tinham corpos de leoas, mas rostos e seios protuberantes de supermodelos. Suas expressões eram serenas enquanto vigiavam o ameno pasto, salpicado de flores e ossos dos mortos que haviam devorado. Era macabro e lindo, uma representação perfeita do terrível poder feminino sobre a vida e a morte. As esfinges haviam destroçado os homens, até que sobrassem apenas seus ossos, e chupado o tutano, tudo isso praticamente sem despentear os próprios cabelos. Eu sorria enquanto olhava de uma para outra, notando a linha de um rabo preguiçoso, o olhar avaliador dirigido a uma possível refeição aguardando fora da moldura. E ainda assim, elas não eram os predadores. Estavam reunidas em um rebanho, amorosamente vigiado e protegido. No final das contas, não eram más. Eram simplesmente fiéis à sua própria natureza. Acho que alguma coisa na postura protetora da pastora me emocionou. Comprei um cartão-postal do quadro na loja de suvenires e o carreguei comigo por anos, até que a idade o amoleceu e eu acabei perdendo-o.

Eu não pensava nela havia anos, mas agora ali estava ela em toda a sua feroz glória. Então me lembrei de algo que Constance Halliday me disse da última vez que estive naquele cômodo. Tínhamos acabado de receber as ordens para a nossa primeira tarefa, a missão em Nice, cujo alvo era o búlgaro. Meus nervos estavam à flor da pele, e Constance me viu fazendo ginástica no jardim, dando socos em um manequim até ficar com os nós dos dedos feridos. Ela me forçou a voltar para dentro de casa, ordenando que eu mergulhasse minhas mãos na água até o inchaço melhorar. Eu estava esperando um sermão, mas, pela primeira vez, ela não disse nada. Sentou-se comigo e manteve um silêncio calmo e confiante.

Aquilo me irritou. Tirei as mãos da bacia de água fria e a encarei.

— A senhora não vai me dar nenhum conselho? Dizer como devo enfrentar isto? — cobrei.

Ela se levantou e foi até a porta, lançando-me um último olhar.

— A verdadeira liderança, srta. Webster, nada tem a ver com confiar em si mesmo. Mas com confiar na sua equipe.

Confiar na sua equipe. Olhei para a pintura no livro, passando a ponta do dedo sobre o belo e mortal rebanho de esfinges.

Fechei de repente o livro. — Já sei — exclamei, e as outras três me olharam com expectativa. — Vocês não vão gostar. Mas é o único jeito. Eis o que vamos fazer…

Depois de eu ter apresentado o plano, discutimos por algumas horas até elas cederem. Eu deveria ter dormido como um bebê, já que a minha opinião havia prevalecido, mas, pelo contrário, fiquei me revirando na cama antes de descer para ir esquentar um pouco de leite. Não bebo leite quente — acho nojento. Mas você precisa mexer o leite constantemente para evitar que queime, e acho isso relaxante. Encontrei Helen sentada à mesa, a caderneta de endereços à sua frente, com uma expressão pensativa.

— Você teve alguma ideia? — perguntei enquanto despejava o leite na pia e pegava a garrafa de conhaque.

— Talvez — disse ela. Começou a bater com a unha no dente e voltou a pensar.

Não perguntei mais nada. Eu sabia que ela falaria quando estivesse pronta. Meu único erro foi achar que ela falaria comigo.

CAPÍTULO 36

Na manhã seguinte, desci para o café seguindo o cheiro de torradas e chá Earl Grey. Abri a porta da cozinha e parei, observando as duas pessoas sentadas à mesa. Helen levantou o queixo e seu companheiro se virou lentamente para me olhar, as mãos em volta de uma caneca de chá.

— Olá, Billie — disse Taverner com voz impassível. Seus olhos eram tudo, menos amistosos.

— Estou tendo uma alucinação? — perguntei. — O que você está fazendo aqui?

— Eu liguei pra ele — disse Helen, erguendo a caderneta de endereços com um sorriso nervoso. — Bem, você pode gritar comigo mais tarde, mas eu gostaria que me ouvisse primeiro.

Sentei-me diante deles, cruzando os braços sobre o peito. — Tudo bem. — Helen serviu mais uma caneca de chá e a empurrou na minha direção.

— Beba isso. Ou guarde e jogue em mim quando eu tiver terminado, se achar necessário.

Ela tentou abrir um outro sorriso e eu aguardei até ela desistir, antes de pegar a caneca. Não olhei para ele.

Helen pigarreou. — Precisamos de reforços. Vance está esperando encrenca, mais especificamente, está *nos* esperando. Ele não está esperando Minka ou Akiko, e isso as torna valiosas para o que estamos prestes a fazer. E também as torna vulneráveis. Elas não são profissionais, Billie. Precisam de proteção. Além disso — prosseguiu com um tom racional —, ele não está esperando Taverner.

Ele olhava para o chá, os nós dos dedos embranquecidos segurando a caneca. Eu não disse que ele estava com boa aparência, mas estava. Tinha mantido seu corpo imponente. Os ombros ainda eram largos, os quadris, ainda estreitos. Parecia um pouco mais flácido na parte central do corpo, mas, na nossa idade, quem não parece? E ainda tinha todos os cabelos, embora tivessem ficado totalmente brancos, as pontas formando cachos como aos trinta anos. Fui fazendo um inventário até chegar ao seu rosto e descobrir que ele me observava, então desviei a atenção para Helen.

— Que espécie de recompensa você prometeu a ele? — perguntei.

— Você está *me gozando*? — disse Taverner de repente. Ele levantou os olhos e percebi que estava com raiva. Furioso, na verdade.

Helen ficou de pé. — Acho que vou deixar vocês dois a sós por um instante — disse e saiu.

— Helen sempre foi a diplomática.

— Sério? É assim que você vai se comportar? — Ele empurrou a caneca para longe, derramando um pouco de chá pela lateral.

— Não estou com raiva de você — falei calmamente. — Estou chateada com *elas*. Nem fui consultada sobre incluir você.

— E me incluir não é o seu forte, não é mesmo? — Ele pôs as mãos abertas sobre a mesa e empurrou a cadeira para trás. Levantou-se e fiz o mesmo.

— O que isso significa? — perguntei.

— Em algum momento, passou pela sua cabeça a ideia de me avisar que vocês não estavam mortas? — respondeu com outra pergunta.

Abri a boca e tornei a fechá-la. Um minuto inteiro passou antes que eu voltasse a falar. — É por isso que você está com raiva?

— Raiva? Não estou com raiva, Billie. Raiva você sente quando descobre que a lavanderia perdeu a sua camisa favorita. O que estou sentindo é um tipo de emoção que você não admite nem para o seu confessor. Cinco dias depois do Natal, recebo uma ligação do Sweeney dizendo que vocês quatro morreram. Só isso, nada além do fato de vocês não estarem mais neste mundo. Agora estamos em meados de janeiro — disse ele, apontando para o calendário preso na parede como prova. — Semanas se passaram. *Semanas* achando que vocês tinham morrido.

Eu poderia ter salientado que tudo aquilo teria sido evitado se Sweeney tivesse se dado ao trabalho de ligar para ele depois que o contatei, dizendo que estávamos vivas, mas Sweeney queria o bônus. Ele não correria, de forma alguma, o risco de Taverner assumir ele mesmo a tarefa ou nos avisar. Mas vi que nada disso o faria se sentir melhor, então, disse outra coisa.

— Sinto muito.

Ele cruzou os braços e ficou me olhando. — Esforce-se mais.

— Sinto muito, Taverner. Não pensei…

— Não. Mas você nunca pensa mesmo.

Era uma boa fala, e ele era suficientemente esperto para usá-la para a sua saída. Quando ele se foi, Helen voltou de mansinho. Gesticulei com a mão para ela.

— Tudo bem, Helen.

— Mesmo?

— Não. Se esse lugar tivesse um triturador de madeira, eu jogaria você nele.

Helen se sentou e pegou a minha mão. — Eu gostaria de ter contado pra você, mas sabia que não era possível. Você teria dito não, mas é uma boa ideia.

— É uma boa ideia — concordei. — Uma ótima ideia. Eu também gostaria que você tivesse me contado. Você não pode decidir sozinha...

— Não decidi sozinha — disse ela suavemente.

— Mary Alice?

— Ligou pra ele.

— Natalie?

— Foi pegá-lo na estação esta manhã.

— Nossa! — Tirei a minha mão de baixo da dela.

— Sei que você está com raiva. Esperávamos isso. Sabíamos que estávamos correndo um risco ao trazê-lo pra cá. Mas também sabíamos que não existe outra pessoa no mundo mais adequada. Ele mantém a calma em situações de crise, é inteligente, capaz. O fato de vocês dois terem assuntos pendentes...

Interrompi-a. — Não é a expressão que eu usaria. Fizemos nossas escolhas e as aceitamos em paz. Há décadas.

— É, dá pra ver como você está relaxada — disse ela suavemente.

Fiz uma careta para ela. — Tudo bem, estou com raiva, mas não de você e não porque você o trouxe até aqui. Estou com raiva porque deveríamos ser uma equipe e ninguém mencionou a ideia de trazê-lo.

— E? — Ela ergueu a sobrancelha.

— Estou com raiva de mim mesma porque ele achou que estávamos mortas. Nunca pensei em avisá-lo do contrário.

— Eu sei — disse ela. — Ele ficou um pouco surpreso ao receber a nossa ligação. — Um pequeno sorriso surgiu em seus lábios e eu relaxei.

— Estou me sentindo uma megera, Helen. Simplesmente não me ocorreu ligar pra ele.

— A solidão é um hábito — disse ela, dando de ombros. — Um hábito que pode ser rompido.

Em seguida, Helen saiu e, provavelmente, foi melhor assim. Apaguei o cigarro antes de ir procurar Taverner. Ele estava no jardim, lançando facas em um toco de árvore. Ainda mantinha a boa forma, mas o fato de estar fazendo algo tão visceral quanto atirar facas significava que continuava irritado.

— Então, ouvi que você está se dedicando à filantropia agora — comentei, sentando-me na beira do gramado. — Doando assassinatos, sem cobrar nada.

— Bem, um em cada cinco assassinatos é grátis, e já matei quatro pessoas este ano — disse ele.

— É bom pra manter a prática — concordei. Soltei um suspiro que saiu entrecortado e me senti pior. — Realmente sinto muito, sabe? Eu deveria ter pensado, mas não pensei. Acho que estou tão acostumada a expulsar você da minha mente que acabei me tornando muito boa nisso.

— Bem, isso dói — disse ele, vindo se sentar ao meu lado.

Entreguei para ele uma garrafa d'água. Ele cheirava a suor fresco e mais alguma coisa. Limões?

— Como estão as gêmeas? — consegui perguntar.

— Crescidas. Planejando a festa de trinta anos. Kate é produtora de tv, mora em Londres e está noiva de um bom rapaz do qual não gosto muito. Sarah é paisagista. Casou-se com um americano e mora no estado de Nova York. Teve seus próprios gêmeos, que acabaram de fazer três anos.

Não consegui me conter e ri. — Você é avô?

— Sou. Eles me chamam de Vô. Eu odeio.

— Tem razão. É horrível. Você vê seus netos com frequência, já que eles estão nos Estados Unidos?

Ele encolheu os ombros. — Não tanto quanto eu gostaria. Mas eles estão ocupados.

— E você?

— Moro em um chalé em Yorkshire, onde asso pão, reformo antiguidades e choco os vizinhos fazendo tai chi nu no jardim.

— A aposentadoria parece fazer bem a você.

Ele ficou em silêncio por um bom tempo. — É um ajuste. Pensei em trabalhar como freelancer. Sabe, aceitar uns assassinatos aqui e ali para me manter ocupado.

— Ah, então somos o primeiro cliente. Se você fizer um bom trabalho, pode nos usar para fornecer referência.

— Não vou me esquecer de pôr isso no meu CV — disse ele e fez uma pausa. — Se pode servir de alguma coisa, lamento por Vance. Nunca gostei muito dele, mas não achei que ele fosse desonesto.

— Eu também não. Ele nunca foi o meu maior fã, mas eu entendia por quê. Eu me sinto tão... tola. Toda a minha carreira, todos aqueles anos, e pra quê? Sem aposentadoria. Reputação destruída.

— Ei, você matou algumas pessoas que realmente mereciam morrer. Isso deve ter seu valor.

Ri até sentir as lágrimas se formando nos cantos dos olhos.

— Nossa, eu precisava muito disso. Obrigada.

— É por isso que estou aqui — disse ele, quase encostando seu ombro no meu.

— Sinto muito pela Beth — lamentei finalmente.

Ele assentiu. — Recebi seu cartão. Eu deveria ter respondido, mas com o funeral e tudo o mais, não consegui.

Ficamos calados por vários minutos, e foi uma sensação boa ficar com ele. Boa demais. Estava na hora de voltar ao trabalho. — Pensamos em todos os detalhes, Taverner. O plano é robusto. Fizemos o nosso trabalho.

— Fizeram mesmo.

— Então, você topa. — Eu não queria que fosse uma pergunta, mas precisava saber. Mantive minha voz suficientemente neutra.

— Topo — confirmou. Algo que estava emaranhado em meu peito começou a se soltar.

— Sei que você disse a Helen que não aceitaria dinheiro — comecei.

— Até hoje, nunca matei uma mulher que não merecesse — disse em tom de brincadeira. — Não me faça repensar isso.

— Quem está no controle somos nós. Nada de gracinhas.

— Entendi — disse ele, levantando-se para retirar suas facas do toco da árvore. — Sou apenas o rostinho bonito.

— E não se esqueça disso. — Levantei-me e limpei o traseiro da calça. — Então, que tipo de equipamento você trouxe?

Ele olhou surpreso para mim. — Está me perguntando se eu trouxe armas?

— Bem, estou. Não teria sido muito inteligente de nossa parte fazer uma viagem internacional com armas. Perguntas demais. Presumi que você tinha um belo arsenal e que o compartilharia conosco.

— É claro que não tenho arsenal nenhum. Sou um avô responsável e aqui estamos na Inglaterra. Não existem armas na minha casa.

— Caramba, Taverner. Então por que você está aqui?

Ele revirou os olhos. — Caso você tenha esquecido, tenho mais habilidades do que apertar um gatilho. — Ele não estava falando de sexo, ou pelo menos eu não achei que estivesse. Prosseguiu. — Mas talvez eu tenha algo que possa funcionar no porta-malas do carro.

Ele me levou até onde havia estacionado o automóvel — um Jaguar antigo que parecia ter tantos quilômetros rodados quanto nós. Abriu o porta-malas. Dei uma olhada e ri. — Jura? — Peguei o pacote de bombinhas. Pequenos fogos de artifício que fariam um certo barulho, e nada mais.

— Eu disse. Sou avô. Na verdade, sou um avô *descolado* — informou.

— Você deixa crianças de três anos brincar com bombinhas?

— Claro que não. Eu as deixo olhar à distância — disse e bateu com o quadril no carro. — Nenhum recurso especial para essa missão. Vocês vão ter que trabalhar com o que possuem.

Sopesei o pacote de bombinhas na minha mão, pensando na última vez que tinha visto uma barraquinha de fogos de artifício na beira de uma estrada. Uma mulher de aspecto cansado na direção de um *station wagon* cheio de meninos com o nariz lambuzado de ranho virou o rosto enquanto eles pegavam bombinhas, as enfiavam em maçãs e as jogavam pela janela traseira nos carros que passavam.

Olhei para Taverner e dei de ombros. — A história da minha vida. Por que deveria ser diferente agora?

CAPÍTULO 37

Helen e Taverner foram ao mercado comprar mantimentos — batatas, um enorme rosbife, *Yorkshire puddings* individuais, torta de maçã, branqueador de café — porque, para a nossa última noite em Benscombe, decidimos fazer um jantar especial. Taverner cozinhou, uma toalha de banho enrolada na cintura no lugar de um avental. Ninguém estava com muito apetite, mas sempre nos lembrávamos da regra de ouro de Constance Halliday: comer, dormir e usar o banheiro em todas as oportunidades. O Duque de Wellington, ela explicara, havia dito às tropas para tirar água do joelho sempre que possível, e era um bom conselho. Nem sempre dava para contar com uma privada ou um mictório quando necessário.

Então nos forçamos a comer, e, depois que os pratos foram lavados, os outros saíram, deixando a sós Nat, Helen, Mary Alice e eu. Natalie surgiu da adega com uma garrafa de vinho coberta de teias de aranha. — Adivinhem o que eu encontrei? — Ela limpou a garrafa e Helen pegou as melhores taças, lavando-as rapidamente. Propus um brinde.

— O dia de amanhã está sendo preparado há muito tempo — iniciei. — Quarenta anos — fiz uma pausa, pensando na Pastora e em tudo o que ela havia nos ensinado. Pigarreei e comecei novamente. — Quarenta anos atrás, Constance Halliday nos pôs nesta estrada e criou seu esquadrão de Esfinges. Não foi exatamente o que esperávamos. Mas fizemos o melhor possível e vamos deixá-la orgulhosa. Ela nos desafiou a fazer da justiça a nossa prioridade e, amanhã, a justiça será feita.

— Justiça — disseram as outras.

Brindamos e bebemos. Depois pegamos nossos telefones e abrimos nosso aplicativo Miaunopausa! Estava na hora de sincronizar nossos ciclos.

No dia seguinte, acordei e me alonguei, duas boas horas de ioga para me deixar flexível. Depois tomei um banho demorado e vesti um jeans, uma camisa de seda branca e uma jaqueta de camurça da cor de caramelo queimado. Calcei um par de botas rasteiras e escovei os cabelos. Havia mais alguns fios brancos, mas pensei que eu tinha feito por merecê-los. Prendi metade dos cabelos com uma presilha prateada simples que Natalie trouxe para mim; o resto ficou solto, batendo nos meus ombros. Não me dei ao trabalho de pôr joias e perfume.

Os outros estavam espalhados pela propriedade. Taverner se encontrava atarefado na cozinha, afiando uma faca de desossar, enquanto Mary Alice e Helen mexiam em um velho trator decrépito, desaparafusando um pesado painel de aço da lateral em que estava pintada a palavra "Bettinson". Natalie se mantinha ocupada com agulhas de tricô e um novelo que havia encontrado no sótão.

Olhei para a forma nodosa que ela estava tricotando.

— Uma bainha para uma faca? — tentei adivinhar.

— Aquecedor de pênis — disse ela.

Ri e fui para o depósito do jardim, onde fiquei um bom tempo fumando o último cigarro e clicando no meu telefone enquanto revisava o plano. Eu estava pondo em jogo não apenas a minha vida, mas a de todos. Não podia me dar ao luxo de errar.

Fechei a minha jaqueta e apaguei o cigarro antes de me despedir. Naveguei pelos aplicativos, abrindo o de mensagens de texto. Teclei algumas frases e apertei "enviar". Quando terminei, deixei meu telefone com Mary Alice.

— Você está pronta? — perguntou.

— Não.

Ela sorriu.

— Nós também não. Agora caia fora.

Fui até o acesso à casa e encontrei Taverner à espera, balançando as chaves na mão.

— Achei que Minka fosse me levar à estação.

— Ela está ocupada treinando arremessos de efeito com Akiko — disse ele. — Eu levo você.

Entrei pelo lado do carona sem esperar que ele abrisse a porta para mim.

— Então vamos passar momentos significativos juntos? — perguntei.

— É o que parece. — Sua voz estava tranquila, mas ele tamborilava sobre o volante e eu sabia exatamente por quê.

Nas últimas horas antes do início de uma missão, a adrenalina corre solta e há poucos modos de liberá-la. Sexo e exercício são eficazes, mas são uma má ideia antes de um trabalho. Podem deixar você cansado e com as pernas bambas.

O álcool também é capaz de reduzir a tensão, mas pode embotar a argúcia que você necessita para o trabalho. Só existe uma solução, que é aguentar firme aquela sensação latente de querer pular para fora da própria pele. Foi por isso que comecei a fazer meditação, o que, na maioria das vezes, funcionava, mas não com Taverner sentado ao meu lado, quarenta e cinco centímetros e trinta anos de história entre nós. Havíamos nos entrosado de uma maneira que eu jamais poderia explicar a qualquer outra pessoa. A sensação de reconhecimento, de tudo se encaixando quando o conheci, era algo que eu jamais sentira antes e jamais sentiria depois.

Duramos três anos, roubando tempo entre missões para nos encontrar em lugares afastados, já que envolvimentos românticos entre agentes operacionais eram estritamente proibidos. Nosso último encontro — em uma pousada de mergulhadores em Moçambique — terminou com ele me pedindo em casamento pela quarta vez e eu fazendo as malas dois dias antes do previsto. Ele também me levou à estação, me deu um beijo no rosto e disse que entendia. Não foi complicado. Queríamos coisas diferentes. Ele era seis anos mais velho e estava pronto para sossegar o facho, construir uma vida e ter filhos. E, por mais que eu tentasse, não sabia como me encolher o suficiente para me encaixar naquele quadro.

Dois anos mais tarde, ele deixou uma mensagem para mim enquanto eu estava em uma missão em Veneza. Quando retornei a ligação, ele me disse que estava se casando e lhe desejei sorte. Eu estava quase sendo sincera. Ele não chegou a dizer as palavras, mas eu era fluente em tavernerês e li entre as entrelinhas. *Amei você primeiro e vou amar você por último.*

Desliguei o telefone e fui matar meu alvo em Veneza com as minhas próprias mãos, provavelmente na hora em que ele cortava o bolo de casamento.

Virei-me para olhar para ele, estudando seu perfil que, de alguma maneira, havia melhorado com a idade.

— Você sente remorsos? — perguntei. — Por termos terminado, quero dizer.

Ele me fez a gentileza de, pelo menos, pensar a respeito antes de dizer não.

— Se não tivéssemos terminado, eu não teria as minhas filhas. Não teria tido trinta anos felizes com Beth, e foram felizes mesmo, a maioria.

— Foi tudo como você queria? A casinha com chaminé? A APM?

— O que é a APM? Uma espécie de culto?

— Quase isso. — Esperei enquanto ele saía da rotatória.

— Sim — respondeu finalmente. — Tive meu chalé coberto de rosas e meu "felizes para quase sempre". — E me olhou de esguelha. — Você?

Minha mente sobrevoou como um pássaro os últimos trinta — quase quarenta — anos. Meu Deus, onde o tempo foi parar? As cenas passaram diante dos meus olhos como um filme, algumas em preto e branco desbotado, outras numa explosão de Technicolor, os lugares que eu tinha visto, as pessoas que havia conhecido.

— Tive exatamente a vida que queria ter — declarei.

Ele ficou calado por um bom tempo. — Fico feliz.

— Sabe — comecei com leveza —, sempre me perguntei se você realmente tinha ficado tão chateado assim quando recusei seu pedido. Eu esperava que você fosse atrás de mim e me arrastasse para o altar contra a minha vontade, mas não aconteceu.

— Ah, eu pensei em fazer isso — admitiu com um sorriso. — Mas eu sabia que, se insistisse, você acabaria me odiando, e eu não queria correr esse risco. Além disso, sempre achei que acabaríamos voltando um para o outro no final.

Não consegui pensar em uma resposta, então foi bom termos chegado. Ele desacelerou para parar na faixa de desembarque e eu abri a porta. Pigarreei e consegui parecer razoavelmente normal. — Foi bom você ter vindo.

— A possibilidade de eu não vir nunca existiu — disse e sorriu. Eu sorri de volta, de maneira sincera.

— Obrigada pela carona, inglês.

— A gente se vê do outro lado.

CAPÍTULO 38

Havia chovido no final da tarde e a calçada cheirava a cimento molhado. Saí a pé da estação, virando a esquina para ver a Tollemache's iluminada como um bolo de aniversário. As vitrines estavam fechadas, mas lampiões brilhavam suavemente a cada lado da porta. Alguém havia criado uma fila de vasos de plantas podadas com técnica de topiaria cobertos de luzinhas decorativas — provavelmente, um estagiário. A porta estava aberta, e um jovem decorativo, trajando um terno quadriculado justo, repetia "Bem-vindos à Tollemache's" a cada cinco ou seis segundos como um disco arranhado.

Entrei e peguei uma taça de champanhe de uma garota que circulava com uma bandeja. Ainda era cedo, mas o salão já estava fervilhando de expectativa e os compradores em potencial se aglomeravam em torno dos quadros. Encostei em uma parede, deixando a multidão passar na minha frente enquanto tomava meu champanhe e analisava a situação.

A Tollemache's havia levado o tema falso Tudor às últimas consequências. A parte interna tinha sido projetada para parecer o Globe Theatre, com um palco aberto no centro cercado de corredores com galerias. A galeria superior era reservada aos vendedores e aos executivos da Tollemache's, e a galeria mais baixa servia como uma espécie de curral para os curiosos e a imprensa. Nos fundos do palco, havia até amplas cortinas de veludo vinho com uma tribuna colocada bem na frente para o leiloeiro.

Próximo à tribuna ficava um cavalete vazio. Ao seu lado, estendia-se uma longa mesa com vários telefones. A maioria das casas de leilão tinha um grande placar computadorizado para exibir as reservas e os lances em curso em várias moedas, mas a Tollemache's era conservadora demais para isso. As reservas e os lances eram exibidos apenas em libras esterlinas, e se você não soubesse distinguir euros de ienes, bem, azar o seu. Mais de um licitante se deu mal porque não soube calcular o câmbio corretamente, mas a Tollemache's não teve problemas porque aquilo deveria fazer parte do seu charme excêntrico.

Depois de ter tomado metade do meu drinque, entrei na fila para ver os quadros. Avancei mais rápido do que o esperado e poucas pessoas estavam interessadas na *Rainha de Sabá*. Elas queriam as pinturas mais caras — o acotovelamento para ver o quadro de O'Keefe tinha terminado em um empurra-empurra. Mas a *Rainha de Sabá* estava pendurada em um nicho menor, agrupada discretamente com a natureza-morta com abacaxi de Vallayer-Coster. O abacaxi era... bem, um abacaxi — amarelo e verde e cercado de várias outras frutas e de uma lagosta mal-encarada.

A *Rainha de Sabá* era diferente. Tinha a qualidade de todas as mulheres de Anguissola. Elas nos fitam com olhos pintados — que não apenas pousam sobre nós, mas nos atravessam. Observam-nos tão demoradamente e com tanta intensidade que quase acreditamos que são reais e nós é que somos a criação da imaginação de algum artista. São totalmente vivas, como só a grande arte pode ser. A maioria dos retratos de Anguissola tem fundos negros, mas, para realçar a pele escura da rainha, ela pintou uma cena doméstica atrás, o branco suave dos lençóis sendo uma lembrança do que a rainha estava fazendo — e com quem. A coxa nua de Salomão tem um tom oliváceo em contraste com os lençóis caídos, seus músculos relaxados devido à fadiga e à satisfação. Os olhos da Rainha de Sabá estão calmos e atentos, um leve sorriso pairando em seus lábios. Uma jarra de água derramada é uma alusão à história segundo a qual Salomão a ludibriara para levá-la para a cama, fazendo-a prometer que dormiriam juntos caso ela pegasse alguma coisa que pertencesse a ele. Então dá à rainha comida condimentada para que ela precise se servir de um copo d'água durante a noite — um pequeno roubo com enormes consequências.

Aquela Rainha de Sabá não parecia uma mulher que havia sido tapeada para que fizesse sexo. Parecia uma mulher que havia obtido exatamente o que queria. As armas do rei jaziam no chão, inúteis e abandonadas, um sinal de que a guerra fora vencida pelo amor. Tudo no quadro era sensual, desde o brilho na pele da Rainha de Sabá até a tigela de pêssegos maduros ao lado da cama.

Curvei-me perto do canto inferior esquerdo do quadro, mas não consegui encontrar o restauro. Se você não soubesse que o quadro tinha levado um tiro, jamais suspeitaria que um projétil alguma vez tivesse perfurado a tela. Fiquei triste porque o Departamento de Proveniência nunca encontrou nenhum sobrevivente da família que foi sua última proprietária, mas fiquei feliz porque a *Rainha de Sabá* estava mais uma vez ganhando o mundo. Ela merecia ser vista.

Ao me levantar, percebi que alguém estava em pé ao meu lado. Ela era alta e usava sapatos de salto doze que a faziam chegar facilmente a mais de um metro e oitenta e cinco. Trajava um terno branco, as calças apertadas nas coxas, mas alargando-se a partir dos joelhos. Embaixo do blazer branco decotado não havia uma blusa, apenas uma fina corrente de ouro com um fecho embaixo dos seios e outro na nuca. Seus brincos de argola eram de diamantes, assim como os anéis em seus dedos. Os cabelos *black power* formavam um círculo perfeito em torno da cabeça, as pontas tingidas de dourado, criando um halo resplandecente. Os lábios eram do mesmo dourado cintilante. Atrás dela, uma funcionária segurava uma bolsa Birkin de pele de avestruz exageradamente grande, feita sob medida, pela qual Helen teria dado um braço. Demorei um minuto para reconhecê-la, depois a ficha caiu: Mona Rae. A última vez que eu a vira tinha sido na capa da *Entertainment Weekly*, quando ela ganhara o Globo de Ouro de Melhor Diretor.

Uma campainha tocou e o sistema de som foi invadido pelos acordes de "Trumpet Voluntary", de Elgar, usado pela Tollemache's como sua marca registrada. Como gado, os licitantes se encaminharam para as cadeiras. Pesados cordões de veludo vinho mantinham os jornalistas e turistas à distância, e garotas usando vestidos pretos simples e segurando pranchetas estavam paradas em cada espaço entre os cordões. Elas direcionavam o licitante para um assento numerado, riscando pessoas da lista enquanto passavam. Notei que Mona Rae estava sentada bem na frente, perfeitamente posicionada para que os jornalistas tirassem uma espetacular foto dela quando *A Rainha de Sabá* aparecesse.

Mas o Anguissola só iria surgir no segundo lote. A multidão se acomodou em seus assentos, o ar vibrando de energia. De repente, a música atingiu um crescendo e as cortinas de veludo se abriram. Atrás havia uma fila de carregadores trajando macacões verde-escuros, a logomarca da Tollemache's bordada em dourado em cada bolso na altura do peito. Abrindo caminho entre o grupo de carregadores estava a leiloeira, Lilja Koskela.

Ela tinha uns quarenta anos, a magreza e o nariz de um galgo. Eu não sabia que existiam finlandeses de cabelos pretos, mas os dela eram, e estava usando um par de colares Verdura — pesadas correntes de ouro salpicadas de várias pedras preciosas. Depois fiz uma pesquisa e descobri que valiam cerca de oitenta mil dólares. Se eu soubesse disso naquele momento, talvez tivesse pelo menos pensado em me dedicar ao roubo de joias. Lilja Koskela caminhou até a tribuna como uma favorita ao Oscar aceitando sua estatueta. Olhou friamente para a multidão e fez alguns anúncios, seu inglês com apenas algumas pinceladas de vogais finlandesas cá e lá.

Enquanto corria os olhos pela multidão, eu não prestava muita atenção no que estava falando. Eu não o teria visto se não fosse pelo brilho rápido de um punho branco. Seus trajes eram de um bom gosto anônimo, um impermeável Burberry simples, uma echarpe quadriculada sem graça, um chapéu de aba curta azul-marinho enterrado na cabeça. Tomei um gole de champanhe e esperei. Ele era discreto; somente outro profissional teria notado que ele vasculhava a multidão com olhares rápidos e abrangentes. Mas continuei atrás de uma pilastra, um dos holofotes posicionado bem acima de mim, deixando-me na sombra.

Na tribuna, Lilja Koskela terminou seus anúncios e, de repente, os acordes incitativos de *Música Aquática*, de Handel, soaram enquanto um par de carregadores levava o *Abacaxi* de Vallayer-Coster. Colocaram-no no cavalete e a multidão se inclinou para a frente. Era a única natureza-morta do grupo e tão empolgante quanto seria de se esperar para um abacaxi. Mas Koskela era uma contadora de histórias nata, e quando terminou de descrever a composição e sua proveniência, os licitantes já estavam pegando seus cartões de lance.

Ela iniciou a venda em 400 mil libras e, de repente, parecia uma corrida, lances voando por todo o salão. De início, deviam ser oito licitantes diferentes, mas alguns talvez fossem lances fantasmas — uma técnica que Mary Alice havia explicado. É quando o leiloeiro finge aceitar o lance de um licitante falso para fazer o preço subir. Era uma proposta arriscada caso você não tivesse certeza de que alguém no salão cobriria o lance, mas Koskela instigava a multidão, incitando-a até chegar a 750 mil. A uma taxa de câmbio de 1,308 dólar por libra esterlina, mais taxas, o *Abacaxi* até podia parecer a casa do Bob Esponja, embora estivesse se encaminhando para um milhão.

Ela bateu o martelo em 775 mil e a multidão enlouqueceu, pelo menos para frequentadores de leilões. Houve um breve interlúdio antes de a música voltar a todo volume — Handel novamente. *O Despertar da Rainha de Sabá*. Koskela leu a proveniência do quadro. Abriu os lances em 300 mil. Havia vários licitantes no início — uns poucos museus, alguns marchands particulares. Afinal de contas, representações de mulheres negras no Renascimento não eram nada comuns. E Anguissola era uma aposta certeira de valorização. Não era muito conhecida fora do mundo das artes, mas artistas femininas estavam cada vez mais na moda e Anguissola era uma das melhores.

Eu poderia ter me mexido, mas estava me sentindo sentimental. Queria ver a *Rainha de Sabá* ganhar o que merecia. Mona Rae segurava o cartão de lance no alto quando o martelo bateu 1,2 milhão de libras. Um novo recorde para Anguissola, Koskela anunciou quase ronronando. Mona Rae ergueu as mãos em sinal de vitória e foi imediatamente acompanhada para fora do salão por um alto funcionário para tratar do pagamento e se autocongratular pela vitória.

A atenção de todos estava concentrada na leiloeira quando o quadro mais esperado — um Cassatt sentimental — foi exposto. Estava na hora. A cadeira ao lado de Vance estava vazia e eu discretamente me sentei nela.

— Fico feliz pela *Rainha de Sabá* ter sido vendida por um preço tão alto — disse informalmente. — Um pequeno bônus para o Museu. E vai para um belo lar. Acho realmente que Mona Rae entende o que Anguissola queria transmitir.

Olhei de esguelha para ele, feliz em ver que parecia mais velho do que eu esperava. Não engordara. Não havia uma barriguinha embaixo daquele Burberry. Mas aqueles olhos tinham visto muita coisa. Pareciam duros e insensíveis quando olharam na minha direção.

— Olá, Vance.

— Billie.

Puxei o canto do dossiê para fora da minha bolsa para que ele pudesse ver. — Tenho uma cópia do dossiê sobre nós. A propósito, é tudo lorota. Somos acusadas de coisas que nunca fizemos.

— Ah, e onde você conseguiu essa cópia? — perguntou. Sua boca estava se contorcendo como se ele quisesse rir. É o tipo de expressão que um homem faz quando tem uma mão vencedora no pôquer e não consegue disfarçar de jeito nenhum.

— Peguei na casa de Carapaz — admiti.

— Provavelmente na noite em que o matou — replicou ele.

— Tá, tudo bem. Não foi muito bonito, admito.

Ele não disse nada, mas ainda não havia atirado em mim, então achei que fosse um bom sinal.

— Vance, tudo o que queremos é uma chance para provar que somos inocentes.

Ele se virou para mim com um sorriso tenso. — Inocentes do quê? Da morte de Paar? De Carapaz?

— Estamos juradas de morte — informei calmamente. — Só estamos tentando continuar vivas.

De repente, o smartwatch em seu pulso tocou e ele olhou para baixo. Uma mensagem de texto passou na tela e ele a leu, sorriu, depois puxou o punho da camisa sobre o pulso.

— Aprecio sua coragem de vir aqui assim. De verdade. Eu esperava alguma cena ridícula, dramática, mas você está se portando como um homem diante do que está acontecendo com você. — Ele se aproximou e senti o forte cheiro de mentol das pastilhas Fisherman's Friend em seu hálito.

— Está ficando resfriado? — perguntei. — Se for o caso, vou precisar que você fique bem afastado. E guarde seus germes para si mesmo. Não quero pegar nada.

O sorriso ficou mais tenso. — Você ainda não entendeu, não é? A mensagem que acabei de receber veio de Benscombe. Tenho uma equipe lá que acabou de pegar as outras. Não sei o que você pensava que veio fazer aqui… — disse, fazendo uma pausa e desenhando um círculo com o indicador —, mas está terminado.

Parei de sorrir enquanto virava o rosto para longe dele, olhando fixamente para a frente. Ele enfiou a mão embaixo do meu cotovelo.

— Agora eu vou me levantar e você virá comigo. Tenho quatro comparsas neste salão, portanto, saiba que, se você decidir fazer alguma bobagem, não vai sair viva daqui.

Engoli seco e me forcei a assumir um tom informal. — Aonde vamos?

— Aonde mais? A Benscombe. Achei que seria simpático que todas vocês morressem juntas.

— Você não deveria estar esfregando as mãos ao dizer coisas desse tipo? Ou talvez acariciando um gato branco peludo?

Suas narinas se dilataram um pouquinho, o único sinal de aborrecimento que ele se permitiu.

— Relaxe. Estou vendo os seus capangas. — Corri os olhos pelo salão, fazendo um breve cumprimento com a cabeça para três pessoas em pontos diferentes. — No andar de cima está Wendy Jeong. Não a vejo desde Marraquexe. Nielssen está se misturando com a multidão, vestido de garçom. Ele não me pegou por pouco em Nova Orleans, sabia? E Carter Briggs está sentado duas filas atrás, do outro lado do corredor. A propósito, acho que ele acabou de fazer um lance por algumas silhuetas que estão bem supervalorizadas.

— Ficou faltando um.

— Não ficou, não. Eva Nowak, perto da mesa dos telefones. Usando um Chanel falsificado e nem se dando ao trabalho de passar despercebida. Aquela idiota nunca soube se vestir, mas eu também não estou ganhando prêmios pela minha noção de estilo. Só um pequeno conselho pra você, Vance: vejo que todos eles estão se preparando para sair. Você realmente deveria dizer a eles para serem mais discretos.

Sua mão apertou o meu braço. — Sei que você não quer ver nenhum desses inocentes feridos. Então vamos levantar agora, devagar e com calma.

Fiz o que ele mandou. Vance me guiou pela multidão até sairmos pela porta principal. Um SUV de luxo com vidros fumê estava aguardando estacionado um pouco mais à frente, o motor em marcha lenta. Ficamos parados do lado de fora enquanto ele me revistava, enfiando as mãos nos meus bolsos e passando-as por muitos outros lugares, procurando armas. Assim que aparecemos, os quatro que eu havia visto surgiram em nosso encalço, abrindo portas e entrando no carro. Fui empurrada para a parte traseira, onde já havia alguém sentado, espremido em um canto e ocupando o mínimo espaço possível. Uma mão em minhas costas me empurrou com força e me equilibrei agarrando-me na pessoa que estava na penumbra.

— Lamento — desculpei-me por reflexo.

— Eu também — disse a figura.

Naquele exato momento, a luz interna se acendeu e pude enxergá-lo.

— Olá, Martin.

CAPÍTULO 39

Vance sentou-se do meu outro lado, então a viagem até Benscombe foi bastante aconchegante. Não conversamos, exceto por uma educada oferta de água por parte deles e de uma igualmente educada recusa da minha. Eu estava com sede, mas a última coisa que queria era ter de fazer xixi. Sabia que Vance jamais autorizaria uma parada para ir ao banheiro, e não devemos prender a bexiga por muito tempo na minha idade. É assim que pegamos infecções do trato urinário.

Então, desliguei. Quando criança, eu nunca contava ovelhas. Em vez disso, recitava silenciosamente os nomes dos presidentes em ordem cronológica. Depois passava para os monarcas ingleses, os elementos da tabela periódica por peso atômico, contava até mil em vários idiomas. No fundo, não importa qual é a tarefa mental — a questão é ocupar a mente o suficiente para que ela não vagueie. Dessa vez, fui fazendo uma lista dos meus assassinatos, começando com a missão dos búlgaros em Nice.

Saímos da rodovia principal rumo a Benscombe. Olhei à minha volta e me alonguei um pouco antes de me virar para Martin.

— Então imagino que você estivesse trabalhando com ele o tempo todo? — perguntei, indicando Vance com a cabeça.

Eu só enxergava sua silhueta, mas dava para ver que ele estava mordendo o lábio.

— De início, não — disse ele baixinho.

— Você preparou o dossiê contra nós? — Dei entonação de pergunta, mas já sabia a resposta. Eu tinha visto tudo o que precisava no dossiê de Carapaz, começando pelas iniciais de Martin bem no início da sequência codificada de caracteres na margem. MF — muito apropriado, como ficaria claro.

— Sim. Não foi Naomi que instruiu o Conselho na última reunião. Fui eu. Ela estava com enjoo matinal e não podia viajar — disse, baixando a cabeça.

Cutuquei seu colete. — Foi uma coisa horrível o que você fez conosco. Foi ideia sua ou de Vance?

Virei-me e vi que Vance nos observava.

— Martin nos procurou — disse ele. — Com provas de que vocês quatro estavam recebendo pagamentos para realizar assassinatos por fora.

— E você acreditou nesse papo-furado?

Vance encolheu os ombros e me virei para Martin.

— Então você forjou informações dizendo que estávamos trabalhando por conta própria. Por quê?

— Porque esse merda achava que podia me passar pra trás — disse Vance, um sorriso na voz. — Ele achou que podia jogar o Conselho contra vocês quatro e nos fazer emitir uma ordem de extermínio. Então ele daria informações suficientes para que vocês viessem atrás de nós, usando as quatro para acabar conosco, abrindo caminho para que ele assumisse a organização. Quer dizer, exterminar todo o Conselho deixaria um baita vácuo de poder, não é mesmo? Está vendo, Billie, isto nunca teve nada a ver com vocês. Era sobre Martin, que pensava que podia usar você como marionete particular, puxando as cordas para que você dançasse. Você e as outras três eliminariam o Conselho e o deixariam no controle de tudo. — Vance se curvou por cima de mim para falar diretamente com Martin. — Mas você me subestimou, não é?

Martin não disse nada e Vance esticou o braço para lhe dar um tapa rápido. A luz de um poste jogou luz no rosto de Martin e vi um filete de sangue seco atrás da sua orelha. Ele parecia um homem que havia levado uns corretivos e não tinha gostado nem um pouco.

— E agora você foi pego com a boca na botija — falei para Martin. — O que você achou, que podia movimentar todo mundo como peças em um tabuleiro de xadrez e, quando a poeira baixasse, seria o único ainda de pé?

— Algo do gênero — respondeu, o maxilar contraído.

Olhei para Vance. — Então, se concordamos que Martin estava nos jogando uns contra os outros, talvez possamos chegar a um acordo.

Vance balançou a cabeça. — Sem chance. Era uma oportunidade boa demais pra deixar passar.

Assenti. — Claro que era. Você está feliz por termos dado cabo de Carapaz e Paar. Qual é o problema? O Conselho está ficando muito cheio e você gostaria de tomar conta de tudo sozinho?

— Billie, o Museu começou como uma empreitada nobre, mas, nos últimos anos, está ficando cansado. E sabe por quê? Cozinheiros demais. Sempre houve um Departamento de Proveniência para identificar alvos, um conselho para votar a emissão de ordens de extermínio, e isso somente de três em três meses. É *lento* demais. Talvez funcionasse quando o Museu foi fundado, mas agora o mundo é muito diferente e ainda estamos na Idade Média. Está na hora de modernizar, agilizar, reformar e reconstruir a organização com a liderança certa. O Museu tem o potencial para ser um exército particular com os maiores assassinos do mundo.

— Sob o seu comando — terminei.

Vi o brilho dos seus dentes enquanto ele sorria na escuridão. — Alguém precisa estar no controle.

Virei-me novamente para Martin. — Nossa! Você foi enganado mesmo.

Ele engoliu uma risada que talvez fosse um soluço. — Olha quem fala. O único motivo para termos achado vocês foi aquela mensagem de texto que você enviou. — Sua voz ficou mais aguda enquanto ele remedava as palavras. — *Obrigada por toda a sua ajuda. Da próxima vez que nos virmos, os drinques serão por minha conta.*

Lancei o meu melhor olhar de velhota ultrajada. — Eu não disse onde estávamos.

— Você deixou os serviços de localização ligados — disse Vance, sua voz mordaz. — Assim que Martin localizou seu telefone em Benscombe, enviei uma equipe para pegar as outras.

O carro freou e parou. O motorista ficou dentro, mas Vance, Martin e eu saltamos com os outros quatro. Um segurança estava em pé na porta de entrada da casa e se aproximou para dar informações a Vance.

— A propriedade está protegida. Três indivíduos na cozinha.

Três. Suspirei aliviada. Mary Alice, Natalie e Helen. Ou seja, Akiko e Minka estavam a salvo com Taverner. A despeito do que tivesse feito, Vance não tinha conseguido pôr as mãos neles.

Fui acompanhada para dentro da casa na frente dos outros, e Martin estava em algum lugar no meio. Eu não sabia o que planejavam fazer com ele, mas tinha certeza de que boa coisa não era.

Atravessamos a sala e entramos na cozinha. Mary Alice, Natalie e Helen se encontravam sentadas à mesa, a superfície coberta por um pedaço de tecido encerado florido. Dois seguranças estavam encostados na parede, as armas fora do coldre. Pratos limpos tinham sido empilhados no escorredor, mas os utensílios de cozinha continuavam espalhados sobre as bancadas e alguém deixara uma vela queimando em um pires no meio da mesa. Alguém fez café em algum momento, mas ninguém limpou depois. Havia um bule ao lado de um açucareiro e alguns frascos de branqueador de café em pó, mas as canecas estavam vazias.

Farejei o ar. — Bath and Body Works?

— Marks and Spencer — disse Mary Alice. — Estavam em liquidação.

— Gostoso — elogiei. Alguém cutucou as minhas costas com uma arma e me juntei a elas na mesa. Vance também pegou uma cadeira e olhamos em volta, uns para os outros.

— Então, devo contar tudo pra elas? — perguntei, virando-me para os outros. — Corrija-me se eu esquecer alguma coisa. Martin — disse, apontando para onde ele estava, fungando um pouco em seu colete de tricô — foi quem começou tudo. Ele decidiu assumir o controle do Museu. Então falsificou provas de que estávamos trabalhando contra o Conselho e as apresentou aos membros, que emitiram uma ordem de extermínio contra nós. — Olhei para ele. — Você achou que, com Vance morto, poderia simplesmente entrar de fininho no escritório dele e ninguém iria se importar?

— Existe uma cláusula de diretor interino — disse Martin baixinho. — Quando comecei a trabalhar no Museu, meu trabalho era digitalizar os documentos de fundação da organização. Eu me deparei com a parte que falava o que aconteceria no caso de uma crise sucessória e achei que aquela era uma informação útil para ter por perto.

— Uma crise sucessória? — Mary Alice ergueu a sobrancelha. — Isso parece muito oficial.

Martin prosseguiu. — Quando a cadeira de um membro do Conselho fica vazia de repente, seu subordinado imediato é automaticamente promovido a membro interino em seu lugar.

Helen franziu os lábios. — Então, se todo o Conselho fosse eliminado, você e Naomi assumiriam? Só que Naomi está de licença, o que significa que você teria todo o controle.

— E não seria muito difícil se livrar de uma mulher grávida trabalhando remotamente — concluiu Natalie. — Muito misógino, na minha opinião.

— Mas, em vez disso — continuei —, Vance sacou o que ele estava aprontando e deixou que nos usasse para eliminar Carapaz e Paar, ficando livre para reformar o Museu como bem entendesse.

Curvei-me. — O que foi, Vance? O dinheiro? O salário de diretor não chega tão longe hoje em dia?

Ele balançou a cabeça.— Não costumo guardar rancor, Billie. Mas abro uma exceção pra você.

Revirei os olhos. — Você ainda está zangado por causa de Zanzibar?

Ele se aproximou e percebi que o aroma da pastilha Fisherman's Friend tinha acabado havia tempo. Ele cheirava a homem velho. — Você roubou a minha nazista, Billie. Aquela tarefa era *minha*, a missão era minha. Você só estava lá para dar apoio. Devia cuidar das obras de arte e confirmar nosso disfarce. Só isso. Mas você não se conteve. Se afobou e a matou.

— Eu salvei a sua vida — discordei baixinho.

Ele deu um tapa na mesa, fazendo com que as canecas saltassem e a chama da vela tremesse. — Você acha mesmo que eu não dava conta de uma velha? Ela teve sorte de conseguir dar um tiro, mas não ia conseguir dar outro. Eu estava no controle. E você estragou tudo. O último nazista eliminado pelo Museu. E quem levou o crédito foi você.

— Vance, ela está morta. Essa era a missão. Que importância tem quem a matou?

— Era importante.

— O suficiente para você arquitetar a minha morte décadas mais tarde?

Ele sorriu. — Não. Mas o suficiente para tornar sua morte totalmente aceitável como parte do que vai acontecer agora.

— E o que vai acontecer agora? — perguntou Helen baixinho. — Você vai nos matar e assumir o Museu?

— Algo do gênero — disse ele e se levantou, enfiando as mãos no bolso. — Sem Martin — continuou, lançando um olhar para Martin, que se encolheu —, e com Naomi de licença, será fácil implementar algumas mudanças.

— Como abolir os dois outros cargos de conselheiro — sugeriu Natalie.

— E reunir as funções deles em um único cargo: o seu — completou Mary Alice.

Ele deu de ombros. — Reestruturação. Mais cedo ou mais tarde, acontece em todas as organizações.

Gesticulou para que levantássemos. — De pé. Está na hora.

— Não é o pior plano do mundo — declarei. — E você até teria conseguido levá-lo a cabo, se não fosse por nós, as intrometidas.

— O que você quer dizer com isso? — Vance gesticulou indicando todos. — Quatro assassinos e dois seguranças, mais cinco seguranças lá fora. Fora eu, é claro.

Escute, vocês jogaram e perderam. Isso não é vergonha nenhuma. Mas agora está tudo acabado.

Virou-se para ir embora, deixando o trabalho sujo para os outros. Meu olhar pousou no telefone sobre a mesa. Era o de Mary Alice. O aplicativo Miaunopausa! estava aberto, o gatinho circulando enquanto os números da contagem regressiva decresciam.

— Vance — chamei.

Ele parou na soleira. — O quê? Quer dizer suas últimas palavras?

— Quero. — Olhei para as outras três. Mary Alice. Helen. Natalie. Depois me virei para Vance. Respirei fundo e sorri. — Partir do princípio de que uma pessoa não entende de serviços de localização porque tem sessenta anos é burrice.

Nesse exato momento, os números do aplicativo chegaram a zero e o gatinho miou. O telefone de Helen também miou e, no mesmo segundo, o de Natalie fez o mesmo. Lá fora, Minka estava com o meu telefone, configurado para se sincronizar com os outros, e, quando os quatro gatos miaram em uníssono, fomos para debaixo da mesa enquanto a janela se estilhaçava e o cômodo explodia em chamas.

A luta terminou antes do esperado. Para começo de conversa, tínhamos o elemento surpresa. Mary Alice e Helen haviam aparafusado o painel do trator embaixo da mesa, reforçando-a e nos fazendo ganhar tempo enquanto a virávamos de lado e nos refugiávamos atrás. A explosão da janela foi uma bela manobra de diversão graças à preparação de Taverner com as batatas e a catapulta de Akiko. Em cada batata haviam sido colocados fogos de artifício, causando um belo barulho e criando uma boa quantidade de fumaça à medida que elas atravessavam as janelas voando. Taverner havia construído um confortável bunker para Akiko no jardim, e o plano era que ela continuasse acendendo e atirando enquanto ele esperava os seguranças que Vance havia enviado na frente. Fiquei com a suspeita de que Taverner tinha levado alguns outros brinquedinhos e não havia me mostrado, mas ele seria suficientemente letal só com a faca de desossar da cozinha. Minka ficou com Akiko, acendendo e atirando as batatas com os fogos. Uma delas acertou Nielssen bem na cara e ele saiu correndo lá para fora com a mão pressionando a cratera sangrenta onde costumava ficar seu olho. Um rápido estertor me disse que Taverner havia dado cabo dele.

Sobravam Wendy Jeong, Carter Briggs e Eva Nowak. Martin havia fugido em meio à fumaça e à confusão, e eu não sabia ao certo onde Vance estava. Nat agarrou o tecido encerado e puxou da mesa, pegando no ar um recipiente de branqueador de café em pó. Jogou-o direto em Eva, o pó explodindo ao se chocar com seu Chanel falso. Logo em seguida, Mary Alice acendeu a vela e tudo pegou fogo como no Quatro de Julho. (A maioria das pessoas não sabe que branqueador de café em pó é altamente inflamável. Considere isso um aviso de utilidade pública.)

Nielssen deixara a porta dos fundos aberta ao correr e tínhamos um caminho direto até ela contanto que ficássemos atrás da mesa. Com um gemido, nós a levantamos na nossa frente como um escudo espartano e corremos o mais depressa possível enquanto Wendy e Carter esvaziavam suas armas em cima de nós. Projéteis ricocheteavam pelo aposento, e um deles pegou de raspão em Carter. Naquele instante, a arma de Wendy travou e, enquanto ela mexia no pente, Mary Alice percebeu um pouquinho de branqueador de café em pó queimando perto do seu sapato. Sua pontaria não era perfeita, mas não precisava ser. A garrafa de óleo de cozinha que ela atirou estourou as pés de Wendy, respingando-a até os joelhos. Carter havia passado a arma para sua mão não dominante e esvaziou outro pente. A mesa estava cedendo, a madeira se estilhaçando, e eu sabia que ela não aguentaria mais uma rodada de tiros.

Olhei em volta à procura de algo para arremessar, mas, antes que eu pudesse pôr as mãos em alguma coisa, Mary Alice pegou uma pesada frigideira de ferro e a brandiu como se fosse um rebatedor em um jogo de beisebol. Não sobrou muito da cabeça de Carter depois do segundo golpe, e ela se virou para Eva, dando cabo dela no lugar onde havia caído enquanto Nat se encarregava de Wendy. Helen parecia estar em choque, mas segurei sua mão e a puxei para fora, meu outro braço em volta da sua cintura.

— Já está quase no fim — prometi a ela.

Naquele instante, uma bala atravessou meus cabelos, cortando a ponta do lobo da minha orelha. Era Vance, vindo pelo jardim até nós. Empurrei Helen para o lado, e ela voltou para dentro da casa aos trambolhões. Mary Alice e Nat estavam apagando o incêndio, e Akiko devia ter ficado sem batatas. Só Deus sabia onde Taverner estava, e percebi que provavelmente aquele era o final esperado.

Levantei-me, tremendo por causa da adrenalina e do cansaço porque, vamos combinar, não sou mais tão jovem quanto antes.

Encarei Vance, o sangue pingando na minha blusa. — Puta merda, Vance. Era de seda.

— Engraçadinha até o final — disse ele, levantando a arma. Apertou o gatilho e nada aconteceu. Ele nem tentou novamente. Jogou a arma para o lado e pôs a mão no bolso, tirando-a de lá vazia. Ele devia ter calculado mal ou colocado sua arma reserva no lugar errado, pois não tinha nada, e, enquanto se erguia, tirou o paletó e estalou o pescoço.

Depois o filho da mãe sorriu para mim. O mesmo sorriso que eu vira mil vezes, cem mil vezes. O sorriso que dizia: *Eu sei mais do que você.* O sorriso que dizia: *Sou melhor do que você.* O sorriso que dizia: *Eu estou seguro aqui e você não.* O sorriso que dizia: *Eu tenho um pau, então venço.*

A raiva subiu pelo meu corpo como uma onda no mar, e eu a senti tomando conta da minha cabeça, ameaçando me afogar. Então ouvi uma voz, baixa e inabalável, uma voz que não ouvia havia quarenta anos. Fechei os olhos e escutei.

Não é a sua raiva que fará você ser boa neste trabalho. É a sua alegria.

A raiva retrocedeu e, em seu lugar, só felicidade. Uma felicidade desenfreada, selvagem.

Não foi a mais bonita das lutas de que já participei, mas foi a mais feroz. Fui para cima dele com tudo o que eu tinha e ele quase ganhou. Estávamos na grama, molhados de orvalho e escorregadios, suas pernas enganchadas em volta das minhas, suas mãos apertando a minha garganta até a minha visão quase escurecer. Ele conseguiu dar uns bons golpes nas minhas orelhas, que estavam zumbindo tão alto que eu só conseguia ouvir meus próprios batimentos cardíacos.

Pude perceber que ele estava surpreso por eu ter resistido por tanto tempo. Mas Vance sempre havia subestimado as mulheres.

Esperei, prendendo a respiração e virando a cabeça para o lado, botando a língua para fora só um pouquinho para causar efeito. Ele aliviou a pressão das mãos. Elas estavam tremendo, e lembrei a mim mesma que ele era cinco anos mais velho do que eu e estava um pouco acima do peso.

No momento em que suas mãos relaxaram, joguei a cabeça para trás e dei uma cabeçada em seu nariz, que se partiu jorrando sangue e cartilagem. Ele cambaleou para trás enquanto eu me levantava, sorrindo. — Essa não deve ser mesmo a primeira vez que uma mulher fingiu pra você.

Ele veio rugindo para cima de mim, e eu deixei. Vinte anos antes, eu poderia ter reagido com uma manobra furacão, subindo com meus pés pelo seu tronco e enganchando minhas pernas em volta do seu pescoço para jogá-lo no chão. Mas isso requer energia, e eu estava me cansando rápido. Eu conseguiria fazer mais um bom movimento e seria o fim do jogo, de uma maneira ou de outra.

Ele esticou as mãos para agarrar novamente o meu pescoço, sacudindo-me como uma boneca, o sangue jorrando do seu nariz quebrado. Deixei que ele me jogasse no chão, caindo em cima de mim, as mãos apertando cada vez mais, reduzindo minha visão a um pontinho escuro. Agarrei suas mãos com a minha mão esquerda, arranhando seus dedos, mas elas eram como ferro. Levei a mão direita até meus cabelos e tirei a presilha, abrindo-a. Natalie a afiara para mim, deixando-a mais cortante do que uma navalha, e quando a posicionei sob o braço de Vance para cortar a artéria axilar, ela penetrou como se seu corpo fosse manteiga.

De início, ele não sabia o que tinha acontecido, mas retirei a lâmina, segurando-a diante do meu rosto, o metal banhado com seu sangue. Quando a viu, ele se assustou e afrouxou as mãos. Antes que pudesse se recompor, girei os quadris e o joguei de costas no chão. Nossas pernas ainda estavam enganchadas, e usei as minhas para mantê-lo no lugar, meus adutores do quadril gritando enquanto eu me levantava, um braço passando por baixo do seu queixo, como o Cachorro Louco havia me ensinado. Pus a outra mão em cima da sua cabeça e, quando fixei seus olhos, percebi que ele sabia exatamente o que iria acontecer.

Vance abriu a boca, mas não disse nada. Então puxei com força, quebrando seu pescoço com um rápido movimento de punho. Seu corpo se encostou no meu antes de escorregar lentamente para baixo, como uma pedra caindo no fundo do mar. Coloquei-o sobre a grama, ajoelhando-me. Eu estava sangrando e sem fôlego, os pontos no meu ombro se abriram e parte do lobo da minha orelha tinha ido embora. Mary Alice e Natalie, feridas e ensanguentadas, estavam em pé no final do jardim. Mary Alice segurava um machado, e o que restava de dois seguranças estava empilhado como lenha entre elas.

Levantei a mão para acenar, cansada demais para gritar. Naquele instante, senti um cano frio na minha nuca.

— Levante devagar — disse Martin. A arma tremeu em sua mão e eu não gostei.

Uma mão nervosa é uma mão que puxa acidentalmente o gatilho. Mary Alice levantou o machado, mas Martin sacudiu a arma para ela. — Não se mexa. E não se aproxime mais. Eu só quero sair daqui.

— Você tentou nos matar — salientou Natalie. — Acho que não vamos deixar que isso aconteça.

— Caramba, Natalie, você poderia *mentir* — murmurei. Ele cutucou a minha nuca com a arma, e Nat e Mary Alice ficaram onde estavam.

— Caso você não tenha percebido — disse Mary Alice pacientemente —, temos amigos aqui. Você não vai sair vivo.

— Vou, se estiver com ela — disse Martin, pressionando a arma ainda mais. Fiquei me perguntando se ele tinha conseguido pegar a arma reserva de Vance. Eu duvidava que Vance o tivesse deixado ficar com a própria arma.

— Martin — falei —, sejamos razoáveis. Não me incomodo de ir dar uma voltinha, está bem?

Sua risada foi trêmula, à beira da histeria. — E deixar você me matar quando estivermos sozinhos? Você pode ser velha, mas não gosto de correr riscos.

— Então acho que temos um impasse — concluí.

Ele me segurou bem apertado, tanto que eu podia sentir seu coração martelando. — Pare de falar, só preciso pensar.

— Bem, você acha que poderia me apertar menos? — perguntei. — Essa arma na minha nuca está desconfortável.

— Cala a boca, cala a *boca* — disse ele e me arrastou para a borda do jardim onde as roseiras haviam crescido formando um matagal como o da Bela Adormecida. Havia um pequeno espaço, e percebi o que ele queria fazer quando chegamos lá. Nós dois jamais passaríamos juntos por ali. Ele ia me matar e largar meu corpo, usando-o como escudo enquanto fugia sozinho.

Parou, levantou o cano da arma até a minha cabeça. Senti sua respiração nos meus cabelos enquanto ele se preparava para atirar. Um lampejo, um estrondo e sangue, quente e metálico, no meu pescoço. Era o fim. Virei-me e o vi deslizar para o chão, um buraco na testa do tamanho do meu punho. Levei a mão ao pescoço e vi que estava molhado. Sangue dele, não meu.

Atrás dele estava Helen, segurando o amado Colt de Constance Halliday e sorrindo.

Era realmente como nos velhos tempos.

CAPÍTULO 40

Uma figura saiu das sombras e Helen girou a arma para cobri-la.

— Ora essa, você não atiraria em uma grávida, não é mesmo?

Naomi Ndiaye foi até o corpo de Martin. Estava usando um impermeável Burberry jogado sobre os ombros. Sua camiseta justa cobria uma bela saliência.

— Você acha que fez bem em pegar um avião nas suas condições? — perguntou Natalie.

Naomi deu de ombros. — Geralmente só é um problema depois do segundo trimestre. Sei que pareço enorme, mas é porque é o meu terceiro — disse, levantando as mãos até onde pudéssemos vê-las. — Vou pôr a mão no bolso do casaco e você não vai atirar em mim, Helen — advertiu, olhando fixamente para Helen.

Helen assentiu, e a mão de Naomi deslizou para dentro do bolso. Quando a tirou de lá, estava segurando uma garrafa com algo verde. Tirou a tampa e, por um instante, pensei em gasolina ou napalm ou qualquer outra coisa terrível que poderia ter levado consigo. Mas depois ela tomou um gole, uma talagada, e soltou um arroto.

— Caramba, estou me sentindo muito melhor. Ginger ale — explicou, mostrando o rótulo. — Para o enjoo.

— Ainda? — perguntou Mary Alice.

Naomi fez uma careta. — Hiperêmese gravídica.

Natalie assentiu. — A princesa Kate tem a mesma coisa, coitadinha.

— Fico muito enjoada com cada um desses bebês. Geralmente passa depois do primeiro trimestre, mas pode voltar quando viajo — acrescentou Naomi com um olhar significativo para cada uma de nós.

— Bem, nós não convidamos você — frisei.

— Não — disse ela, cutucando o pé de Martin com o próprio tênis. — Eu o estava seguindo. — E olhou para Helen. — Sei que você é boa nisso, mas fico um pouco nervosa de ver essa coisa apontada para mim. Talvez você possa abaixar a mão, e prometo não fazer nenhum movimento brusco.

Helen pensou por um instante. — Deixe Natalie revistá-la.

Naomi balançou a cabeça. — Acho que não. Atravessei o Atlântico de avião, mas esse é o maior risco que vou correr com este bebê. Não estou carregando nenhuma arma porque não tenho intenção alguma de me meter em uma briga. Só comi torradas secas nas últimas doze horas, e mesmo assim estou enjoada. Não durmo desde ontem, e acho que as minhas hemorroidas causadas pela gravidez estão aumentando, então, a última coisa que eu quero é ser apalpada por alguém. Nada pessoal, Natalie — acrescentou.

— Sem problema — tranquilizou-a Natalie.

— Coitadinha — disse Mary Alice. — Quer comer alguma coisa? Talvez você consiga comer um ovo?

Naomi estremeceu. — Não, obrigada. Pretendo resolver isto aqui e dar o fora. — Olhou para a arma na mão de Helen. — Sou do Departamento de Proveniência, e não de Exposições — lembrou a ela. — Vocês podem ter sessenta anos, mas foram treinadas como agentes operacionais e estão matando pessoas desde antes de eu nascer. Se eu tivesse de calcular as probabilidades de uma luta agora, diria que as chances de vocês ganharem de mim seriam de uns setenta por cento.

— Por que só setenta por cento? — quis saber Helen.

— Porque a única possibilidade de brigarmos é se vocês aprontarem alguma coisa, e, nesse caso, vou defender este bebê com tudo, e eu sou dura na queda — disse Naomi impassível.

Helen pensou por um momento e abaixou a arma.

— Obrigada — agradeceu Naomi secamente e olhou em volta. — Suponho que isto seja obra sua — disse, apontando para o buraco na testa de Martin.

Helen assentiu. Naomi se abaixou, uma das mãos embaixo da barriga, e examinou a ferida. O sangue ainda escorria, deslizando lentamente sobre o olho aberto, empoçando na dobra do nariz. — Um pouco para a esquerda, mas nada mal. Ele parece surpreso.

— Ele ficou surpreso — garanti.

Ela esticou a mão e fechou os olhos de Martin. Depois se levantou, tomando outro gole de ginger ale. — Paspalho — disse, balançando a cabeça. Tirou um telefone do bolso e digitou um número. — Preciso de uma equipe de limpeza.

— E deu o endereço de Benscombe Hall. — Rápido e sem alarde. No jardim. — Fez uma pausa e olhou em volta. — Precisamos remover mais alguém?

— Seguranças espalhados pela propriedade — informei. — Pedaços de algumas pessoas na cozinha, mas, a esta altura, já devem estar queimados. E Vance Gilchrist está na estufa.

Ela ergueu as sobrancelhas, mas não retrucou. Passou as informações para a voz do outro lado da linha, depois desligou sem se despedir. — De vinte a trinta minutos. — Olhou em volta. — Eu posso ter estudado em Cambridge, mas sou de Atlanta, e este frio está penetrando meus ossos. Vamos entrar.

Ela se encaminhou para o depósito do jardim, e nos entreolhamos. Naomi havia assumido o controle tranquilamente, e poderíamos dominá-la — ela não estava exatamente em forma para um combate e, como membro do Departamento de Proveniência, seu treinamento era muito menos abrangente do que o nosso. Resumindo: podíamos optar por sobrepujá-la.

Mas não optamos. Em vez disso, nós a seguimos e entramos no depósito do jardim, onde Minka e Akiko se juntaram a nós, ajudando-nos a empilhar alguns sacos de terra para que Naomi se sentasse. Não me dei ao trabalho de procurar Taverner. Ele tinha feito o que pedimos e caíra fora antes que surgisse algum problema. Eu só esperava que ele tivesse ficado para ver o final.

Quando nos instalamos, Naomi começou a falar.

— Primeiro, suponho que vocês são as responsáveis pela eliminação de Vance Gilchrist, Thierry Carapaz e seus guarda-costas — começou.

— E Günther Paar — acrescentei.

Ela semicerrou os olhos. — No caso dele, concluíram que foram causas naturais. Ele se engasgou com uma maçã durante um ataque cardíaco.

— Enfiei um pedaço de maçã no seu esôfago depois que Mary Alice e eu o lambuzamos de lama com nicotina.

Naomi abriu a boca, depois a fechou. Em seguida, explodiu em uma gargalhada. — Impressionante, senhoras. Um lance à moda antiga. — E tomou mais um gole de ginger ale. — Tudo bem, mais um palitinho na contagem de corpos. Alguém ajudou vocês?

— Não — informei tranquilamente.

Ela olhou em volta da mesa, mas ninguém estava disposto a entregar Taverner. Ela assentiu. — Tudo bem, todas vocês estão mentindo para mim, mas já entendi. Vocês estão protegendo alguém. Está certo, mas não vou poder proteger *vocês* se vocês não me contarem a verdade.

— Nos proteger? — perguntou Mary Alice.

A expressão de Naomi era fria. — Toda uma organização está atrás de um bônus polpudo pela cabeça de cada uma de vocês. E, como eu estou no comando agora, eu é que posso cancelar tudo. Portanto, sim, estou aqui para proteger vocês.

— Por quê? — perguntou Helen.

Naomi apontou para fora, onde o corpo de Martin estava esfriando no jardim.

— Porque vocês se livraram daquele merda e me pouparam desse trabalho.

Natalie arregalou os olhos. — Você estava atrás de Martin?

— Há dois, quase três anos, estou de olho nele. Martin caiu nas graças do Conselho, pegando trabalho extra, sempre dando uma de salvador da pátria. Era um pouco perfeito demais. Me dava nos nervos — disse. — Então comecei a prestar atenção.

Mary Alice falou. — Como você conseguiu ficar de olho nele?

Naomi sorriu. — Todo trimestre, quando o Conselho se reunia para que eu os informasse, Martin também estava presente. Instalei um monitorador de teclado no seu computador e um *spyware* no seu telefone. Um trabalho de dez minutos, e pude ver tudo o que ele fazia, cada pesquisa, cada e-mail, cada lance sujo que estava planejando. Sei qual é o nível dele no *Angry Birds*, sei que seu saldo bancário é muito mais alto do que seu nível salarial, e sei que ele teve um caso de pé de atleta que preocupou o médico porque demorou muito a sarar.

— Que nojo! — murmurou Natalie.

Naomi sorriu. — Nem vou falar da *fanfic* dele. É bem explícita.

— Então você conseguia ver tudo o que ele fazia — falei lentamente. — Inclusive o que ele armou contra nós. — Encarei-a, mas ela não desviou o olhar.

— Sim, conseguia. E eu sabia que não tinha como provar. Qualquer coisa que eu mostrasse para o Conselho, ele poderia dizer que tinha sido eu a instalar nos dispositivos para culpá-lo pelo que *eu* estava fazendo. Além disso, vocês acham que eles iriam me ouvir? Eles estavam metidos nisso até o pescoço. — Tomou um último gole de ginger ale e soltou lentamente um arroto discreto. — Este bebê está me matando aos poucos.

Minka falou. — Você precisa de mais gengibre. — Tirou do bolso uma latinha de balas de gengibre e a passou para ela. Naomi pegou uma e começou a chupar.

— Vou tratar você bem enquanto você for legal com as minhas amigas — disse Minka com ar austero.

— Minka, sente-se. Seu lado ucraniano está se manifestando — ordenei.

Naomi levantou a cabeça. — Ucraniana? — disse algumas frases e o rosto de Minka se acendeu, respondendo com uma voz alegre que eu nunca tinha ouvido até então.

— Você fala ucraniano? — perguntou Helen.

Naomi ergueu os ombros. — Falo dezessete idiomas. Sobretudo por causa do trabalho. Ucraniano eu aprendi por diversão.

— Sua pontuação no Duolingo deve ser incrível — disse Natalie.

Naomi sorriu. — Então, para responder sua acusação velada, Billie, sim, eu vi Martin armar o plano contra vocês e o Conselho emitir a ordem de extermínio. Pensei em mandar um aviso, mas, no final, decidi que não. O Conselho achou que quatro velhotas — palavra deles, não minha — não seriam páreo para Brad Fogerty, então mandaram um só matador para o cruzeiro. Deduziram que vocês jamais descobririam. Mas achei que eles estavam enganados. Vocês têm experiência e instinto. Sabem manter os olhos abertos e se salvaram. Eu estava apostando que seria assim.

— Você apostou a vida delas — Akiko interveio de repente.

Naomi nem piscou. — Assumi um risco calculado. Fazemos isso neste tipo de trabalho. Quando perceberam que vocês tinham saído do navio, o Conselho ficou dividido. Paar estava propenso a deixar pra lá. Ele foi o mais relutante em emitir a ordem de extermínio desde o início. Mas Gilchrist e Carapaz o pressionaram e ele concordou em manter a ordem. Acharam que vocês poderiam entrar em contato com um amigo para obter respostas, então já estavam de olho em Sweeney.

— Grampearam o telefone dele e mandaram Nielssen para terminar o trabalho, caso ele fizesse besteira — adivinhei.

— Exato. E, quando isso também falhou, deduziram que vocês tinham ido embora de Nova Orleans, mas não conseguiram descobrir para onde. Isso deixou Gilchrist *louco*. Carapaz decidiu que iria se entocar em Paris e dobrar o número de guarda-costas. Paar achou que vocês nunca teriam coragem de ir atrás deles, então manteve sua viagem para o spa. Acho que ele se enganou — disse ela, batendo continência para nós. — Paar era uma criatura, digamos, rotineira. Não me espanta que vocês o tenham encontrado, mas Carapaz deve ter sido mais complicado. Como vocês conseguiram?

Explicamos todo o processo e ela pareceu impressionada. — E você pegou o dossiê na cama sem saber o que era?

Encolhi os ombros. — Talvez meu subconsciente o tenha reconhecido como algo do Museu. Não sei. Foi instintivo. E, quando o li, vi o código na margem e percebi que havia sido montado por Martin.

— Claro, Martin não percebeu que Billie estava de olho nele quando deixou a mensagem sobre a Tollemache's — acrescentou Mary Alice.

— Ele achou que estava sendo sutil — completei com um sorriso.

— E ele precisava que você descobrisse de alguma maneira que o quadro estava na Tollemache's para atraí-la para a armadilha de Vance — disse Naomi, juntando as peças.

Contei o resto. — Nós não sabíamos onde a trama começava, mas, àquela altura, sabíamos que Vance e Martin estavam compartilhando informações. E que qualquer plano para eliminá-los só funcionaria se conseguíssemos virar o jogo e trazê-los pra cá.

— Então você entrou na Tollemache's com toda a ousadia e se ofereceu como isca — disse Naomi, lançando um olhar de aprovação na minha direção. — Você tem muito peito.

Encolhi os ombros. — O objetivo deles éramos nós quatro. Imaginei que estaria a salvo até estarmos todas juntas. Fazia quarenta anos que Vance tinha uma mágoa comigo. Me obrigar a vê-lo matar minhas amigas seria uma bela recompensa extra para ele.

Naomi chupou com mais força a bala de gengibre e revirou os olhos. — Não sei se esta é a melhor ou a pior coisa que já me deram.

— Eu digo o mesmo de tequila — disse Minka.

— Vocês trabalharam bem ao fazer a morte de Paar parecer natural — prosseguiu Naomi. — Carapaz e Gilchrist discutiram sobre como lidar com a situação. Carapaz optou por simplesmente esperar vocês. Disse que vocês não tinham os recursos para realizar uma série de assassinatos, especialmente contra eles. Gilchrist foi mais cauteloso. Quando vocês mataram Carapaz, ele decidiu que a melhor defesa seria um bom ataque.

— E o Anguissola foi a leilão para nos atrair — acrescentou Helen.

— Funcionou — disse Naomi, sorrindo novamente. — E algum dia eu gostaria de ouvir a história completa de como aconteceu. Mas ouço ruídos no jardim. A equipe da limpeza chegou.

CAPÍTULO 41

Ficamos observando do depósito enquanto a equipe, vestindo discretos macacões cinza, enrolava os corpos em lonas e os empilhava ordenadamente na traseira de um furgão. Fecharam a porta traseira e foram embora sem falar com ninguém.

— Para onde vão levá-los? — perguntou Natalie.

— Existe um depósito de lixo com um incinerador industrial nos arredores de Bristol, que dá conta de todas as nossas necessidades no sul da Inglaterra e no País de Gales. O norte da Inglaterra e a Escócia são outra divisão — explicou Naomi. — As cinzas são jogadas no aterro sanitário. Em uma hora, qualquer rastro deles terá sido destruído. — Olhou em volta. — Só por curiosidade, como vocês planejavam se livrar deles?

— Pensamos em porcos — informei.

Ela assentiu. — Porcos são sempre uma boa opção no campo. — Olhou para todo o grupo. — Então vamos discutir o futuro, senhoras. Estou aqui para fazer uma oferta.

Naomi apresentou os termos e, depois de negociarmos um pouco, chegamos a um acordo. Ninguém pôs nada no papel. Foi um acordo verbal, selado com balas de gengibre e uma garrafinha de vodca que Natalie tinha no bolso.

— Conseguimos que a ordem de extermínio seja revogada e que nossas aposentadorias sejam restabelecidas, e você assume como diretora interina até outro Conselho ser escolhido — resumi.

— Podemos voltar para as nossas vidas — disse Mary Alice, esticando o braço para pegar a mão de Akiko. Akiko deixou, e percebi que as duas iam ficar bem.

— Sim, mas não imediatamente — advertiu Naomi. — Preciso ter certeza de que todo mundo está sabendo que vocês estão nas boas graças do Museu novamente. Então, sejam discretas por um tempo, está bem?

— Eu vou para o Japão — disse Natalie de repente. — Sempre quis estudar ikebana.

Akiko olhou para Mary Alice e sorriu. — Acho que, para nós, será a Noruega. Podemos levar Kevin para a terra dos seus ancestrais. — Ela levantou a pata dele, e ele soltou um rom-rom sonolento.

— E você? — perguntei a Helen. Ela respirou fundo enquanto olhava para a casa. O incêndio não havia se alastrado para além da ala da cozinha, e a equipe de limpeza já havia apagado as chamas. O manto de fumaça ainda pairava sobre o jardim, e pensei que nossos cabelos iriam ficar com aquele cheiro por dias.

— Tenho uma casa para consertar. Estou pronta para me dedicar a isso agora — disse Helen com firmeza. — E você?

Pensei em uma minúscula ilha grega onde Taverner e eu passamos um mês em uma outra vida. Havíamos alugado uma casa de fazenda no topo de uma colina que dava para um mar tão azul que você nem podia imaginar que algum dia outra cor havia existido no mundo. O vento carregava o aroma de ervas e sal e, todo dia, o sol brilhava como a roda da carruagem de um deus.

— Grécia — disse de repente. — Eu vou estar na Grécia.

— Nós vamos estar na Grécia — corrigiu Minka.

Sorri. Eu a deixaria ir comigo e ficar um tempinho. Depois a expulsaria gentilmente e a faria ver o mundo. Ela precisava da aventura de um ano sabático e, depois que ela fosse embora, haveria tempo, todo o tempo do mundo, decidi, pensando em Taverner. Um pouco de sol faria bem a ele, especialmente se estivesse fazendo tai chi nu no meu jardim.

Naomi pediu licença e foi ao banheiro. Quando voltou, as outras se despediram e a levei até a porta. Escolhi o caminho mais comprido, parando diante do quadro que ainda estava pendurado sobre o papel de parede desbotado do estúdio. Ela o examinou por um bom tempo. — Astreia — disse, apontando para a balança e a espada.

— Você a conhece?

Naomi abriu um sorriso cheio de astúcia. — Minha tese de mestrado foi sobre o papel da alegoria e da metáfora no barroco italiano.

— Então você entende por que esse quadro era importante para Constance Halliday — disse. — E o que ela representava. O que o Museu representava. Antigamente.

— Entendo. E, pode crer, vai voltar a representar. Eu prometo.

Trocamos um aperto de mãos e ela foi embora a pé. Não sei onde havia deixado o carro e não perguntei. Ela simplesmente desvaneceu nas sombras tão silenciosamente quanto havia surgido, e percebi que seu treinamento talvez tivesse sido melhor do que eu imaginava.

Saí para tomar fôlego. Fazia frio, muito frio, mas eu ainda não queria voltar para dentro.

Estava escuro no jardim, pouco antes do nascer do sol, quando o ar é cinza e os pássaros noturnos cantam. Aqueles pássaros noturnos estavam cansados e seu canto, mais suave. Mesmo assim, eles cantavam e continuaram a cantar até a alvorada surgir sobre as árvores.

SEGUNDA NOTA DA AUTORA

Aqui é onde um autor comum escreveria FIM em caixa alta e a história terminaria. Mas não sou uma autora comum e esta história nunca vai terminar. Mudei o suficiente para você não nos achar, mesmo que queira. E você não deverá tentar. Pessoas morreram por muito menos. Eu sei; eu estava presente.

AGRADECIMENTOS

Este livro foi um salto no escuro, e havia mais pessoas do que eu podia imaginar esperando para me amparar. Mas meus agradecimentos especiais e uma rodada de coquetéis vão para:

Pamela Hopkins, agente, amiga e a primeira pessoa neste ramo a apostar em mim. Espero ter deixado você orgulhosa.

Danielle Perez, editora talentosa que pegou o telefone um dia e disse: "Achamos que você deve escrever um livro sobre mulheres mais velhas." Você nunca deixa que eu me acomode e este livro é a prova.

Jenn Snyder, pela generosidade e pelas perspectivas editoriais. Nossas MATADORAS são mais ricas por causa disso.

Claire Zion, pelo encorajamento, entusiasmo e por uma conversa estimulante enquanto tomávamos uns drinques que foi o empurrão inicial para este livro.

Craig Burke, por dar a este livro o melhor título possível. Você é oficialmente o padrinho das MATADORAS.

O departamento de Arte da Berkley, por criar uma capa que é absolutamente ICÔNICA (referência à capa americana.)

Ivan Held e Jeanne-Marie, por me darem a oportunidade de viver no luxo e matar umas pessoas.

Loren Jaggers e Tara O'Connor, por serem minhas animadoras de torcida. Ninguém tem pompons mais fofos do que os de vocês.

Jess Mangicaro, pela paciência infinita e pelo incansável apoio diante das minhas dificuldades com tecnologia. Você é uma estrela do rock.

Candice Coote, por manter as coisas funcionando.

Michelle Vega, por receber a passagem do bastão para que isto acontecesse.

Jomie Wilding e a equipe da Writerspace, pela atenção aos detalhes e por manter a casa digital limpa.

Angèle Masters, pelo maravilhoso trabalho como a voz dos livros de Veronica Speedwell.

Todas as pessoas na Berkley e na Penguin Random House. Literalmente todos vocês. Estou muito feliz por embarcar nesta viagem com vocês.

Todos os livreiros, bibliotecários, *bookstagramers*, resenhistas e leitores que algum dia pegaram um dos meus livros e tiveram um pensamento gentil. Obrigada por espalharem o amor pelos livros.

A pessoa a quem eu recorro para todas as coisas físicas e o amigo que nunca estremece quando as minhas mensagens de texto começam com "Então, preciso matar um cara...", Travis Staton-Marrero.

Ariel Lawhon e Lauren Willig, que receberam telefonemas aterrorizados que incluíam a pergunta "MAS COMO?"

Tasha Turner, Felicia Grossman, Jenny Rae Rappaport, Lauren Conrad, Stacey Agdern e Brina Starler, por compartilharem gentilmente informações sobre sua fé judaica comigo.

Blake Leyers, meu amado amigo, você dá tanto suporte quanto uma boa meia-calça. Obrigada pelos telefonemas, mensagens de texto, troca de ideias e, sobretudo, pelo bilhete: "Se você está escrevendo autenticamente, não tem como dar errado." Ainda está grudado no meu computador.

O resto da Blanket Fort. Pelos gifs e pelas piadas internas e toda a galhofa. Vocês são dos meus.

Ali Trotta, por gritar muito alto de empolgação quando compartilhei a notícia deste livro, tive de desligar o telefone, e pelas mensagens de texto de encorajamento.

Meus seguidores no Twitter, por me proporcionarem alegria e alívio. Obrigada por serem meu bebedouro virtual.

Minha filha e cada mensagem de texto que dizia "VOCÊ CONSEGUE".

Meus pais, por todas as tarefas realizadas, maus humores aturados e lágrimas secadas.

Meu marido, por tudo.

Toda pessoa que se identifica como mulher e sente raiva. Entendo você, irmã. Este é para vocês.